MW01708866

Lisa Kleypas

Elle est née en 1964 aux États-Unis. Après des études de sciences politiques, elle publie son premier roman à 21 ans. Elle a reçu les plus hautes récompenses, et notamment le prix de la meilleure romance historique pour *L'amant de lady Sophia*. Ses livres sont traduits en quatorze langues.
Son ton, la légèreté de son style et ses héros, souvent issus d'un milieu social défavorisé, caractérisent son œuvre.

L'imposteur

Du même auteur
aux Éditions J'ai lu

Dans la collection :
Aventures et Passions

PAR PURE PROVOCATION
N° 3945
L'ANGE DE MINUIT
N° 4062
PRINCE DE L'ÉTERNITÉ
N° 4426
LA LOTERIE DE L'AMOUR
N° 4915
UN JOUR TU ME REVIENDRAS
N° 5263
PARCE QUE TU M'APPARTIENS
N° 5337
L'IMPOSTEUR
N° 5524
COURTISANE D'UN SOIR
N° 5808
FRISSONS INTERDITS
N° 6085
SOUS L'EMPRISE DU DÉSIR
N° 6330
L'AMANT DE LADY SOPHIA
N° 6702
LIBRE À TOUT PRIX
N° 6990

La ronde des saisons

1 – SECRETS D'UNE NUIT D'ÉTÉ
N° 9055
2 – PARFUM D'AUTOMNE
N° 9171
3 – UN DIABLE EN HIVER
N° 9186
4 – SCANDALE AU PRINTEMPS
N° 9277
5 – RETROUVAILLES
N° 9409

Les Hathaway

1 – LES AILES DE LA NUIT
N° 9424
2 – L'ÉTREINTE DE L'AUBE
N° 9531
3 – LA TENTATION D'UN SOIR
N° 9598
4 – MATIN DE NOCE
N° 9623
5 – L'AMOUR L'APRÈS-MIDI
N° 9736

Dans la collection :
Promesses

La saga des Travis

1 – MON NOM EST LIBERTY
N° 9248
2 – BAD BOY
N° 9307
3 – LA PEUR D'AIMER
N° 9362

LISA

KLEYPAS

L'imposteur

Traduit de l'américain
par Daniel Garcia

Titre original
STRANGER IN MY ARMS

Éditeur original
Avon Books, Inc., New York

© Lisa Kleypas, 1998

Pour la traduction française
© Éditions J'ai lu, 2000

1

— Lady Bancroft, votre mari n'est pas mort !

Lara regarda James Young d'un air vaguement surpris. Elle était persuadée d'avoir mal entendu. Ou alors, le régisseur du domaine avait bu. Young n'avait pourtant pas la réputation d'être un ivrogne. En tout cas, ce qu'il avait dit n'avait aucun sens.

— J'ai bien conscience qu'il s'agit d'un grand choc pour tout le monde, continua Young.

Ses yeux, derrière ses lunettes, trahissaient une profonde émotion. Et il ajouta à l'adresse de Lara :

— Plus particulièrement pour vous, milady...

Si la nouvelle était sortie d'une bouche moins autorisée, Lara l'aurait purement et simplement ignorée. Mais James Young était un homme de confiance, entré au service des Bancroft dix ans plus tôt. Depuis la mort de son mari, Lara n'avait eu qu'à se réjouir de ses conseils.

Arthur – le nouveau lord Bancroft – et sa femme, Janet, regardaient l'intendant comme s'ils doutaient de sa santé mentale. Ces deux-là formaient le couple idéal : aussi blonds l'un que l'autre et avides de profiter de la vie. Ils avaient mis leurs deux garçons en pension, au collège d'Eton, et ne semblaient préoccupés que d'une chose : jouir le plus possible de leur nouveau statut social et de la fortune qui y était attachée.

— C'est insensé ! explosa Arthur. Comment osez-vous proférer pareille ineptie ? Expliquez-vous, au moins !

— Mais certainement, milord, répliqua Young, toujours aussi calme. J'ai reçu hier une lettre m'annonçant qu'une frégate était arrivée à Londres avec un passager inattendu. Un passager qui ressemblerait trait pour trait au défunt comte. (Il se tourna vers Lara.) Du reste, il prétend s'appeler lord Bancroft.

Arthur était rouge de colère. Un pli cynique tordait ses lèvres.

— Quelle est cette plaisanterie de mauvais goût ? Bancroft est mort voilà plus d'un an. Il est impossible qu'il ait pu survivre à la tempête qui a englouti son bateau, au large de Madras. D'après les témoins, le vaisseau s'est littéralement brisé en deux avant de sombrer. Et tous ses occupants ont été précipités à la mer. Mon neveu n'a pas pu en réchapper. Cet homme dont vous nous parlez, aurait-il l'impudence de s'imaginer que nous allons croire à ses sornettes ?

Janet eut une moue méprisante.

— Son imposture sera facilement dévoilée, dit-elle en faisant le geste de balayer une poussière sur sa robe de satin vert.

Ignorant l'attitude dédaigneuse du couple, Young s'approcha de la jeune veuve. Lara était assise dans un fauteuil proche de la fenêtre, le regard rivé sur le tapis à ses pieds. À l'image de la décoration du manoir, ce tapis persan en rajoutait dans l'ornementation, au point de friser le mauvais goût. Le motif représentait une gerbe de fleurs qui jaillissait avec une folle luxuriance d'un superbe vase de Chine. Du bout de son soulier, Lara retraçait le contour d'une de ces fleurs, d'un air absent. Elle était si perdue dans ses pensées qu'elle sursauta en voyant soudain Young juste devant elle. Comme une petite fille prise en faute, elle leva le regard sur lui.

Malgré sa robe de deuil qui lui enserrait le cou et descendait jusqu'aux chevilles, Lara Crossland restait d'une étonnante beauté. Son opulente chevelure d'un noir de jais semblait toujours sur le point de s'échapper de son chignon. Et son regard émeraude possédait un charme envoûtant. Cependant, Lara Crossland était plus admirée que désirée. Peut-être à cause de cette façon qu'elle avait de se servir de sa gentillesse comme d'une arme, pour éloigner les importuns.

Dans le village de Market Hill, Lara passait pour une sainte auprès de la plupart des habitants. N'importe quelle autre femme de son rang, encore jeune et séduisante, se serait empressée de se trouver un second mari. Pas elle. Depuis son veuvage, elle se consacrait entièrement aux œuvres charitables. Sa générosité et sa compassion n'avaient d'égale que sa noblesse d'âme. Young n'avait jamais entendu lady Bancroft prononcer la moindre parole désagréable contre qui que ce soit. Pas même contre cette famille qui la traitait avec condescendance, maintenant qu'elle vivait seule.

Toutefois, derrière son apparente sérénité, quelque chose se cachait au fond de ce regard d'un vert si pur. Des émotions, ou des pensées, que la jeune femme n'osait exprimer. Mais qui intriguaient Young.

— Milady, commença-t-il sur un ton d'excuse, je ne voudrais pas vous causer de soucis inutiles. Mais j'ai pensé qu'il était de mon devoir de vous en informer.

— Pensez-vous que cela puisse être vrai ? demanda Lara en fronçant les sourcils.

— Je l'ignore, répondit prudemment l'intendant. Dans la mesure où personne n'a jamais retrouvé le corps de votre mari, je suppose que...

— Bien sûr que ce n'est pas vrai ! s'écria Arthur. Auriez-vous donc perdu tout bon sens, l'un et l'autre ?

Écartant Young, il s'approcha de Lara et posa une main protectrice sur son épaule.

— Monsieur Young, comment osez-vous tourmenter lady Bancroft aussi cruellement ! s'exclama-t-il avec une fausse pitié qui révolta la jeune femme.

— Tout va bien, Arthur, répliqua-t-elle.

Elle se releva pour échapper à sa caresse, et s'approcha de la fenêtre. Elle détestait ce salon et sa décoration surchargée. C'était à croire que chaque centimètre carré disponible avait servi pour loger une chinoiserie quelconque.

— Attention ! s'écria rudement Janet en la voyant frôler, de sa robe, un fragile trépied sur lequel reposait un petit bocal contenant deux poissons exotiques.

Lara regarda le bocal, puis Janet.

— Ils ne devraient pas être placés si près de la fenêtre. Ils n'aiment pas trop la lumière.

— Comme si vous y connaissiez quelque chose ! répliqua Janet avec un parfait mépris.

Lara soupira, mais ne dit rien. Elle préféra s'abîmer dans la contemplation du paysage qui entourait le manoir. Au milieu du parc, serpentait une petite rivière qui traversait ensuite Market Hill. Ses berges avaient été élargies pour former une sorte de lac artificiel, sur lequel s'ébattaient quelques colverts et un couple de cygnes. Au-delà des grilles du domaine, la route qui reliait le manoir au bourg enjambait la rivière sur un vieux pont de pierre, à une seule arche, que les gens de la région appelaient le pont du Diable. La légende prétendait que c'était Lucifer en personne qui l'avait construit, dans l'intention de récolter l'âme du premier homme qui le franchirait. L'histoire précisait que cet homme en question, l'ancêtre des Crossland, avait défié le Malin et refusé de lui donner son âme. Le diable, fou de rage, avait lancé une malédiction sur tous ses descendants mâles, les empêchant pratiquement de perpétuer la lignée.

Lara accordait foi à cette légende. Car chaque génération de Crossland avait produit peu d'enfants, et la plupart des garçons étaient morts jeunes. Cameron n'avait pas échappé à la règle.

Un sourire triste sur ses lèvres, la jeune femme s'obligea à revenir au présent. Elle s'adressa de nouveau au régisseur :

— Si cet étranger se prétend mon mari, pourquoi n'a-t-il pas réapparu plus tôt ?

— D'après ses dires, expliqua Young, il a dérivé sur l'océan pendant deux jours, accroché à un morceau d'épave. Par chance, un bateau de pêche en route pour Cape Town a croisé sa route et l'a recueilli à son bord. Mais il avait été blessé à la tête pendant le naufrage et ne se souvenait plus de rien. Pas même de son nom. La mémoire ne lui est revenue qu'il y a quelques semaines. Il a alors aussitôt fait voile vers l'Angleterre.

Arthur renifla avec dédain.

— Ne plus se rappeler son nom ? Je n'ai jamais entendu pareille baliverne !

— Il semblerait que cela soit possible, répliqua le régisseur très calmement. J'en ai parlé avec le Dr Slade, qui m'a confirmé que de tels cas ont déjà été recensés par la médecine.

— Comme c'est passionnant ! s'exclama Arthur d'un ton sarcastique. Vous n'allez quand même pas me dire, Young, que vous prenez ces sornettes pour argent comptant !

— Personne ne peut trancher, sir, tant que l'étranger n'aura pas été confronté à ceux qui connaissaient lord Bancroft.

— Monsieur Young, intervint Lara pour couper court aux arguments d'Arthur, vous étiez au service de mon mari depuis longtemps. J'apprécierais que vous vous rendiez à Londres pour accueillir cet homme. Même s'il ne s'agit pas de lord Bancroft, ce malheureux semble avoir besoin d'aide. Il faudrait faire quelque chose pour lui.

— Je reconnais bien là votre bonté, milady, répondit Young. Peu de gens, en vérité, offriraient de tendre la main à quelqu'un qui projette peut-être de les duper.

— Oui, approuva Arthur en ricanant. La veuve de mon neveu se prend décidément pour la sainte patronne des chiens errants. Elle ne peut pas s'empêcher de donner aux autres tout ce qu'elle possède.

— C'est d'ailleurs pour cela que nous avons été obligés de limiter sa rente annuelle, précisa Janet.

Sinon, toute notre fortune serait déjà partie dans les poches des pauvres.

Lara s'était empourprée.

— Les pauvres ont davantage besoin d'argent que moi, répliqua-t-elle fermement.

— J'ai la mission de préserver le patrimoine familial pour les générations futures, objecta Arthur. Pas de le dilapider.

Young se racla la gorge.

— Si vous êtes tous d'accord, je partirai à Londres avec le Dr Slade, qui connaissait lord Bancroft depuis sa naissance. À nous deux, nous saurons déterminer si cet étranger dit vrai, ou non. (Il adressa à Lara un sourire rassurant.) Ne vous inquiétez pas, milady. Je suis sûr que tout se passera pour le mieux.

Soulagée d'échapper à la lourde atmosphère du manoir, Lara s'en retourna vers le petit cottage, à l'orée du domaine, qui lui servait de demeure. Ancienne maison du garde-chasse, ce cottage n'était certes pas aussi confortable que la grande maison d'amis, de style élisabéthain, qui se dressait dans le parc. Malheureusement, l'intérieur avait été ravagé par un incendie, un an plus tôt, après qu'un hôte imprudent eut renversé une lampe à huile sur un tapis.

Arthur et Janet n'avaient pas vu la nécessité de restaurer cette maison d'amis, dans la mesure où, à leurs yeux, le cottage suffisait amplement aux besoins de Lara. La jeune veuve aurait pu choisir l'hospitalité d'autres membres de sa famille, plus serviables. Ou accepter d'accompagner sa belle-mère en voyage, comme celle-ci le lui avait proposé. Mais Lara aimait trop son indépendance pour aller vivre chez les autres. Elle préférait, de loin, la tranquillité de son petit cottage, malgré son inconfort évident.

La bâtisse, tout en pierres, était sombre et perpétuellement humide. Les fenêtres étaient si étroites que le soleil pénétrait à peine dans les pièces. Lara avait égayé son intérieur avec quelques meubles ramenés du manoir, et une couverture en patchwork accrochée à l'un des murs. Le fauteuil, devant la cheminée, était drapé d'un plaid tissé par les jeunes pensionnaires de l'orphelinat du village. Sur un guéridon, trônait une salamandre en bois sculpté, offerte par une vieille dame qui avait assuré à Lara que ce talisman protégerait sa demeure des mauvais sorts.

La jeune femme referma sa porte derrière elle, et alluma un chandelier. Une sensation étrange lui parcourut l'échine.

Cameron vivant ! C'était impossible, bien sûr, mais cette seule idée suffisait à la rendre nerveuse. Elle alla vers son petit lit, s'agenouilla devant et fouilla sous le matelas pour en retirer un paquet enveloppé dans un drap. C'était un portrait de son défunt mari.

Arthur et Janet lui avaient offert ce tableau, en se glorifiant de leur générosité. Mais Lara n'avait pas été dupe. Elle savait très bien qu'ils étaient ravis de se débarrasser de tout ce qui pouvait leur rappeler celui qui avait possédé le château, le titre et la fortune des Bancroft avant eux. Lara non plus, ne tenait pas à ce tableau. Cependant, elle l'avait accepté, consciente que Cameron resterait de toute façon une partie d'elle-même. Après tout, il avait changé le cours de sa vie. Un jour, peut-être, quand les mauvais souvenirs se seraient estompés, elle se déciderait à remettre le tableau sur un mur.

Le portrait représentait Cameron en habit de chasse, au milieu de ses chiens, son fusil préféré sous le bras. Il avait été très bel homme. Personne ne pouvait rester insensible à sa carrure puissante, ses cheveux châtain doré, son regard d'un noir perçant et son menton arrogant.

Cela faisait trois ans, maintenant, qu'il avait appareillé pour les Indes. Officiellement, il était parti là-bas pour une mission diplomatique. En tant qu'actionnaire important de la Compagnie des Indes orientales, il avait été mandaté par le gouvernement afin de prodiguer ses conseils aux administrateurs locaux de la Compagnie.

En réalité, il avait surtout vu, dans ce voyage, l'occasion de se plonger dans l'atmosphère de débauche qui régnait à Calcutta. On racontait que les représentants de la Couronne y vivaient dans un luxe orgiaque. Chaque maisonnée comptait, au bas mot, une centaine de domestiques des deux sexes, prêts à satisfaire tous les caprices de leurs maîtres. Et la campagne indienne restait encore largement sauvage, peuplée d'un gibier abondant. Pour un chasseur comme Cameron, cette terre n'était donc pas loin de ressembler au paradis.

Avec un sourire amer, Lara se rappela l'enthousiasme de son mari en préparant ses bagages, comme s'il était impatient de la quitter. L'Angleterre avait fini par perdre tout charme à ses yeux. Au même titre que leur union... Cameron avait toujours dit clairement qu'il considérait le mariage comme un mal nécessaire. Pour lui, une épouse n'avait d'autre utilité que d'engendrer des héritiers. Aussi, sa déception avait été profonde de voir que Lara ne parvenait pas à tomber enceinte. Lui qui mettait toute sa fierté dans sa virilité, il s'était senti blessé.

Lara se rappelait avec horreur les visites nocturnes de son mari, l'obstination qu'il mettait à fouailler son corps en pesant sur elle de tout son poids. Elle avait béni le Ciel lorsqu'il avait commencé à la délaisser pour aller satisfaire ses besoins auprès d'autres femmes. Lara n'avait jamais connu quelqu'un d'aussi solide physiquement et pourvu d'une telle vitalité que Cameron. Au point qu'il ne paraissait pas impossible qu'il ait pu survivre à ce naufrage...

Cameron était si dominateur qu'elle avait eu l'impression de vivre dans son ombre, pendant leurs deux années de vie commune. Aussi avait-elle ressenti son départ pour les Indes comme une libération. Redevenue maîtresse de son existence, elle avait commencé par s'investir auprès des déshérités, consacrant beaucoup de son temps à l'orphelinat du village. Le sentiment d'être utile était si valorisant qu'elle avait multiplié les actions charitables auprès des pauvres, des malades ou des personnes âgées. La nouvelle de la disparition de Cameron l'avait attristée, mais pas bouleversée. Au fond, son mari ne lui manquait pas.

Et, quoiqu'elle en éprouvât quelque culpabilité, elle devait bien s'avouer qu'elle ne tenait pas spécialement à ce qu'il revienne...

Durant les trois jours suivants, Lara ne reçut aucune nouvelle de Young, ni des Bancroft. Elle s'efforça de vaquer à ses occupations comme si de rien n'était, bien que la nouvelle, colportée par les domestiques du manoir, se fût répandue dans le village comme une traînée de poudre.

Sa sœur Rachel – lady Lonsdale – fut la première à lui rendre visite. Au matin du deuxième jour, son landau s'arrêta devant la porte du cottage. Rachel était la sœur cadette de Lara. Cependant, la solennité de ses attitudes et sa maturité laissaient supposer qu'elle était l'aînée. Lara avait bien conscience que Rachel l'éclipsait physiquement. Ses traits incarnaient à la perfection les canons de la beauté classique : des yeux en amande, une bouche aussi sensuelle qu'un bouton de rose, et un petit nez légèrement retroussé. Alors que le visage de Lara était plus rond qu'ovale, sa bouche trop grande à son goût, et ses cheveux si rebelles qu'aucune brosse n'arrivait à les domestiquer complètement.

Elle accueillit sa sœur et la fit entrer dans le cottage. Rachel portait, comme à son habitude, une robe d'un luxe étourdissant, et ses cheveux châtain foncé embaumaient la violette.

— Lara chérie, dit-elle en jetant un regard apitoyé au décor du cottage, pourquoi ne te décides-tu pas à venir habiter chez nous ? Ce n'est pas la place qui manque. Nous avons une bonne douzaine de chambres inoccupées.

Lara étreignit chaleureusement sa sœur.

— Merci, Rachel. Mais, comme je te l'ai déjà expliqué cent fois, je refuse de vivre sous le même toit que ton mari. Je ne pourrais jamais supporter un homme qui te traite aussi mal. Du reste, je suis certaine que lord Lonsdale ne me porte pas davantage dans son cœur.

— Il n'est pas aussi mauvais que...

— C'est un homme odieux, même si tu t'entêtes à prétendre le contraire. Lord Lonsdale ne s'intéresse à personne, sauf à lui-même.

Rachel s'assit devant la cheminée.

— Parfois, concéda-t-elle, je me demande si lord Bancroft n'était pas son seul véritable ami.

— Ils étaient de la même étoffe, approuva Lara en s'installant à côté de sa sœur. À cette différence près que Cameron n'a jamais porté la main sur moi.

— Ça ne m'est arrivé qu'une fois ! protesta Rachel. Je n'aurais d'ailleurs pas dû t'en parler.

— Tu n'avais pas besoin. Ton œil au beurre noir était éloquent.

Les deux jeunes femmes restèrent un moment silencieuses, à se remémorer l'épisode survenu deux mois plus tôt, quand lord Lonsdale avait violemment giflé sa femme au cours d'une dispute. Rachel était restée cloîtrée chez elle pendant deux semaines, le temps que la vilaine marque sur son œil s'estompât. À présent, Rachel prétendait que lord Lonsdale regrettait d'avoir perdu son sang-froid. Elle disait lui avoir pardonné et aurait voulu que Lara en fît autant.

Mais celle-ci ne pourrait jamais absoudre quelqu'un qui avait frappé sa sœur. D'autant qu'elle était persuadée que cela se reproduirait un jour. Pour un peu, elle en aurait presque regretté la disparition de son propre mari. Cameron avait toujours eu beaucoup d'ascendant sur lord Lonsdale. Il lui aurait clairement signifié qu'un gentleman ne se conduisait pas ainsi avec son épouse.

— Je ne suis pas venue te parler de cela, Lara. (Rachel la regarda avec affection.) On m'a rapporté certaines indiscrétions. Est-ce vrai que lord Bancroft serait de retour ?

Lara secoua la tête.

— Mais non ! C'est simplement un fou qui se fait passer pour lui. M. Young et le Dr Slade sont partis à Londres. Je suis persuadée qu'ils le renverront dans l'asile d'où il n'aurait jamais dû s'échapper.

— Il n'y a donc aucune chance que lord Bancroft soit vivant ? (Rachel soupira.) J'ai un peu honte de dire cela, mais tu m'en vois presque soulagée. Je savais que ton mariage se passait mal. Tu es plus heureuse sans lui.

— Je pourrais te retourner la phrase, Rachel. D'autant que j'étais moins à plaindre que toi. Cameron et moi n'avons jamais connu de véritables mauvais moments. Sauf quand...

Lara s'interrompit. Ce n'était pas facile d'aborder les sujets intimes lorsqu'on avait reçu, comme elle et Rachel, une éducation strictement puritaine. Leurs parents leur avaient témoigné beaucoup d'affection, mais ne les avaient pas préparées à certaines réalités de la vie. En fait, les deux sœurs avaient découvert l'aspect charnel du mariage lors de leur nuit de noces... Et pour Lara, cette découverte s'était révélée fort déplaisante.

Rachel parut deviner ses pensées. Comme toujours.

— Ma pauvre Lara, murmura-t-elle. J'ai bien peur que lord Bancroft ne t'ait pas honorée comme tu le méritais. (Elle baissa la voix.) Coucher avec son mari n'est pas si terrible, tu sais. Au début, je me souviens même d'avoir passé quelques moments...

fort plaisants avec Terry. Ce n'est plus tout à fait pareil, ces derniers temps, mais quand même...

— Plaisants ? (Lara considérait sa sœur, médusée.) Pour une fois, tu peux te vanter de m'étonner ! L'idée que tu puisses trouver agréable une épreuve aussi sordide me dépasse. Te moquerais-tu de moi, par hasard ?

— Pas le moins du monde ! Quand lord Bancroft t'embrassait et te caressait, tu ne ressentais vraiment rien ?

Lara s'abîma dans un silence perplexe. Elle n'arrivait pas à comprendre en quoi faire l'amour – une expression bien ironique, quand on savait ce qu'elle recouvrait de violence et de douleur – avait pu captiver sa sœur.

— Non, dit-elle. Je ne sentais rien de spécial. Du reste, Cameron ne m'embrassait pratiquement jamais.

Rachel secoua la tête d'un air attristé.

— Te disait-il au moins qu'il t'aimait ?

Lara faillit éclater de rire.

— Bien sûr que non ! Cameron n'aurait jamais dit une chose pareille. (Son sourire trahissait maintenant son amertume.) Il ne m'aimait pas. Son cœur était pris par une autre femme. J'ai souvent pensé qu'il regrettait de ne pas l'avoir épousée.

— Tu ne m'avais encore jamais parlé de cette histoire ! s'exclama Rachel. Qui était cette femme ?

— Lady Carlysle, marmonna Lara, étonnée qu'après tout ce temps elle ait encore du mal à prononcer ce nom.

— Comment l'as-tu su ?

— Je l'ai rencontrée, à deux ou trois reprises, dans des réceptions. Ils avaient beau se montrer très discrets, cela sautait aux yeux qu'ils s'aimaient. Elle partageait ses goûts pour les chevaux, les armes et la chasse. Je suis persuadée qu'ils ont continué de se voir, même après notre mariage.

— Alors pourquoi ne l'a-t-il pas épousée ?

Lara haussa les épaules.

— J'étais jeune, tandis que lady Carlysle avait pratiquement dépassé l'âge d'avoir des enfants. Cameron voulait un héritier. Il a pensé que j'avais plus de chances de lui en donner. Malheureusement, ça n'a pas marché.

— Un bébé... marmonna Rachel d'une voix morne.

À sa mine déconfite, Lara comprit que sa sœur pensait à sa propre fausse couche, survenue quelques mois plus tôt.

— Ni l'une ni l'autre n'avons réussi à devenir mères, ajouta Rachel avec mélancolie.

— Toi, au moins, tu as prouvé que tu pouvais enfanter, objecta Lara. Si Dieu le veut, un jour ou l'autre, tu auras un enfant. Alors que moi... j'ai eu beau essayer tous les remèdes de la terre, rien n'y a fait. C'est pourquoi j'ai été si soulagée de voir Cameron partir pour les Indes. Quel bonheur de pouvoir enfin dormir seule, sans avoir à redouter ses visites nocturnes. (Elle frissonna.) Je n'aime pas dormir avec un homme. Et j'espère bien que cela ne m'arrivera plus jamais.

— Ma pauvre Lara... murmura Rachel. Tu aurais dû me parler de tout cela plus tôt. Tu es toujours prête à t'occuper des soucis des autres, mais tu répugnes à confier les tiens.

Lara s'efforça de sourire.

— Même si je t'en avais parlé, cela n'aurait rien changé.

— En tout cas, s'il n'en avait tenu qu'à moi, je t'aurais choisi un meilleur mari que lord Bancroft. Papa et maman étaient tellement impressionnés par son rang et sa fortune, qu'ils ne se sont même pas préoccupés de savoir si vous étiez faits l'un pour l'autre.

— Ce n'était pas leur faute, protesta Lara. Je crois que, simplement, je ne suis pas faite pour vivre avec un homme. Je n'aurais pas dû me marier du tout. Je suis beaucoup plus heureuse toute seule.

— Finalement, nous n'avons pas été très gâtées, résuma Rachel avec une triste ironie. Terry est toujours de mauvaise humeur, et ton mari manquait de finesse. Drôle de conte de fées !

— Au moins, nous sommes restées proches, toi et moi, répliqua Lara pour dissiper cette atmosphère mélancolique. Ça rend notre sort beaucoup plus supportable. En tout cas, pour moi.

— Et pour moi aussi, assura Rachel en étreignant la main de sa sœur. Je prie le Ciel que l'avenir ne t'apporte que des bonnes choses, ma chérie. Puisse lord Bancroft reposer en paix, et puisses-tu te trouver bientôt un second mari qui saura t'aimer autant que...

— Ne prie pas pour cela, la coupa doucement Lara. Je n'ai pas besoin d'un homme. Prie plutôt pour les enfants de l'orphelinat. Ou pour cette pauvre vieille Mme Lumley, qui perd la vue. Ou pour les rhumatismes de M. Peacham, la maladie de...

— Toi et tes bonnes causes ! se moqua gentiment Rachel. C'est entendu. Je prierai pour tous ces gens. Et aussi, un tout petit peu pour toi...

Dès que Lara se risqua au village, elle se retrouva pressée de questions sur la réapparition miraculeuse de son défunt mari. Elle avait beau assurer qu'il s'agissait sans aucun doute d'une erreur, les citoyens de Market Hill l'entendaient d'une autre oreille.

— Ah ! Voici la femme la plus chanceuse de la région ! s'exclama le crémier en la voyant pousser la porte de sa boutique.

Elle venait chercher des œufs et du fromage pour l'orphelinat. Le crémier, un homme rondouillard avec une grosse moustache et un sourire jovial, prit la peine de préciser :

— À présent, vous allez redevenir la maîtresse du château. Vous le méritez.

— Merci de votre gentillesse, monsieur Wilkins, mais malheureusement, je dois vous détromper. Cette rumeur est sans fondement. Lord Bancroft ne reviendra plus jamais.

Au même moment, les sœurs Withers entrèrent à leur tour dans la boutique. Elles parurent ravies de tomber sur Lara.

— Ma chère, dit la première en posant sa frêle main veinée de bleu sur la manche de la jeune femme, nous avons appris la grande nouvelle ce matin. Nous sommes très heureuses pour vous.

— Merci. Mais ce n'est pas vrai, insista Lara. L'inconnu qui se fait passer pour lord Bancroft est nécessairement un imposteur. À moins d'un miracle, lord Bancroft n'aurait pas pu survivre au naufrage de son navire.

— Vous auriez tort de ne pas espérer, tant qu'on ne vous a pas apporté la preuve du contraire, lui conseilla M. Wilkins en glissant un fromage crémeux à souhait et deux douzaines d'œufs dans son panier.

Glenda, sa femme, surgit de l'arrière-boutique pour donner son avis :

— Si quelqu'un mérite un miracle, dit-elle chaleureusement, c'est bien vous, milady.

Ils s'imaginaient tous que Lara espérait le retour de son mari. Embarrassée, la jeune femme les remercia de leur sollicitude et se dépêcha de quitter la boutique.

Elle traversa le reste du village, longeant une rangée de petits cottages qui bordaient la rivière. L'orphelinat était situé à l'orée de la forêt, dans un grand parc planté de sapins et de chênes. C'était un antique manoir, tombé en ruine après la mort de son dernier propriétaire. Quelques généreux donateurs avaient permis d'en réhabiliter l'intérieur, pour accueillir une vingtaine d'enfants et leurs professeurs.

Lara ne pouvait s'empêcher de penser avec regret à la fortune dont elle avait disposé naguère. Elle aurait pu faire tant de choses avec cet argent ! Une fois, ravalant sa fierté, elle avait demandé à Arthur et Janet de verser un don à l'orphelinat. Mais elle n'avait récolté qu'une froide rebuffade. Les nouveaux comte et comtesse de Bancroft considéraient que ces malheureux enfants devaient apprendre que le monde était cruel, et qu'ils auraient à se débrouiller par eux-mêmes pour s'en sortir.

En poussant la porte du manoir, éreintée d'avoir porté son lourd panier, Lara aperçut une tête frisée qui se cachait dans un recoin. Elle reconnut Charles, un jeune garçon de onze ans, toujours prêt à commettre une bêtise.

— J'aimerais bien que quelqu'un m'aide à porter ce panier jusqu'à la cuisine, lança-t-elle.

Charles sortit aussitôt de sa cachette.

— Vous l'avez bien amené jusqu'ici, lui fit-il remarquer avec insolence.

— Aide-moi, au lieu de dire des bêtises. Et explique-moi pourquoi tu n'es pas à l'école ce matin ?

— Mlle Thornton m'a exclu de la classe, répondit Charles en saisissant une des anses du panier. Elle me trouvait trop dissipé.

— Pourquoi n'écoutais-tu pas son cours ?

— J'avais compris l'exercice avant les autres. Je déteste rester assis à ne rien faire.

— Je vois, murmura Lara, qui savait que Charles disait vrai.

Ce garçon faisait preuve d'une intelligence très développée pour son âge. Ce qui n'était pas sans poser quelques problèmes à l'école.

— Je parlerai à Mlle Thornton, ajouta-t-elle. Mais de ton côté, essaie de te conduire un peu mieux.

Ils entrèrent dans la cuisine où Mme Davies, occupée à touiller une marmite de soupe fumante, les accueillit avec un grand sourire.

— Lady Bancroft, nous avons appris la formidable nouvelle...

— N'en croyez rien, la coupa Lara. C'est simplement un inconnu, un malade ou un escroc, qui prétend être le comte. Si mon mari avait réellement survécu au naufrage, il serait revenu depuis longtemps.

— Sans doute, concéda Mme Davies, un peu déçue. Mais c'est bien dommage. Si vous voulez mon avis, milady, vous êtes beaucoup trop jeune et charmante pour être veuve.

Lara secoua la tête, amusée.

— Je me satisfais de ma condition, madame Davies.

— Je préfère qu'il soit mort ! décréta Charles brusquement.

La cuisinière ouvrit de grands yeux horrifiés.

— Seigneur ! Quel méchant diable es-tu donc ?

Lara se pencha vers le garçon.

— Pourquoi dis-tu cela, Charles ?

— Si le comte vivait encore, vous ne viendriez pas ici. Il vous obligerait à rester au manoir.

— Non, Charles, répliqua Lara avec gravité. Mais cette conversation est de toute façon inutile. Le comte nous a quittés, et personne ne ressuscite jamais d'entre les morts.

Lara rentra au cottage en fin d'après-midi. Le soleil couchant se reflétait dans la rivière et semblait allumer des flammèches orange sous le pont du Diable.

Alors qu'elle poussait sa porte, elle entendit quelqu'un crier son nom, se retourna et aperçut Naomi, une servante du manoir, qui accourait.

— Milady... oh, milady... (La servante tenta de reprendre son souffle.) C'est M. Young qui m'envoie vous chercher. *Il* est là. Au manoir. Ils sont tous réunis et... ils vous attendent.

Lara haussa les sourcils.

— *Qui* est là ?

— C'est M. Young qui l'a ramené, milady.

— Il l'a ramené ? répéta Lara d'une voix blanche.

— Oui, milady. Le comte est revenu.

2

Les paroles de Naomi bourdonnaient aux oreilles de Lara. *Le comte est revenu... Le comte est revenu...*

— C'est impossible, murmura-t-elle.

Pourquoi M. Young avait-il conduit l'étranger au manoir ? Elle humecta ses lèvres, soudain aussi desséchées qu'un vieux parchemin, pour demander d'une voix enrouée :

— Est-ce que... tu l'as vu ?

La servante se contenta de hocher la tête, comme si elle était à court de mots.

Lara la regarda droit dans les yeux.

— Tu connaissais bien lord Bancroft, Naomi. Dis-moi si l'homme amené par M. Young est bien...

Elle soupira, incapable de terminer sa phrase.

— Je le crois, milady, répondit la soubrette. J'en suis même certaine.

— Mais... le comte est mort, protesta Lara. Il s'est noyé.

— Laissez-moi vous accompagner, proposa Naomi en lui prenant le bras. Vous êtes toute pâle. (Elle eut un petit rire.) Mais c'est normal. Ce n'est pas tous les jours qu'une femme voit ressusciter son mari.

Lara s'écarta brusquement.

— Non. Je... j'ai besoin de quelques moments de tranquillité. Je me rendrai au manoir quand je me sentirai prête.

— Bien, milady. Je vais leur dire de vous attendre.

Après un dernier regard attendri pour la jeune femme, Naomi reprit le sentier qui conduisait au manoir.

Une fois chez elle, Lara versa un peu d'eau fraîche dans une cuvette et s'aspergea le visage. Ses gestes méthodiques tranchaient avec l'agitation de ses pensées. C'était la première fois qu'elle se retrouvait dans une situation aussi confuse. Sa nature l'avait toujours portée à la raison. Elle ne croyait pas aux miracles, et n'en avait jamais attendu un. Surtout pas celui-là.

Ce n'était pas un miracle, du reste, se dit-elle résolument en remettant des épingles dans ses cheveux. L'inconnu qui l'attendait au manoir ne pouvait être Cameron. C'était un usurpateur, diablement talentueux, sans doute, puisqu'il avait réussi à convaincre Young et le Dr Slade. Mais un usurpateur quand même. Lara prouverait aisément qu'il n'était pas son mari, et tout rentrerait dans l'ordre. À condition qu'elle garde son calme. Elle respira profondément en terminant de se coiffer.

Mais alors qu'elle se regardait dans le miroir, elle surprit un mouvement dans son dos. Elle tressaillit. Quelqu'un venait de pénétrer dans le cottage.

Son sang se glaça dans ses veines quand elle vit un autre visage s'encadrer dans la glace, à côté du sien. Un visage d'homme au teint hâlé, avec des cheveux bruns, des yeux noirs, une bouche sévère, et de larges épaules...

Lara ne pouvait plus respirer. Elle avait l'impression de s'être transformée en pierre. Il se tenait juste derrière elle et croisait son regard dans le miroir. C'était bien les mêmes yeux, la même couleur. Sauf qu'il ne l'avait jamais regardée avec cette intensité, qui donnait la chair de poule à la jeune femme. Ce regard était celui d'un prédateur.

Elle tressaillit encore lorsqu'il approcha la main de ses cheveux. Lentement, il la débarrassa de ses épingles, qu'il déposa sur la table de la coiffeuse. Lara le laissa faire, hébétée.

— C'est impossible, murmura-t-elle. Je rêve...

— Je ne suis pas un fantôme, Lara, répliqua-t-il avec cette voix profonde, presque rauque, qu'elle aurait reconnue entre mille.

Elle se retourna pour lui faire face.

Il avait beaucoup maigri. Sa peau était si bronzée qu'elle ne ressemblait plus à celle d'un Anglais. Et ses cheveux s'étaient éclaircis de reflets dorés.

— Je ne le crois pas... ajouta-t-elle d'une toute petite voix.

Son cœur battait à tout rompre dans sa poitrine, elle avait l'impression d'étouffer. Soudain, un voile noir obscurcit sa vue et elle plongea dans les ténèbres qui s'ouvraient sous ses pieds.

Cameron la rattrapa dans ses bras avant qu'elle ne tombe. Il la porta jusqu'au lit et s'assit dessus, la tenant serrée dans ses bras. Sa tête s'était renversée en arrière, découvrant une gorge au teint d'ivoire qui se dissimulait dans sa robe de deuil. Il la contempla en silence, ébloui par la délicatesse de ses traits.

Il avait oublié qu'une peau de femme pouvait être plus douce que du velours...

Ainsi évanouie, elle paraissait aussi vulnérable et fragile qu'une enfant. Pourtant, elle était déjà veuve. Avec une froide détermination, Cameron décida que cette femme, désormais, lui appartiendrait. Elle, et la fortune qui allait avec.

Elle rouvrit les yeux et le dévisagea avec gravité. Il lui sourit, mais prit garde de ne rien révéler de ses pensées.

Elle sembla tout à coup s'attendrir. Ou plutôt, s'apitoyer. Comme si elle considérait qu'elle avait devant elle une âme perdue, en grand besoin d'être sauvée. Elle tendit la main pour toucher la petite cicatrice sur le cou de Cameron qui était cachée sous ses cheveux. Cette légère caresse suffit à lui embraser les sens.

Étonné et troublé, il lutta contre l'envie d'enfouir son visage entre ses seins. Il l'assit à côté de lui et laissa une distance convenable entre eux.

Pour la première fois de sa vie, il avait peur de ses émotions – lui qui avait toujours mis sa fierté à savoir se contrôler.

— Qui êtes-vous ? demanda-t-elle.

— Tu sais très bien qui je suis, Lara.

Elle secoua lentement la tête en détournant le regard. Puis elle se releva pour se diriger vers la cuisinière.

— Je... je vais faire un peu de thé. Nous allons parler. Peut-être puis-je vous aider...

Ses mains tremblaient, et le couvercle de la théière faillit lui échapper.

Ainsi, elle avait décidé qu'il n'était qu'un pauvre fou qui avait besoin d'aide... Un sourire amusé sur les lèvres, il la rejoignit et prit ses mains dans les siennes. À nouveau, la douceur de sa peau le troubla au plus profond de lui-même.

— Je suis ton époux, lui dit-il. Me voilà de retour chez nous.

Elle frissonna de tous ses membres.

— C'est moi, Cameron, insista-t-il. N'aie pas peur.

Lara le contempla, stupéfaite. Son visage lui paraissait familier et, en même temps, elle était certaine de ne pas connaître cet homme.

— Mon mari est mort.

Il se raidit imperceptiblement.

— Je vais te montrer que je dis vrai.

Avant que la jeune femme ait pu réagir, il s'empara de ses lèvres et l'embrassa comme jamais elle n'avait été embrassée. Elle voulut le repousser, mais les sensations qu'il faisait naître avec sa langue la désarmèrent. C'était à la fois brûlant et délicieux. Puis il relâcha sa bouche pour la serrer contre lui. Il était autant protecteur que dominateur. Dans ses bras, Lara se sentait étrangement en sécurité. Elle abandonna la tête contre son torse musclé et le laissa enfouir son visage dans ses cheveux. Aucun homme ne l'avait jamais tenue ainsi.

— Oh... gémit-elle quand il promena sa langue sur son cou.

— Dis mon nom, Lara.

— Non.

— Dis-le, insista-t-il en emprisonnant ses seins dans ses larges paumes.

Lara sentit la pointe de ses seins se durcir, mais trouva la force de reculer.

— Comment osez-vous ? s'exclama-t-elle d'une voix haletante.

— Tu es ma femme.

— Cameron n'aimait pas m'embrasser.

— J'ai changé.

— Vous n'êtes pas Cameron ! répliqua-t-elle en s'enfuyant vers la porte.

— Lara !

Elle l'ignora.

— Lara, regarde-moi !

Quelque chose, dans sa voix, la fit s'arrêter sur le seuil. Elle se retourna. Il tenait un petit objet dans sa main.

— Qu'est-ce que c'est ?

— Viens voir.

Elle rebroussa chemin à contrecœur, hypnotisée par l'objet qu'il brandissait. C'était un camée qui la représentait en miniature.

— Pendant tous ces mois, je n'ai cessé de contempler ce bijou. Même quand j'avais perdu la mémoire, après le naufrage, je savais que tu étais à moi.

Il enfouit le camée dans sa poche. Lara scrutait son visage, abasourdie. Elle avait l'impression de vivre un cauchemar.

— Comment avez-vous obtenu ce camée ?

— C'est toi qui me l'as donné, le jour de mon départ pour les Indes. Tu ne t'en souviens pas ?

Si, elle s'en souvenait. Cameron était si impatient de quitter le manoir qu'il avait à peine pris le temps de lui faire ses adieux. Lara, cependant, avait réussi à lui soutirer un moment en privé, pour lui donner cette miniature. C'était l'usage qu'une épouse offre pareil cadeau à son mari, à la veille d'un grand voyage. Même si Lara ne s'estimait pas heureuse avec Cameron, elle n'avait pas dérogé à la coutume.

Celui-ci avait semblé touché par son présent, au point de lui donner un petit baiser sur le front.

— Merci, Lara. C'est ravissant, avait-il dit.

— Je prierai pour votre salut, avait-elle répondu.

Il avait ri.

— Ne gâchez pas vos prières pour moi, avait-il répliqué avant de s'en aller.

Elle ne l'avait plus jamais revu.

L'inconnu semblait avoir déchiffré le cours de ses pensées.

— Finalement, tu as quand même dû prier une ou deux fois pour moi, murmura-t-il. Le Ciel t'aura entendue. Et me voilà de retour.

Lara sentit son cœur manquer un battement. Seul son mari pouvait connaître les quelques mots qu'ils avaient échangés ce jour-là.

— Cameron...

Il la prit par les épaules.

— Allons, tu ne vas quand même pas t'évanouir une deuxième fois ?

Elle était trop bouleversée pour répondre. Cameron l'accompagna jusqu'à un fauteuil et elle s'y laissa tomber en soupirant. Il se pencha vers elle.

— Tu commences à me croire, maintenant ?

— D'a... d'abord, donnez-moi d'autres indices que seul mon mari pourrait connaître.

— Bonté divine ! Young et le Dr Slade m'ont déjà soumis à un examen en règle. (Il la regarda avec une telle acuité qu'elle frissonna.) Tu possèdes un grain de beauté sur la cuisse gauche, dit-il d'une voix presque sensuelle, et une tache de rousseur sur le sein droit. Et aussi, une petite cicatrice au talon, qui date de ton enfance. (Il paraissait ravi de sa stupéfaction.) Veux-tu que je continue ? Je pourrais aussi décrire la couleur de tes...

— C'est assez, l'interrompit Lara en rougissant.

Une nouvelle fois, elle s'appliqua à le dévisager, arrêtant son regard sur la ligne volontaire des mâchoires, sur la fossette qui creusait ses joues.

— Votre visage a changé, dit-elle en effleurant sa joue. Je vous aurais peut-être reconnu plus facilement si vous n'aviez pas autant maigri...

Il la surprit en attrapant sa main pour y poser les lèvres. Troublée par cette caresse, la jeune femme s'empressa d'abaisser le bras.

— Vos habits aussi ont changé, ajouta-t-elle en détaillant sa tenue.

Cameron s'habillait toujours richement, de vestes de brocart, de chemises finement brodées, de pantalons coupés dans la meilleure laine. Tandis que l'homme en face d'elle ne portait qu'un pantalon ordinaire et une chemise élimée, assortie d'un foulard passé de mode.

Cameron s'amusa de son examen minutieux.

— J'ai voulu me changer en arrivant au manoir, expliqua-t-il, mais je n'ai pas retrouvé mes anciens costumes.

— Janet et Arthur ont tout déménagé.

— Y compris ma femme, apparemment. (Il jeta un œil à la décoration du cottage, fronçant les sourcils.) Je ne pardonnerai jamais à mon oncle de t'avoir logée dans cette maison. J'espérais davantage de bonté de sa part. Il me déçoit beaucoup.

— Je ne me plains pas. C'est assez confortable pour...

— Non. Ce cottage conviendrait à peine à une lavandière, répliqua Cameron d'une voix tranchante comme un couperet, qui fit frissonner la jeune femme.

Il s'en rendit compte et se radoucit :

— Ne parlons plus de cela. Tu vas déménager aujourd'hui même.

— Je ne veux pas... commença Lara, avant de s'interrompre brusquement, effrayée à l'idée de manquer de respect à son époux.

Elle avait de plus en plus l'impression de vivre un cauchemar. Cameron était revenu et manifestait déjà l'intention de la plier à son autorité. Comme avant. Mais Lara sentait qu'elle ne pourrait plus l'accepter.

— Qu'y a-t-il, ma chérie ? demanda-t-il gentiment.

Elle le regarda, médusée.

— Vous ne m'avez jamais parlé ainsi...

Il lui caressa tendrement le menton.

— Pendant ma convalescence à Cape Town, j'ai eu longuement le temps de réfléchir, Lara. Plus je repensais à notre mariage, plus je me reprochais mon égoïsme. Je me suis promis qu'à mon retour nous repartirions sur de nouvelles bases.

— Je... je ne pense pas que cela soit possible.

— Pourquoi pas ?

— Trop de choses se sont passées, et je...

La jeune femme déglutit péniblement, sentant ses yeux s'embuer de larmes. Pourquoi Cameron était-il revenu ? Pourquoi le destin se montrait-il si cruel ? Elle avait l'impression d'être une prisonnière qu'on aurait libérée quelque temps, pour la remettre ensuite derrière les barreaux.

— Je vois, chuchota Cameron en laissant retomber sa main.

Bizarrement, Lara avait le sentiment qu'il la comprenait *vraiment*. Alors qu'autrefois, elle ne l'avait jamais vu compatir à quoi que ce soit.

— Vous ne pourrez pas changer, répliqua-t-elle, sentant une larme couler sur sa joue.

Cameron tendit la main pour l'essuyer. La jeune femme voulut se reculer, mais il se pencha et elle se retrouva acculée contre le dossier du fauteuil.

— Lara, murmura-t-il, je ne te ferai jamais aucun mal.

— Je n'ai pas peur de vous, rétorqua-t-elle.

Et elle ajouta, sur un ton de défi :

— Mais je ne veux pas redevenir votre femme...

L'ancien Cameron aurait réagi immédiatement devant cette rébellion. Il l'aurait remise à sa place par quelques mots acides. Alors que là, il la regardait avec un calme étonnant, qui la mettait mal à l'aise.

— J'ai bien l'intention de te faire changer d'avis, dit-il. Tout ce que je te demande, c'est de m'accorder une seconde chance.

Lara agrippa les bras du fauteuil.

— Je préfère que nous reprenions des existences séparées.

— Hélas, je ne peux satisfaire à cette requête, répondit-il, d'une voix douce mais implacable. Tu es ma femme. Et je compte reprendre ma place dans ta vie, comme dans ton lit.

Lara se sentit blêmir.

— Pourquoi ne pas vous contenter de lady Carlysle ? Elle sera ravie de votre retour.

Cameron devint soudain circonspect.

— Elle ne représente rien à mes yeux.

— Pourtant, vous vous aimiez, lui rappela Lara.

— Ce n'était pas de l'amour.

— Alors c'était bien imité !

— Vouloir coucher avec une femme ne veut pas forcément dire qu'on l'aime.

— Je sais cela, répliqua-t-elle en le regardant droit dans les yeux. Vous n'avez manqué aucune occasion de me le montrer.

Cameron ne répondit rien. Il s'éloigna du fauteuil pour se planter devant la cheminée. Se voyant à nouveau libre de ses mouvements, Lara s'empressa de se relever et alla se réfugier à l'autre bout de la pièce.

— J'essaierai de vous plaire en toute circonstance, dit-elle. À l'exception d'une seule. Je ne vois plus l'utilité que nous partagions le même lit. Outre que je n'ai jamais su vous donner de plaisir, l'expérience a montré que j'étais stérile. Je préfère que vous trouviez une autre femme pour satisfaire vos besoins.

Il revint vers elle.

— Je ne veux personne d'autre que toi.

— Alors, il vous faudra me prendre de force.

Elle n'arrivait pas à déchiffrer son expression. Était-ce de la colère, de la moquerie, ou simplement s'amusait-il de la situation ?

Il lui prit le bras, doucement mais fermement.

— Non, répondit-il. Je ne viendrai pas dans ton lit tant que tu ne m'y inviteras pas.

— Je doute que cela arrive un jour.

— Ce n'est pas grave. Je saurai me montrer patient. (Il la dévisagea d'un œil inquisiteur.) As-tu fréquenté un autre homme, durant mon absence ?

— Non ! répliqua-t-elle en se retenant d'éclater de rire, abasourdie qu'il ait imaginé un rival pour s'expliquer qu'elle ne veuille plus coucher avec lui. Dieu du ciel ! J'espérais, après votre départ, être enfin débarrassée des hommes.

Là encore, il aurait pu très mal interpréter sa réponse. Mais il se contenta de sourire d'un air ironique.

— Parfait. Même si je n'aurais pu te blâmer de m'avoir fait des infidélités, me croyant mort, j'aurais très mal supporté cette idée.

Il se massa le cou, d'un geste machinal, et Lara remarqua à nouveau sa cicatrice.

— Souvenir du naufrage, expliqua-t-il. Nous avons été pris dans une tempête qui nous a précipités sur un récif. Ma tête a heurté quelque chose, mais je ne saurais dire quoi. Dans les semaines qui ont suivi, je n'étais même pas capable de me rappeler mon nom.

La jeune femme ne put s'empêcher d'être touchée.

— Je suis désolée...

Il sourit.

— Désolée de voir que j'ai survécu, je suppose ?

Ignorant ce sarcasme, elle tendit la main pour effleurer sa cicatrice. Elle le sentit se raidir.

— Ça fait mal ? demanda-t-elle en retirant aussitôt sa main.

Il secoua la tête en riant.

— Je ne parlerais pas exactement de douleur...

Lara remarqua soudain la protubérance qui gonflait son pantalon. Elle s'écarta vivement, rouge comme une pivoine.

— Pardonne-moi, chérie, dit-il sans cesser de

sourire. Cette année de célibat forcé a quelque peu affecté mon sang-froid. (Il lui décocha un regard qui la troubla jusqu'au tréfonds d'elle-même.) À présent, viens avec moi, Lara. Il est temps de rentrer chez nous.

3

Lara aurait préféré se changer avant d'aller au manoir, mais elle ne put se résoudre à se déshabiller devant son mari – car elle était pratiquement certaine, à présent, qu'il s'agissait bien de lui. Elle se contenta de remettre ses épingles dans ses cheveux, parfaitement consciente qu'il ne cessait, pendant ce temps, de l'observer.

Quand elle eut terminé, il s'approcha et lui tendit son bras.

— Te sens-tu prête ? Ils attendent tous de voir si tu vas me suivre.

— Ai-je le choix ?

Il ricana.

— Je n'ai pas l'intention de te ramener au manoir contre ton gré, en te bâillonnant pour t'empêcher de crier.

Lara aurait voulu réfléchir encore. Elle savait qu'en acceptant son bras, elle s'engageait sur une voie sans retour.

Cameron mit fin à son hésitation en lui prenant gentiment la main.

— Viens, dit-il.

Et ils partirent vers le manoir.

— Il faudra quelques jours pour que le comte et

la comtesse déménagent leurs affaires, dit-elle en chemin.

— Ils ne sont plus ni comte ni comtesse, corrigea Cameron. Toi et moi avons recouvré nos titres. Et je compte bien les déloger du manoir aujourd'hui même.

— Aujourd'hui ? Mais vous ne pouvez pas leur demander de partir si vite !

Ses traits s'étaient durcis. Il ressemblait tout à coup au mari implacable dont elle avait gardé le souvenir.

— Je me demande bien ce qui m'en empêchera ! Je refuse qu'Arthur et Janet déshonorent ma demeure une nuit de plus.

— Où comptez-vous les installer ?

— Nulle part. Ils iront où ils voudront. Ce n'est pas mon problème.

— Vous pourriez au moins leur offrir une chambre d'amis...

— Pas question.

— Vous avez tort de les chasser, objecta Lara. Ils feront tout pour prouver que vous êtes un imposteur.

— J'exige qu'ils s'en aillent, s'obstina-t-il. (Il se tourna vers elle.) Avant que nous entrions, je voudrais que tu me dises si tu as encore des doutes à mon sujet.

— Oui, un peu, avoua la jeune femme, hypnotisée par son regard perçant.

— As-tu l'intention d'en faire part aux autres ? demanda-t-il d'une voix neutre.

Lara hésita.

— Non, répondit-elle finalement.

— Pourquoi ?

— Parce que si vous n'êtes pas mon mari, je m'en apercevrai bien assez tôt.

Il sourit encore, mais cette fois, sans chaleur.

— Je vois.

Ils firent le reste du chemin en silence.

— Je suis impressionné par la façon dont ils ont massacré cette maison, commenta Cameron alors qu'ils pénétraient dans le hall du manoir.

Le décor originel, d'inspiration médiévale, avait disparu sous des tentures criardes, des statues de marbre et des miroirs engoncés dans de lourds cadres dorés. Le résultat était vulgaire.

— Ce n'est pas donné à tout le monde de pouvoir transformer en aussi peu de temps une demeure élégante en bordel, ajouta-t-il.

— Je ne sais pas, répliqua Lara. Je n'ai pas l'habitude de ce genre de maisons.

Il ricana.

— Pour autant que je me souvienne, tu n'étais pas mécontente que je préfère passer mes nuits dans de tels endroits, plutôt que dans ton lit.

Mal à l'aise, la jeune femme reporta son attention sur le décor.

— Malheureusement, je crains qu'on ne puisse plus rien changer, à présent.

— Et pourquoi donc ?

— Cela coûterait une fortune.

— Nous pouvons nous permettre cette dépense.

— Vous feriez bien de vérifier les comptes du domaine avant de dire cela, objecta Lara en baissant la voix. Votre oncle est extrêmement dépensier.

Cameron hocha la tête, sans rien ajouter. Il lui

tint le bras pendant qu'ils traversaient le hall, manifestant une parfaite aisance. Un imposteur aurait probablement montré quelque signe de nervosité.

Lara n'aurait jamais imaginé qu'ils reviendraient ensemble dans cette maison. Elle croyait cette partie de sa vie définitivement révolue. Encore maintenant, elle avait du mal à réaliser que son mari était de retour, malgré le contact de son bras sur le sien. Et le souvenir de son baiser.

Le hall se terminait par un grand escalier en fer à cheval qui menait à l'étage. Tous les domestiques s'étaient rassemblés au pied des marches, depuis la gouvernante jusqu'aux valets d'écurie. Ils sourirent avec une joie sincère en voyant Lara marcher au bras de lord Bancroft, comme si elle leur apportait la preuve définitive que leur maître était bien revenu. De toute évidence, la perspective d'être débarrassés d'Arthur et de Janet – tellement exigeants et si difficiles à contenter – les ravissait.

La gouvernante s'avança à leur rencontre.

— Lord Bancroft, dit-elle avec un chaleureux sourire, c'est à peine croyable de vous revoir. Au nom de nous tous, permettez-moi de vous souhaiter la bienvenue.

Cameron lui rendit son sourire.

— Merci, madame Gorst. Après un aussi long voyage, je crois que je n'aurai plus aucune envie de quitter notre bonne vieille Angleterre. (Il parcourut le groupe des serviteurs du regard.) Où est M. Tornley ? demanda-t-il, faisant référence au majordome qui travaillait au service des Bancroft depuis une vingtaine d'années.

— Il s'est engagé dans une autre maison, monsieur, répondit la gouvernante. Il ne souhaitait plus servir le nouveau comte.

Comme Cameron ricanait, Mme Gorst s'empressa d'ajouter :

— J'espère que vous n'en voulez pas à Tornley, milord ? Il était très affecté par votre disparition et...

— Je n'en veux nullement à Tornley, la rassura Cameron, avant d'entraîner Lara vers le grand salon. Viens, chérie. Il est temps que je remette de l'ordre dans cette maison...

— Le voilà ! s'exclama une voix quand ils pénétrèrent dans le salon, où les attendaient une bonne dizaine de personnes.

Il y avait là Janet et Arthur, bien sûr, mais aussi James Young, le Dr Slade, et quelques parents des Crossland venus vérifier l'incroyable nouvelle.

Arthur prit de court tout le monde, en s'avançant le premier à la rencontre de Cameron.

— Je vois que vous avez réussi à convaincre Lara de vous accompagner, dit-il d'un ton parfaitement dédaigneux. (Il se tourna vers la jeune femme.) Vous avez commis une grossière erreur, ma chère. Je vous imaginais plus raisonnable. Quelle idée de rentrer dans la combine de cette crapule !

Lara lui rendit son regard, sans ciller.

— Il n'y a aucune combine, milord.

James Young voulut s'interposer.

— Je vous assure, lord Arthur, que cet homme est réellement Cameron Hunter Crossland, autrement dit lord Bancroft.

— Je devine qu'il vous a payé pour être son complice, rétorqua Arthur. (Il renifla avec mépris.) Eh bien, il ne me reste plus qu'à porter cette affaire devant les tribunaux. Il ne sera pas dit qu'un vulgaire imposteur peut se proclamer comte de Bancroft ! Il ne ressemble même pas à Cameron. Il lui manque au moins une vingtaine de kilos !

Cameron s'esclaffa.

— Ce n'est pas un crime de perdre du poids, que je sache.

Arthur le toisa froidement.

— Sans doute. Mais c'en est un de s'approprier un héritage qui ne vous appartient pas.

Young tenta à nouveau d'intervenir.

— Tous les indices confirment qu'il s'agit bien de lord Bancroft, milord. Nous l'avons longuement interrogé, et jamais nous n'avons pu le prendre en défaut sur ses souvenirs. Par ailleurs, nous avons examiné son dos et retrouvé la cicatrice de son accident de cheval quand il était petit. Nous avons également comparé un échantillon de son écriture avec celle de lord Bancroft. Les deux concordaient. Et quoiqu'il ait beaucoup maigri, son apparence générale ressemble à celle de lord Bancroft. Du reste, tous ceux qui l'ont approché ne manquent pas de le reconnaître.

— Moi, je ne le reconnais pas, décréta Arthur. Et ma femme non plus.

— Peut-être parce que vous avez le plus à perdre dans l'affaire, remarqua le Dr Slade, non sans cynisme. Sa propre épouse l'a reconnu. Or une femme aussi respectable que la comtesse n'aurait jamais confondu un étranger avec son mari.

— Sauf si elle y trouve son compte, objecta Janet en pointant un doigt accusateur sur Lara. Elle serait prête à coucher avec le premier venu, dans l'espoir de récupérer la fortune des Bancroft.

Lara fut choquée par cette insulte.

— Je ne mérite pas...

— Une jeune et jolie veuve cherche toujours à plaire aux hommes, continua Janet. Vous avez berné tout le village avec vos charités, mais on ne me la fait pas, à moi ! Je sais très bien que...

— Cela suffit ! trancha Cameron d'une voix terrible.

Il se tourna vers Arthur et lui décocha un regard si noir que l'autre perdit soudain sa belle assurance.

— Hors de ma vue ! ajouta-t-il. Si vous n'avez pas rassemblé vos bagages d'ici à ce soir, je demanderai aux domestiques de les brûler. Maintenant, fichez-moi le camp, tous les deux. Et estimez-vous heureux que je ne cherche pas davantage à me venger de ce que vous avez fait subir à ma femme !

Janet laissa échapper un petit cri outragé.

— Nous avons abreuvé Lara de générosités ! protesta-t-elle. Quels mensonges vous a-t-elle débités ?

— Dehors ! gronda Cameron en se ruant sur Janet, la main levée, comme s'il allait la frapper.

Celle-ci s'enfuit vers la porte.

— Vous n'avez pas plus de manières qu'un porc ! Vous n'êtes pas plus le comte de Bancroft que je ne suis reine de France ! conclut-elle avant de disparaître, Arthur sur les talons.

Cameron se pencha vers Lara.

— Je ne me doutais pas à quel point il était dangereux de te laisser à leur merci, chuchota-t-il à son oreille. Pardonne-moi.

La jeune femme le regarda, médusée. Jamais Cameron ne s'était excusé de quoi que ce soit.

— Je me demande si Janet n'a pas un peu raison, avoua-t-elle. Vous ne ressemblez pas à l'homme que j'ai épousé.

— Aurais-tu préféré que je revienne tel que j'étais autrefois ? répliqua-t-il à voix basse, pour ne pas être entendu des autres.

Lara haussa les épaules.

— Je ne sais pas.

Toute la maisonnée était en effervescence. Cameron étant décidé à déloger les Crossland, les domestiques couraient d'une pièce à l'autre pour les aider à boucler leurs bagages. Janet arpentait le manoir comme une furie, aboyant des ordres et insultant quiconque se trouvait sur son chemin.

Lara craignait que les Crossland ne leur pardonnent jamais une telle humiliation. Mal à l'aise, elle s'était réfugiée à l'étage et visitait les chambres qui avaient échappé à la fureur décorative de Janet.

— On fait l'inventaire ? l'interpella soudain celle-ci, dans son dos.

Lara se retourna. Janet la toisait avec un regard de pure haine. Cependant, Lara ne pouvait s'empêcher de s'apitoyer sur son sort. Pour une femme aussi ambitieuse, la perte du titre et de la fortune des Bancroft était un coup terrible.

— Je suis désolée, lady Crossland, dit-elle sincèrement. J'ai conscience que la situation n'est pas...

— Épargnez-moi votre pitié ! Vous êtes trop contente d'avoir gagné. Mais ça ne durera pas. D'une manière ou d'une autre, nous rentrerons dans nos droits. Arthur reste l'héritier présomptif. Et puis, nous avons deux enfants, alors que vous êtes stérile. Avez-vous pensé à le dire à l'imposteur qui se prétend votre mari ?

Lara avait blêmi.

— Vous n'avez donc aucune pudeur ?

— Ni plus ni moins que vous, ma chère. Quand on voit comment vous avez hâte de vous glisser dans le lit d'un étranger ! Pendant des mois, vous avez joué à la sainte pour mieux abuser votre monde, mais vous n'êtes qu'une chienne en chaleur et vous...

Sa tirade fut interrompue par un rugissement. L'instant d'après, Cameron s'était rué sur elle et la secouait rudement par les épaules.

— Félicitez-vous d'être une femme, lui dit-il. Sinon je vous aurais fait ravaler vos paroles.

— Lâchez-moi ! protesta Janet.

— S'il vous plaît, Cameron ! intervint Lara. Laissez-la tranquille.

Il tressaillit. C'était la première fois, depuis son retour, qu'elle l'appelait par son nom.

— Ne vous emportez pas ainsi, continua la jeune femme. Janet ne m'a pas frappée. Laissez-la partir.

Avec une grimace de dégoût, il relâcha lady Crosland qui en profita pour s'enfuir sans demander son reste.

Lara était choquée par l'attitude de son mari. Une lueur assassine flamboyait dans ses yeux noirs. Jamais Cameron n'avait manifesté une telle violence, même lorsqu'il se mettait en colère. L'épreuve qu'il venait de vivre avait-elle pu le métamorphoser à ce point ?

— Janet n'est qu'une garce vindicative, lâcha-t-il.

— Elle parlait sous l'empire de la colère et de la frustration. Je ne lui en veux pas.

Cameron l'enlaça brusquement à la taille. Lara avala péniblement sa salive en sentant son torse musclé contre sa poitrine. Cette étreinte lui rappelait leur baiser de tout à l'heure...

Les accusations de Janet avaient porté. La jeune femme ne pouvait nier qu'elle se sentait attirée par cet homme, alors qu'elle ne l'avait jamais été par son mari. Était-ce parce qu'il avait changé... ou parce qu'il n'était pas Cameron ?

Tout s'était passé trop vite. Elle avait besoin de remettre de l'ordre dans ses pensées.

— Ne me touchez pas, murmura-t-elle. Je vous en prie...

Cameron la relâcha et elle recula d'un pas, pour mieux le détailler. Ses yeux avaient bien la même coloration que ceux de Cameron, mais son regard brillait d'une intensité plus profonde.

— Comment pourriez-vous être mon mari ? Mais comment pourriez-vous être quelqu'un d'autre ? Je ne sais plus quoi penser...

Cameron ne cilla pas.

— Si tu doutes de moi, va le dire aux autres. Tout dépend de toi, désormais. Sans ton soutien, je n'ai aucune chance de convaincre le reste de la famille de mon identité.

Lara se passa une main sur le front. Elle ne voulait pas prendre seule une telle décision et risquer, ainsi, de commettre une terrible erreur. À supposer que cela fût une erreur...

— Nous pourrions attendre que votre mère rentre de voyage, proposa-t-elle. Dès qu'elle sera avertie de votre retour, elle se précipitera ici. Je me plierai à son verdict. Une mère ne peut pas se tromper sur son fils.

— Non, répliqua-t-il calmement. C'est à toi de décider, Lara. Suis-je, ou non, ton mari ?

— Je suppose que M. Young a raison de dire que...

— Ne détourne pas la conversation, Lara. Réponds à ma question : suis-je bien ton mari ?

— Je n'en suis pas absolument certaine, dit-elle, refusant de répondre par oui ou par non, comme il le demandait. Je ne vous ai jamais très bien connu. Nous n'étions pas intimes, excepté dans la chambre. Et même là...

Elle s'interrompit, les joues en feu.

— C'était expéditif, reconnut-il abruptement. Je ne savais pas comment traiter ma femme au lit. J'aurais dû te séduire, exactement comme avec une maîtresse. Mais j'étais sans doute trop égoïste pour cela.

Lara baissa les yeux.

— Ce n'était pas moi que vous désiriez.

— Ce n'était pas ta faute.

— Vous m'avez épousée pour avoir des enfants, et je n'ai pas pu vous...

— Ça n'a aucun rapport, coupa-t-il. Regarde-moi, Lara.

Comme elle ne s'exécutait pas, il lui souleva tendrement le menton.

— Je me moque que tu me donnes ou non un héritier. Ça n'a plus d'importance.

— Bien sûr que si...

— J'ai changé, Lara. Donne-moi la chance de te montrer comment les choses auraient dû être entre nous.

Il y eut un long silence. La jeune femme était hypnotisée par sa bouche, et elle se demandait s'il allait à nouveau l'embrasser.

Soudain, il parut avoir pris une décision.

— Tu as la peau aussi douce que du velours, Lara,

murmura-t-il en lui caressant le cou. (Elle frissonna, mais ne trouva pas la force de le repousser.) J'ai envie de te déshabiller, ici, tout de suite, pour te serrer nue dans mes bras et te faire l'amour...

Lara crut défaillir quand il se pencha pour donner un petit coup de langue derrière son oreille.

— Les Hindous considèrent que la vie d'une femme n'a aucun intérêt sans un mari, murmura-t-il en lui mordillant le lobe de l'oreille. À leurs yeux, tu aurais beaucoup de chance de m'avoir récupéré d'entre les morts.

— Je me débrouillais très bien sans vous, répliqua la jeune femme en s'agrippant à lui, de peur que ses jambes ne la portent plus.

Elle le sentit sourire.

— En Inde, on t'aurait jetée vivante sur le bûcher où brûlait ma dépouille, pour t'épargner l'infamie de vivre sans moi.

— C'est barbare ! se récria-t-elle.

Il lui caressait maintenant les seins, à travers l'étoffe de sa robe. Elle ferma les yeux.

— Je vous en prie... je ne veux pas...

— Laisse-moi simplement te caresser. Cela fait si longtemps que je n'ai pas tenu une femme dans mes bras.

— Combien de temps ? ne put-elle s'empêcher de demander.

— Plus d'un an.

Tout en parlant, il continuait de lui masser les seins. Lara en était électrisée de la tête aux pieds.

— Et qu'arrive-t-il quand une Indienne refuse d'être brûlée vive ?

— Elles n'ont pas le choix.

— Les pauvres... J'ai été attristée par votre disparition, mais croyez-moi, ça ne m'a pas donné l'envie de me suicider.

Il éclata de rire.

— Je suppose que tu as même soupiré de soulagement en apprenant mon naufrage ?

— Non, répondit-elle par réflexe, en rougissant malgré elle.

Cameron sourit encore.

— Menteuse ! dit-il avant de déposer un petit baiser furtif sur ses lèvres.

— Je vous assure que...

Il dévia brutalement la conversation :

— Je veux que l'on te confectionne de nouvelles robes. Ma femme mérite mieux que ces vieilleries.

Lara abaissa son regard sur sa robe de deuil.

— Mais ça va coûter cher... objecta-t-elle, en songeant qu'elle serait pourtant ravie de changer de garde-robe.

Elle commençait à être fatiguée du noir et du gris.

— Le prix n'a pas d'importance. Je veux que tu te débarrasses au plus vite de ces toilettes sinistres. Brûle-les, même, si ça te chante. Et commande aussi quelques négligés de soie.

Lara n'avait jamais rien porté d'autre, pour dormir, que des chemises de nuit de coton blanc.

— Je n'ai pas besoin de négligés !

— Si tu ne t'en occupes pas, je le ferai à ta place.

Lara se recula.

— Je refuse de porter des habits de séductrice. Et tant pis si cela vous déplaît. Vous devez comprendre que je ne viendrai jamais à vous de ma propre volonté. Je sais qu'il est difficile pour un homme de... et que vous avez besoin de... (Lara se savait cramoisie.) Mais je suppose... enfin j'espère que...

Elle avala sa salive, avant de terminer d'une traite :

— N'hésitez pas à voir d'autres femmes pour satisfaire vos besoins. Je ne vous en tiendrai pas davantage rigueur qu'autrefois.

Cameron la regarda bizarrement. Comme s'il était en colère et amusé à la fois.

— La situation a changé. Mes « besoins » ne pourront être satisfaits que par une seule femme. Tant que tu ne te donneras pas à moi, je resterai sur ma faim.

— Je ne céderai pas sur ce point.

— Et moi, pas davantage.

C'était comme un défi. La jeune femme aurait voulu lui montrer toute sa détermination, mais Cameron lui sourit avec un charme si désarmant qu'elle se sentit mal à l'aise.

Jusqu'ici, elle n'avait jamais considéré son mari sous l'angle de la séduction. Peu lui importait qu'il fût beau ou non. Cameron avait été choisi par ses parents et elle s'était pliée à leur décision. Puis le désastre de leur vie de couple l'avait définitivement désintéressée de tout aspect physique. Mais là, pour la première fois, elle réalisait à quel point il était beau. Et pas seulement beau, du reste, mais littéralement envoûtant.

– Nous verrons bien qui de nous deux cédera le premier, dit-il.

Le visage de Lara avait dû trahir ses pensées, car il quitta la pièce en lui adressant un clin d'œil taquin.

4

Ce soir-là, dans sa chambre, Cameron s'employa à retrouver les cahiers de lord Bancroft. Sans succès. Il eut beau fouiller méthodiquement les malles descendues du grenier par les domestiques, il ne découvrit rien d'autre que des effets personnels, dont une garde-robe beaucoup trop large pour lui.

Abandonnant son examen, il se releva en soupirant et laissa son regard errer sur les murs tendus d'un épais tissu de brocart rouge et or. Le décor surchargé de cette chambre lui donnait la nausée.

Après avoir ôté ses vêtements, il enfila un peignoir de soie trouvé dans l'une des malles. Le peignoir avait été coupé pour un homme beaucoup plus corpulent. Cameron l'ajusta à sa taille en serrant le cordon. L'étoffe sentait un peu le renfermé, mais était d'une douceur incomparable.

Son attention se reporta ensuite sur le contenu des malles. Où diable étaient passés ces maudits cahiers ? Il était possible qu'on les eût découverts après sa « mort », et brûlés ou expédiés en lieu sûr. Mais plus probablement, ils étaient restés dans le manoir. Cameron se gratta pensivement le menton. Lara était-elle au courant de leur existence ?

Il ne l'avait plus revue depuis le dîner. Elle avait

très peu mangé et s'était retirée tôt. Les domestiques s'étaient montrés d'une discrétion remarquable. Ils devaient tous s'imaginer que leurs maîtres s'apprêtaient à savourer leur nuit de retrouvailles.

Hélas, il n'en était rien. Cameron avait conscience qu'il dormirait seul encore longtemps. Quoiqu'il désirât Lara, il n'était pas homme à prendre une femme contre son gré. Il devrait s'armer de patience pour qu'elle lui ouvre son lit. Cela en valait largement la peine. Lara était rétive, mais un volcan se cachait sous la glace. Elle le lui avait prouvé dans l'après-midi, en répondant, l'espace d'un court instant, à son baiser avec une ardeur qui laissait supposer un tempérament de feu.

Cameron avait eu toutes les peines du monde à se retenir de l'entraîner dans sa chambre. Il était resté célibataire si longtemps que n'importe quelle femme aurait suffi, ce soir, à contenter ses désirs. Mais il s'était juré de vivre comme un moine tant que sa délicieuse épouse ne se donnerait pas à lui, de son plein gré.

Il s'approcha du guéridon où était posé le camée la représentant en miniature. Et comme les autres fois, la vue de son exquis visage eut l'étrange pouvoir de l'apaiser.

Le portrait était très ressemblant, cependant l'artiste n'était pas parvenu à rendre exactement la sensualité de sa bouche, ni la douceur de son expression. Lara était une femme d'une générosité étonnante, toujours à se soucier du sort d'autrui. Au point que des esprits mal avisés auraient pu essayer de profiter d'elle. Cameron était convaincu qu'elle avait besoin d'un homme pour la protéger. Et pas seulement pour la protéger, d'ailleurs...

Cédant soudain à l'envie de la revoir, il se rua hors de sa chambre pour se précipiter vers l'appartement qu'elle occupait, deux portes plus loin. Il frappa doucement.

— Lara... appela-t-il à voix basse.

Ne recevant pas de réponse, il essaya de tourner la poignée, et s'aperçut que la porte était verrouillée de l'intérieur.

Il comprenait le désir de la jeune femme de dresser quelques barrières entre eux, mais son orgueil de mâle ne pouvait accepter cette situation. Elle lui appartenait, et il ne supportait pas qu'elle l'empêche de l'approcher.

— Ouvre cette porte, Lara, dit-il en secouant la poignée.

— Je... je ne souhaite pas vous voir ce soir, balbutia-t-elle d'une toute petite voix.

— Laisse-moi entrer.

— Oubliez-vous votre parole ? lui reprocha-t-elle. Vous aviez promis que vous ne me forceriez pas !

Cameron donna un coup d'épaule contre la porte, qui céda aussitôt.

— Il n'y aura plus de verrous entre nous, décréta-t-il d'un ton sans appel.

Lara se tenait près du lit, les mains croisées sur sa poitrine, comme pour se protéger. Elle ressemblait à un ange dans sa robe de chambre de mousseline blanche, avec ses cheveux défaits qui cascadaient librement sur ses épaules. Ensorcelé par ce spectacle, Cameron sentit son sang s'échauffer. Il ne se rappelait pas avoir autant désiré une femme.

— Laissez-moi, s'il vous plaît...

— Je ne suis pas venu pour te violer, Lara.

— Alors pourquoi êtes-vous là ?

— J'ai pensé que tu saurais me dire où sont rangées mes affaires.

— Arthur a pratiquement tout détruit ou vendu, quand il s'est installé ici. Je n'étais pas en position de l'en empêcher.

Cameron maudit silencieusement Arthur. Pourvu que cette satanée crapule n'ait pas découvert les cahiers, ni les secrets qu'ils contenaient...

— Je vais demander aux domestiques d'apporter dans votre chambre tout ce qui reste, ajouta-t-elle. Que cherchez-vous, exactement ?

Pour toute réponse, Cameron se contenta de hausser les épaules. Lara ignorait probablement l'existence de ces documents, et il était préférable qu'il en soit toujours ainsi.

Elle s'était reculée, et contemplait son peignoir de soie avec une telle répulsion que Cameron en fut intrigué.

— Qu'y a-t-il ?

Elle fronça les sourcils, comme si elle s'étonnait de sa question.

— Vous ne vous souvenez pas ?

Il secoua la tête.

— Non. Dis-moi.

— Vous portiez ce peignoir la dernière fois... la dernière fois que vous m'avez rendu visite.

Il était clair, à son expression, que cette « visite » ne lui avait pas laissé de bons souvenirs.

Cameron s'entendit murmurer une vague excuse. Ils restèrent un moment silencieux, à s'observer. Il se demandait comment apaiser la peur que trahissaient les yeux de la jeune femme.

— Je t'ai dit que rien ne serait plus comme avant.

— Oui, milord, répondit-elle, sur un ton qui prouvait qu'elle n'en croyait pas un mot.

Cameron soupira. Il savait qu'en quittant immédiatement la chambre de Lara, il la soulagerait d'un grand poids. Mais il ne pouvait se résoudre à partir aussi vite.

La pièce était décorée avec autant de mauvais goût que la sienne. Peut-être même davantage. Le lit à baldaquin ressemblait à un monument, avec ses colonnades aussi épaisses que des troncs d'arbres. Au plafond, un grand miroir ovale était ceint d'angelots en bois doré.

Lara avait suivi son regard. Elle voulut profiter de l'occasion pour détendre l'atmosphère :

— Janet devait beaucoup apprécier son propre reflet, pour aimer même se voir dormir !

Son innocence émut Cameron.

— Je doute que ce miroir ait été placé là pour refléter son sommeil.

La jeune femme comprit l'allusion.

— Vous voulez dire que... (Elle était devenue cramoisie.) Mais pourquoi ?

— Certaines personnes adorent se regarder pendant qu'elles font l'amour.

— Pourtant, Janet ne semble pas être le genre de femme à...

— On ne se doute jamais de tout ce que les gens peuvent faire dans l'intimité de leur chambre à coucher, dit-il en s'approchant.

Cameron s'attendait à ce qu'elle cherche à lui échapper. Au lieu de cela, elle demeura immobile, l'air songeur.

— Avez-vous déjà... commença-t-elle avant de

s'interrompre brutalement, n'osant aller jusqu'au bout de sa question.

— Non. Pas sous un miroir, répondit-il avec un parfait naturel, quoique l'idée lui parût soudain très excitante.

Il s'imaginait déjà couchant Lara sur ce lit et enfouissant la tête entre ses cuisses, sous le reflet de leurs corps dénudés.

— Ça me semble parfaitement ridicule.

— Ma devise est qu'on ne doit jamais juger quelque chose avant de l'avoir essayé.

Elle ne put s'empêcher de sourire.

— Une telle devise a dû vous attirer beaucoup d'ennuis.

— Quelques-uns, concéda-t-il.

Une ombre avait traversé son regard. La jeune femme supposa qu'il s'était souvenu d'une expérience déplaisante pendant son séjour en Inde.

— Votre voyage vous a-t-il apporté ce que vous souhaitiez ?

— Mon voyage m'a surtout fait redécouvrir le bonheur d'avoir une maison. (Il la regarda droit dans les yeux.) Et celui de t'avoir.

— Mais combien de temps cela va-t-il durer ? Tôt ou tard, vous finirez par vous ennuyer ici, comme avant.

Cameron secoua la tête. Sa place, désormais, était dans ce manoir. Auprès de cette femme. Et il se sentait prêt à combattre jusqu'à son dernier souffle pour la garder.

— Crois-moi, je pourrais passer dix mille nuits dans tes bras, sans m'ennuyer un seul instant.

Elle semblait à la fois mal à l'aise et sceptique.

— Après un an de célibat, je pense que n'importe quelle femme vous paraîtrait séduisante...

Elle s'assit devant sa coiffeuse et commença à se brosser les cheveux. C'était un signal subtil pour inviter Cameron à partir. Mais il décida de l'ignorer et vint poser les mains sur ses épaules.

— Le célibat est considéré comme une grande vertu par les Hindous.

— Vraiment ?

— C'est, pour un homme, la preuve qu'il est capable de renoncer aux attraits de ce monde, pour se rapprocher des richesses spirituelles. Les Indiens mesurent leur capacité à se maîtriser en couvrant les murs de leurs temples de peintures érotiques. Pénétrer dans ces temples constitue pour chacun une épreuve majeure. Seules les âmes les plus endurcies peuvent admirer ces œuvres sans ressentir de l'excitation.

Lara faisait mine de se concentrer sur sa coiffure.

— Avez-vous visité ces temples ?

— Naturellement. Hélas, je crains de ne pouvoir être compté au nombre des dévots.

— Ça ne m'étonne pas, répliqua Lara d'un ton ironique, qui le fit sourire.

— Les Hindous ont poussé beaucoup plus loin que nous l'art de résister au plaisir ou à la douleur. Ils sont capables de contrôler aussi bien leur esprit que leur corps.

— Ce sont des païens.

— Certes. Ils vénèrent quantité de dieux. Dont Shiva, qui est leur dieu de la fertilité. La légende prétend qu'il connaît des milliers de positions sexuelles différentes.

Lara était suffoquée.

— Des milliers ? Mais il n'existe qu'une façon de...

Elle se tourna vers Cameron, visiblement perplexe. Celui-ci avait subitement perdu tout plaisir à la provoquer. Il comprenait mieux, à présent, pourquoi elle n'avait aucune envie de coucher avec lui.

— Lara, dit-il tendrement, il y a des choses que je ne t'ai jamais enseignées...

— Ce n'est pas grave, répondit-elle, de nouveau mal à l'aise. Ne parlons plus du passé. Je souhaiterais dormir, à présent. Je me sens vraiment fatiguée.

Elle se releva pour aller ouvrir son lit.

Cameron savait qu'il devait partir. Pourtant, il la suivit encore, et s'empara d'une de ses mains pour lui embrasser délicatement la paume. Il sentit la jeune femme frissonner, mais elle ne retira pas son bras.

— Un jour, tu me feras une place entre ces draps, murmura-t-il en désignant le lit du regard, avant de relâcher sa main et de gagner la porte.

S'il restait davantage, il ne serait plus capable de se contrôler. Au moment de quitter la pièce, il la regarda une dernière fois. Elle se tenait, immobile, à côté du lit, son adorable visage figé dans une expression impénétrable.

5

À la grande consternation de Lara, le manoir fut envahi, dès le lendemain, par une foule de visiteurs. Toute la population du bourg souhaitait voir lord Bancroft, le « miraculé ».

— Voulez-vous que je les renvoie ? demanda Lara, alors que les gens se pressaient aux grilles du manoir. Mme Gorst leur expliquera que vous êtes souffrant...

— Non. Conduis-les ici, répondit Cameron en s'installant dans un fauteuil de la bibliothèque. J'ai envie de revoir tous ces visages qui m'étaient familiers autrefois.

— Le Dr Slade vous a pourtant recommandé de vous reposer quelques jours.

— J'ai eu des mois pour me reposer.

— Ce manoir n'est pas un cirque, objecta-t-elle encore. Nous ne pouvons les laisser entrer tous en même temps.

Cameron lui sourit tendrement, mais ne changea pas d'avis.

— Si. J'insiste.

Il accueillit chaque visiteur avec une amabilité qui stupéfia la jeune femme. Par le passé, Cameron s'était toujours conduit en hôte courtois, mais il n'éprouvait aucun plaisir particulier à recevoir du monde. Alors qu'aujourd'hui, on aurait pu jurer que cette affluence l'enchantait.

Il narra, avec beaucoup d'esprit, les péripéties de son voyage, sans jamais omettre de glisser un mot gentil à chacun. À l'heure de l'apéritif, il déboucha une bouteille de whisky pendant que les domestiques, en cuisine, s'affairaient pour offrir un lunch à toute cette foule.

Lara, en parfaite maîtresse de maison, mit la main à la pâte et servit le thé aux dames.

— Quelle fut votre première pensée, quand vous l'avez revu ? questionna l'une d'elles, tout excitée.

— Quelles furent ses premières paroles ? s'enquit une autre.

— Eh bien... commença Lara, mal à l'aise. Ce fut, évidemment, une énorme surprise...

— Avez-vous pleuré ?

— Vous êtes-vous évanouie ?

— Vous a-t-il prise dans ses bras ?

Terrifiée par cette avalanche de questions, Lara s'absorba dans la contemplation de sa tasse de thé. Soudain, une voix familière la tira d'embarras :

— Je pense que ces détails ne vous regardent pas, mesdames.

La jeune femme faillit pleurer de joie en apercevant sa sœur lui sourire, depuis la porte du salon. Rachel, plus que quiconque, savait ce que le retour de Cameron signifiait pour elle. Ravie, Lara s'esquiva du cercle des commères pour la rejoindre.

Les deux sœurs se réfugièrent dans un petit salon discret et se donnèrent une chaleureuse accolade.

— Je me doutais que vous auriez des visites et je ne voulais pas vous déranger, expliqua Rachel. Mais je n'ai quand même pas pu résister à l'envie de venir te voir.

— Je me sens perdue, avoua Lara en baissant la voix pour ne pas être entendue. Tout s'est passé si vite que je n'ai même pas eu le temps de reprendre mes esprits. En moins de vingt-quatre heures, Arthur et Janet sont partis, Cameron est revenu... et c'est un étranger.

Rachel dévisagea sa sœur.

— Un « étranger » dans le sens littéral du terme ?

Lara fronça les sourcils.

— Tu te doutes bien que je ne l'aurais pas accueilli comme mon mari, si je n'avais été convaincue qu'il s'agissait bien de lui.

— Certes, ma chérie. Mais il n'est plus le même, n'est-ce pas ?

C'était un constat, non une question.

— Dois-je comprendre que tu lui as déjà parlé ?

— Je l'ai croisé tout à l'heure, dans le hall. Il m'a reconnue tout de suite et s'est arrêté pour me saluer. Nous avons discuté ensemble quelques minutes. Il paraît très affecté par ce que tu as dû supporter durant son absence. Il m'a aussi demandé des nouvelles de mon mari et s'est réjoui d'apprendre que Terry viendrait demain au manoir. (Rachel eut une moue perplexe.) Il s'est comporté en tout point comme lord Bancroft, et cependant...

— Je sais, dit Lara. Il n'est plus le même. On peut supposer qu'il a changé après ce qu'il a vécu. Mais tout de même, il y a des choses que je ne m'explique pas.

— Comment se comporte-t-il avec toi ?

Lara haussa les épaules.

— Très bien. Il fait tout son possible pour m'être

agréable. À vrai dire, il fait preuve d'une gentillesse dont je l'aurais cru incapable.

— Bizarre, bizarre, commenta Rachel d'un air pensif. J'ai moi aussi été frappée par ses manières charmantes. Il n'était pas comme ça, avant.

Lara se mordit la lèvre.

— Non...

— Je suis impatiente de savoir ce que Terry va en penser. Ils étaient très amis. Si jamais cet homme est un imposteur...

— C'est impossible, la coupa Lara.

Son esprit refusait d'admettre l'idée qu'elle puisse s'être trompée.

— Lara, nous ne pouvons pas complètement éliminer cette hypothèse. Ce serait très dangereux pour toi...

— C'est bien mon mari, trancha Lara, d'une voix qu'elle aurait voulue davantage assurée. Il n'y a pas de doute là-dessus.

— A-t-il essayé, cette nuit, de...

— Non.

— Je suppose que lorsqu'il te prendra dans ses bras, tu sauras exactement à quoi t'en tenir.

Lara s'apprêtait à répondre, quand elle se rappela leur baiser de la veille. Elle avait eu le sentiment qu'un courant étrange passait entre elle et Cameron.

– J'ignore qui il est, chuchota-t-elle, mais je préfère croire que c'est vraiment mon mari. Sinon, rien n'a plus de sens. Je ne vois pas comment un étranger pourrait savoir tout ce qu'il sait.

La journée se terminait et les visiteurs s'éternisaient, au grand désespoir du Dr Slade.

— Il a eu assez d'épreuves pour aujourd'hui, grommela le vieux médecin. Il est grand temps qu'il se repose, lady Bancroft.

Lara vit son mari s'esclaffer à une plaisanterie d'un visiteur. Cameron semblait parfaitement à l'aise, malgré les cernes qui commençaient à se creuser sous ses yeux. Cette journée n'avait eu d'autre but que de montrer à tout le voisinage que lord Bancroft était bel et bien revenu, sain de corps et d'esprit. Et ça avait marché. Si quelques personnes, en arrivant au manoir, nourrissaient encore des doutes sur son identité, Cameron les avait balayés par son charme et ses bonnes manières.

Lara ne put s'empêcher d'admirer son courage.

— Il a l'air fatigué, en effet, dit-elle au docteur. Vous devriez user de votre autorité pour le convaincre de se retirer.

— J'ai déjà essayé ! Mais il est aussi têtu qu'avant. Il préférerait s'écrouler de fatigue, plutôt que de renvoyer ses hôtes.

La jeune femme hocha la tête.

— Mon mari n'a jamais écouté aucun conseil, acquiesça-t-elle, presque rassurée de constater que sur ce point, au moins, Cameron n'avait pas changé. Je vais quand même voir ce que je peux faire...

Elle se dirigea, tout sourires, vers le petit groupe qui entourait Cameron, et aborda pour commencer sir Ralph Woodfield, un propriétaire terrien ventripotent, passionné de chasse.

— Sir Ralph ! s'exclama-t-elle. Quel plaisir de vous revoir !

— Merci, lady Bancroft. Permettez-moi de vous

féliciter de votre bonne fortune. Votre mari nous a tous manqué, mais j'imagine que personne ne peut se réjouir autant que vous de son retour, dit-il en ponctuant sa phrase d'un clin d'œil expressif.

Lara rougit d'embarras, bien qu'elle ait déjà entendu plusieurs fois, au cours de la journée, des remarques analogues. C'était à croire que tout Market Hill l'avait considérée comme une veuve en manque d'amour.

— J'ai effectivement beaucoup de chance, répondit-elle poliment. Mais parlons d'autre chose. Je voulais vous entretenir d'une idée qui devrait beaucoup vous plaire.

Sir Ralph, qui n'en était pas à son premier whisky, pencha la tête légèrement de côté, comme s'il cherchait à s'éclaircir l'esprit.

— Ah ?

— Cette idée m'est venue en songeant à tout l'amour que vous témoignez à vos chiens de meute. Pourquoi ne consacreriez-vous pas une partie de votre fortune à construire un refuge pour les vieux chevaux ?

Sir Ralph en resta bouche bée.

— Un... un refuge... ?

— Oui, un endroit où seraient choyés tous les chevaux malades ou trop âgés pour continuer de travailler. Un ami des animaux tel que vous doit être chagriné de voir, chaque année, tant de vieux chevaux menés à l'abattoir parce que personne ne veut plus d'eux.

— Certes, mais...

— Je savais que vous adoreriez mon idée ! Vous êtes un homme si merveilleux, sir Ralph. Il faut absolument que nous trouvions un moment pour mettre les détails au point...

Sir Ralph semblait catastrophé. Il se rappela soudain que sa femme l'attendait à la maison et disparut dans la seconde.

Lara s'attaqua au visiteur suivant, un célibataire endurci qui approchait de la cinquantaine.

— Monsieur Parker ! Je crois que j'ai trouvé le remède à votre situation...

— Ma situation ? répéta-t-il en haussant les sourcils.

— J'imagine qu'il est terrible de vivre seul, sans le réconfort qu'apporte une épouse. Mais j'ai découvert la femme qui vous convient.

— Je vous assure, lady Bancroft, que je n'ai nul besoin de...

— Elle est parfaite, insista Lara. Vous et Mary Falconer êtes faits pour vous entendre. J'ai hâte de vous présenter l'un à l'autre.

— Je connais déjà Mlle Falconer, répondit Parker sans cacher son agacement. Je ne vois pas comment je pourrais m'entendre avec cette vieille grincheuse.

— Oh, non ! Elle n'est pas du tout ainsi ! Vraiment, je ne saurais trop vous conseiller de passer un moment en tête à tête avec elle. Vous verrez alors combien vous vous trompez sur son compte.

Parker s'éclipsa en maugréant, non sans avoir lancé à Cameron un regard qui lui suggérait clairement de reprendre sa femme en main. Cameron se contenta de lui sourire en haussant les épaules.

Comme Lara se tournait déjà vers les autres invités, ceux-ci décrétèrent en chœur qu'il était temps, à présent, de rentrer. Ils se dépêchèrent de ramasser leurs gants et leurs chapeaux pour filer vers leurs voitures.

Le dernier visiteur parti, Cameron rejoignit la jeune femme dans le hall.

— Tu as un talent inné pour vider un salon, ma chérie.

Lara se demanda si c'était un reproche ou un compliment.

— Il fallait bien les inciter à partir, se justifia-t-elle. Sinon, ils passaient la nuit ici.

— Maintenant que tu m'as pour toi toute seule, j'aimerais connaître ton programme de la soirée.

Troublée par l'étincelle qui brillait dans ses yeux, elle détourna le regard.

— Si vous souhaitez vous retirer, je peux faire monter votre dîner dans votre chambre.

Cameron eut un rire moqueur.

— Ne crois-tu pas qu'il est un peu tôt pour que j'aille me coucher ? Surtout tout seul... Mais puisque tu n'as rien de plus alléchant à me proposer, je vais m'installer à mon bureau, pour rédiger un peu de courrier.

— Voulez-vous qu'on serve votre dîner dans la bibliothèque ?

Il secoua la tête.

— Je n'ai pas faim.

— Il faut manger ! Vous avez besoin de reprendre des forces.

Il la regarda avec un sourire désarmant.

— Très bien. Dans ce cas, nous dînerons à l'étage, dans le petit salon.

Lara hésita. Ce petit salon donnait sur les appartements de son mari.

— Je préférerais la salle à manger.

Il secoua encore la tête.

— Rien que de songer à ce que Janet en a fait, je perds l'appétit.

La jeune femme ne put s'empêcher de sourire.

— C'est vrai qu'elle a forcé la dose.

— Je veux que ce manoir retrouve rapidement son aspect originel. C'est un cauchemar de revenir chez soi et de ne plus reconnaître les pièces dans lesquelles on a vécu.

Lara hocha la tête.

— Je suis de votre avis. Quand j'ai vu les travaux qu'ils entreprenaient, je ne savais pas si je devais rire ou pleurer. Votre mère a été plus radicale que moi. Elle a décrété qu'elle ne mettrait plus jamais les pieds ici.

— Je suppose que c'est ce qui les a décidés à tout changer !

Lara ne put retenir un éclat de rire, qui résonna sous le haut plafond mouluré. Cameron en profita pour l'attirer dans ses bras.

— Viens dîner avec moi dans le petit salon.

— Je n'ai pas faim.

— Tu as pourtant encore plus besoin que moi de manger. Tu es presque maigre.

— Je ne suis pas maigre ! protesta Lara en cherchant à se libérer.

Cameron s'amusa de sa réaction.

— Je pourrais te glisser dans ma poche. (Il la serra un peu plus contre lui.) Allez, montons ensemble. Tu n'as quand même pas peur de te retrouver seule avec moi ?

— Bien sûr que non.

— Tu crois que je vais encore t'embrasser, n'est-ce pas ?

Elle jeta un coup d'œil autour d'eux, pour s'assurer qu'aucun domestique ne pouvait entendre.

— Je ne souhaite pas discuter de...

— Je ne t'embrasserai pas, promit-il avec solennité. Et je ne te toucherai pas. Mais maintenant, dis-moi oui.

— Cameron...

— Dis oui.

Elle rit encore.

— D'accord. Si c'est vraiment si important pour vous que nous dînions ensemble...

— De la plus haute importance, répondit-il avec un sourire de triomphe.

Malgré leur folie du changement, Arthur et Janet avaient gardé la même cuisinière, ce dont Lara leur était très reconnaissante. Mme Rouillé, qui servait les Bancroft depuis plus de dix ans, avait appris son métier en France. Elle rivalisait, pour le talent, avec les meilleurs chefs.

Après des mois passés à se contenter des repas frugaux qu'elle se préparait elle-même dans son petit cottage, la jeune femme apprécia de retrouver une table merveilleusement dressée. Pour célébrer le retour de Cameron, Mme Rouillé lui avait mitonné son plat préféré : des perdreaux rôtis à la broche, accompagnés de macaronis au gratin.

— Comme tout cela m'a manqué ! soupira-t-elle en humant le délicieux fumet.

Cameron lui sourit. Il était assis juste en face d'elle, mais le chandelier qui les séparait jetait sur son visage des ombres qui durcissaient ses traits. Une nouvelle fois, Lara fut troublée de ne plus tout à fait reconnaître son mari. Mais avait-elle seulement pris la peine, lorsqu'ils étaient mariés, de l'observer de si près ?

Il la regardait, lui aussi. Avec une terrible intensité. Comme s'il cherchait à deviner la moindre de ses pensées.

— J'aurais dû t'apporter un échantillon de ce que nous mangions sur le bateau, dit-il. Viande desséchée, légumes secs et bière aigre. Sans oublier les charançons.

— Des charançons ! Quelle horreur !

Cameron s'amusa de son effroi.

— Il y en avait partout. Au bout de quelques semaines de traversée, on se félicitait des trous qu'ils faisaient dans les biscuits. Ça les rendait plus faciles à casser !

Lara grimaça.

— Ne me parlez plus de charançons. Vous allez me gâcher mon dîner.

— Je suis désolé, dit-il d'un air contrit, comme un gamin qui voudrait s'excuser d'une bêtise. (Son regard tomba soudain sur la main de Lara, qui prenait un morceau de pain.) Pourquoi ne portes-tu pas la bague que je t'ai donnée ?

La jeune femme devint blême.

— Oh, je... je... balbutia-t-elle.

— Qu'en as-tu fait ? demanda gentiment Cameron.

— Je ne me souviens plus.

— Je suis sûr que si.

Lara se sentait terriblement coupable. Cette bague, un anneau d'or incrusté de rubis, était le seul bijou qu'il lui avait offert.

— C'est très vilain de ma part, mais je l'ai vendue,

avoua-t-elle. Je ne possédais rien d'autre de valeur, j'avais besoin d'argent et je...

— Pourquoi avais-tu besoin d'argent ? Pour te nourrir ? Pour t'acheter des robes ?

— Non. Ce n'était pas pour moi, mais pour... (Elle prit une profonde inspiration.) C'était pour les enfants de l'orphelinat. Ils sont près d'une quarantaine. Et tellement démunis de tout ! Certains n'ont même pas de couvertures pour dormir la nuit. Je me suis d'abord adressée à Arthur et Janet, mais ils m'ont répondu... Peu importe. Il fallait que je fasse quelque chose, et cette bague ne m'était d'aucune utilité. (Elle le regarda, très embêtée.) Je ne pouvais pas savoir que vous reviendriez...

— Quand as-tu commencé à t'occuper de l'orphelinat ?

— Il y a un an, lorsque Arthur et Janet ont emménagé au manoir et m'ont priée de m'installer dans le cottage.

— Tu aurais pu exiger de rester ici.

Lara haussa les épaules.

— Je n'avais pas envie de me battre contre eux. Et puis, j'aimais autant être seule... Mais le fait de quitter brutalement le manoir pour vivre dans des conditions plus modestes a changé mon regard sur le monde. J'ai réalisé que des tas de gens manquaient du confort le plus élémentaire. Les orphelins, les malades, les vieillards...

— Plusieurs de nos visiteurs m'ont expliqué, tout au long de la journée, que tu étais devenue en quelque sorte la bienfaitrice du village.

Lara rougit de confusion.

— J'estime n'avoir fait que mon devoir.

— Les mauvaises langues prétendent même que tu en fais un peu trop.

— Absolument pas ! se récria la jeune femme, indignée.

Cameron semblait beaucoup s'amuser.

— Ma chère Lara, même ta sœur reconnaît que tu ne peux pas t'empêcher de vouloir résoudre les problèmes des autres.

Lara fut étonnée d'apprendre que Rachel lui ait fait cette confidence.

— J'ignorais qu'il était mal de vouloir aider ceux qui sont dans le besoin.

— Mais que fais-tu de tes propres besoins, Lara ?

La question était si directe et, en même temps, si intime, qu'elle détourna le regard.

— Je n'ai à me plaindre de rien, répondit-elle. Avec toutes ces activités, mes journées sont bien remplies.

— Mais n'as-tu pas envie de quelque chose de plus ?

— Si vous voulez savoir si je désirais me remarier, la réponse est non. J'ai découvert que l'on pouvait très bien vivre sans mari.

Et elle ne put s'empêcher d'ajouter :

— Je n'aime pas être mariée...

Cameron devint soudain grave. Lara s'imagina qu'il était en colère après elle, mais sa réponse la détrompa.

— C'est ma faute, dit-il avec amertume.

— Non. Ce n'est la faute de personne. La vérité, c'est que nous ne sommes pas faits l'un pour l'autre. Je ne partage pas, comme lady Carlysle, tous vos goûts. Franchement, milord, vous devriez retourner la voir et...

— Je ne désire plus lady Carlysle, coupa-t-il brutalement.

Lara piqua sa fourchette dans ses macaronis, mais son appétit avait disparu.

— Je suis désolée, pour la bague.

Il balaya ses excuses d'un revers de main, comme si le sujet ne lui importait plus.

— Je t'en achèterai une autre.

— C'est inutile. Je n'ai pas besoin d'une bague, répliqua Lara en le défiant du regard.

Elle ne voulait surtout pas qu'il s'imagine pouvoir acheter son obéissance.

Cameron l'observa d'un air pensif, comme si elle représentait une énigme.

— Je n'éprouve aucune attirance pour les bijoux, insista-t-elle.

— Nous verrons bien.

La jeune femme crispa les doigts sur sa fourchette.

— Si vous tenez à dépenser votre argent, je préférerais que vous fassiez un don à l'orphelinat.

Il sourit.

— Ces malheureux enfants ont beaucoup de chance de t'avoir... Très bien. Dresse-moi une liste de tout ce qui leur serait nécessaire, et nous en discuterons.

Lara hocha la tête et replia sa serviette.

— Merci, milord. Maintenant, si vous voulez bien m'excuser, je souhaiterais me retirer...

— Avant le dessert ? J'ai demandé à Mme Rouillé de nous confectionner une tarte aux poires.

Cameron se leva et contourna la table. Il posa les mains sur les épaules de Lara, comme s'il voulait la retenir.

— Reste au moins le temps de la goûter...

Sa voix un peu rauque, délicieusement persuasive, émut la jeune femme. Et le contact de ses mains la fit frissonner. Elle voulut le repousser gentiment, mais en attrapant son poignet elle fut troublée par la chaleur de sa peau. Elle laissa sa main sur la sienne, l'espace de quelques secondes magiques.

Puis Cameron retira brusquement son bras, comme si elle l'avait brûlé.

— Je suis désolée, s'excusa-t-elle en rougissant. J'ignore pourquoi j'ai fait cela...

— Ne t'excuse pas. (Il s'agenouilla à côté de sa chaise et la regarda droit dans les yeux.) J'espère même que tu auras bientôt envie de recommencer.

Lara se sentait hypnotisée par l'intensité de son regard. Il resta agenouillé près d'elle, parfaitement immobile, comme s'il attendait qu'elle le touche. Elle serra les poings pour s'en empêcher.

— Cameron ?

Il eut un sourire ironique.

— Tu prononces mon nom comme si tu te demandais encore à qui tu as affaire...

— Peut-être.

— Qui suis-je, alors, si je ne suis pas ton mari ?

— Je ne sais pas. Une nuit, il y a longtemps, j'ai rêvé...

Sa voix mourut subitement, quand elle réalisa ce qu'elle s'apprêtait à lui confier. Il possédait un tel magnétisme qu'elle avait envie de lui révéler tous ses secrets.

— Qu'as-tu rêvé, Lara ?

Elle avait rêvé, dans sa jeunesse, d'un homme lui ressemblant. Enfin, tel que se présentait Cameron depuis son retour. Charmant, attentif, tendre... Mais ses espoirs s'étaient envolés au soir de ses noces, lorsqu'elle avait découvert l'amère réalité du mariage.

— Ton rêve est bien lointain, dirait-on, reprit-il comme s'il avait encore deviné ses pensées.

— Je ne suis plus une jeune fille.

Il s'esclaffa.

— Non, bien sûr ! Tu es une vieille matrone de vingt-quatre ans, qui s'occupe très bien des affaires des autres, mais pas des siennes.

Lara recula soudain sa chaise pour se lever.

— Je m'occupe parfaitement de mes affaires. J'ai même appris à me passer de vous !

Cameron redevint sérieux.

— Je te promets que cela ne se reproduira plus. Je vais t'établir une rente. Comme cela, si jamais il m'arrive quelque chose, tu seras à l'abri du besoin. Finies les vieilles robes et les semelles usagées.

Ainsi, il avait remarqué l'usure de ses souliers ! Existait-il un seul détail qui pût lui échapper ?

— Désolée, mais je ne reste pas pour le dessert, dit-elle en se dirigeant vers la porte. Je n'ai vraiment plus faim. Bonne nuit, milord.

À son grand soulagement, Cameron s'abstint de la suivre.

— Fais de beaux rêves, murmura-t-il simplement.

— Vous aussi, milord.

Elle sortit sans rien ajouter.

Ce n'est qu'après qu'elle eut refermé doucement la porte derrière elle que Cameron se redressa. Il saisit la poignée qu'elle venait de toucher et posa son front sur le battant de chêne en fermant les yeux. Dieu qu'il la désirait ! Il brûlait d'envie de la sentir enfin sous lui, de l'entendre gémir de plaisir, de goûter chaque centimètre de sa peau nacrée...

Avec un soupir, il s'écarta de la porte et s'approcha d'une somptueuse commode en acajou, de style Chippendale. Sur le dessus, un plateau en argent portait une carafe de brandy et des verres en cristal. Cameron se servit une bonne rasade de brandy, qu'il avala d'un trait.

En même temps qu'il savourait l'agréable brûlure de l'alcool, il caressait distraitement le rebord de la commode. Soudain, il sentit sous sa main un renflement métallique qui l'intrigua. Piqué par la curiosité, il écarta le meuble du mur et découvrit une charnière. C'était donc que la tablette pouvait se soulever ! Poursuivant son inspection, il remarqua sur le devant du meuble le mécanisme, caché dans une moulure, qui en permettait l'ouverture. Il appuya dessus.

Un compartiment secret apparut. Ainsi que son contenu. C'étaient les documents qu'il cherchait !

Juste au même moment, un valet entra pour apporter le dessert.

— Pas maintenant ! lui cria Cameron. Je désire être seul.

Le valet s'empressa de refermer la porte, en balbutiant quelques mots d'excuse.

Dès qu'il eut disparu, Cameron sortit les cahiers de leur cachette et s'installa dans un fauteuil face à la cheminée pour les examiner à son aise.

Au fur et à mesure qu'il déchiffrait les pages couvertes d'une écriture serrée, il les déchirait et les jetait au feu. De temps à autre, il s'interrompait dans sa lecture pour contempler les feuilles qui se tordaient sous les flammes, avant de disparaître en fumée...

6

Le lendemain matin, en entrant dans la salle à manger pour y prendre son petit déjeuner, Lara découvrit Cameron attablé devant son café et plongé dans la lecture du *Times*. Une soubrette servit à la jeune femme une tasse de chocolat et une assiette de fraises, avant de repartir pour les cuisines.

Elle s'assit face à son mari.

— Bonjour, l'accueillit Cameron, en remarquant immédiatement ses cernes sous les yeux. Tu n'as pas bien dormi ?

Lara secoua la tête.

— Je n'arrivais pas à trouver le sommeil.

— Tu aurais dû me rejoindre, dit-il, taquin. Je t'aurais aidée à te détendre.

— Merci, sans façon, répliqua la jeune femme.

Elle porta une fraise à ses lèvres, mais fut soudain prise d'une irrépressible envie de rire et reposa le fruit dans son assiette.

— Que se passe-t-il ? demanda Cameron.

Elle pouffa de plus belle.

— C'est vous qui me faites rire. Il est vraiment temps que vous alliez chez le tailleur.

Cameron avait mis ses anciens vêtements, et il

flottait littéralement dedans. Loin de se vexer, il lui sourit.

— J'adore t'entendre rire, chérie. Même si c'est à mes dépens.

— Excusez-moi, je...

S'esclaffant à nouveau, elle quitta sa chaise et le rejoignit pour constater le désastre de plus près. Sa veste lui tombait sur les épaules, et son pantalon tenait Dieu sait comment.

— Vous ne pouvez pas rester comme ça ! On dirait un vagabond !

— *J'étais* un vagabond, lui répondit Cameron. Jusqu'à ce que je rentre auprès de toi.

Troublée par ces mots, Lara revint à sa toilette.

— Il faudrait mettre des épingles là, et là...

Joignant le geste à la parole, elle ajusta les pans de sa veste et, dans la manœuvre, frôla accidentellement sa cuisse. Elle retira aussitôt sa main.

— Excusez-moi. Je...

— Non, répliqua-t-il en retenant son bras.

Ils restèrent un moment, immobiles, à se regarder. Cameron aurait pu l'attirer à lui et l'asseoir sur ses genoux, mais il n'en fit rien. Il semblait attendre un signe. Lara comprit que si elle avançait seulement d'un pas, alors il la prendrait dans ses bras. Cette perspective l'angoissait et l'excitait à la fois. Quand son regard tomba sur ses lèvres, elle eut soudain envie qu'il l'embrasse. Mais il la relâcha, avec un grand sourire.

La jeune femme aurait dû soupirer de soulagement. Au lieu de quoi, elle se sentit déçue. Troublée par sa réaction, elle retourna terminer son assiette de fraises.

— Demain matin, je compte partir à Londres, annonça Cameron.

Elle releva la tête.

— Déjà ? Mais vous venez à peine d'arriver !

— J'ai des affaires à régler dans la capitale. Je dois notamment visiter nos créanciers. Et négocier un prêt à la banque.

— Nous avons des dettes, en déduisit Lara, qui n'était pas étonnée par cette nouvelle.

Il hocha la tête.

— Oui. À cause d'Arthur, qui a géré le domaine de manière désastreuse.

— Mais un prêt ne fera qu'accroître nos dettes.

Il lui offrit un sourire rassurant.

— C'est la seule solution pour remonter la pente. Mais ne t'inquiète pas. Je n'ai pas l'intention de nous mener à la ruine.

— Est-ce la seule raison de votre voyage à Londres ? J'imagine que vous avez hâte de revoir certains bons amis...

Elle but une gorgée de chocolat, avant de préciser d'une voix détachée :

— Lady Carlysle, par exemple...

— Tu ne cesses de parler d'elle. Cet entêtement à vouloir me jeter dans les bras d'une autre femme n'est pas très flatteur.

— C'était juste une question, plaida la jeune femme, qui ne savait pas elle-même pourquoi elle avait mis le sujet sur la table.

— Je t'ai déjà expliqué que je ne voulais plus d'elle.

Il avait dit cela sur un ton si affirmatif que Lara s'en réjouit presque. C'était idiot, bien sûr. Son intérêt était que Cameron reprenne sa liaison avec lady

Carlysle. Ainsi, elle n'aurait plus à redouter ses attentions.

— Je pensais simplement que vous pourriez avoir à cœur de lui rendre visite, après une aussi longue séparation. Vous étiez très liés, autrefois.

Il reposa brutalement sa tasse.

— Puisque tu ne veux pas parler d'autre chose, je préfère m'en aller.

Comme il se levait, un valet frappa discrètement avant d'entrer :

— Lord Bancroft, un visiteur demande à vous voir.

Cameron lui fit signe d'apporter le bristol qu'il tenait sur un plateau, et le lut sans manifester d'émotion particulière.

— Très bien. Je vais le recevoir ici.

— Oui, monsieur.

— Qui est-ce ? demanda Lara après le départ du domestique.

— Lonsdale.

Le mari de Rachel... La jeune femme était intriguée par la réaction de Cameron. Pourquoi ne témoignait-il pas davantage d'enthousiasme ? Terry était son meilleur ami depuis des années, et pourtant, la perspective de le revoir le laissait impassible, comme s'il devait s'acquitter d'une corvée. Quand le valet rouvrit la porte pour introduire le visiteur, Cameron esquissa cependant un sourire. Mais ce n'était pas un sourire naturel, plutôt la mimique d'un acteur se préparant à jouer son rôle.

Lord Lonsdale apparut, le visage rayonnant de joie. De toute évidence, il était ravi de revoir son ami.

— Bancroft ! s'exclama-t-il en le serrant dans ses bras.

Les deux hommes se congratulèrent en se détaillant mutuellement. Lord Lonsdale avait beau être grand et bien bâti, il ne pouvait rivaliser avec Cameron. Ni en carrure ni en prestance. Lonsdale, cependant, était un homme charmant. Du moins, quand il voulait bien s'en donner la peine. La plupart du temps, hélas, il laissait son mauvais caractère tout gâcher. Mais il avait le don, quand il s'était montré odieux, de s'excuser ensuite avec un sourire adorable. Lara l'aurait sans doute plus apprécié, s'il n'avait pas épousé sa sœur.

— Bonté divine ! s'exclama-t-il encore. Mon pauvre, tu as fondu de moitié ! Tu as tellement maigri que je t'aurais à peine reconnu !

— En tout cas, je suis bien content de te revoir, vieux frère.

Lonsdale le remercia d'un sourire. Mais son regard pénétrant continuait de détailler Cameron. La jeune femme devinait qu'il se trouvait confronté au même dilemme qu'elle. Si cet homme était bien Cameron, il avait énormément changé. Et s'il s'agissait d'un étranger, la ressemblance était bizarrement frappante...

— Vieux frère, répéta Lonsdale, mais il manquait de conviction.

Cameron sentit sans doute qu'il attendait une preuve pour le reconnaître. Il lui donna une chaleureuse bourrade.

— Buvons pour fêter nos retrouvailles ! J'espère que mon oncle m'aura laissé au moins une bouteille de cognac dans la cave. Du Martell, évidemment.

Lonsdale parut immédiatement rassuré.

— Oui. Du cognac Martell... Je vois que tu n'as pas oublié mes goûts.

Cameron partit d'un rire tonitruant, qui fit sursauter Lara.

— Je me souviens de cette beuverie mémorable avant mon départ, à l'auberge du Chat qui pêche.

Lonsdale rit à son tour.

— Oh oui ! J'étais tellement soûl que je n'arrivais même pas à répondre à la vieille garce qui...

Cameron l'interrompit en toussotant bruyamment.

— Gardons nos souvenirs pour un moment où ma femme ne sera pas là.

Lonsdale parut s'apercevoir seulement de la présence de Lara. Il balbutia quelques mots d'excuse.

— Pardonnez-moi, Lara. Je... j'étais si stupéfait de revoir Cameron que... enfin, je ne me suis pas rendu compte qu'il y avait quelqu'un d'autre dans la pièce.

— C'est bien compréhensible, répondit la jeune femme en grimaçant un sourire.

Les retrouvailles des deux amis lui rappelaient de désagréables souvenirs. Cameron et Terry étaient toujours insupportables, ensemble. Comme s'ils s'encourageaient mutuellement à se révéler sous leur plus mauvais jour.

Lonsdale lui offrit l'un de ses sourires destinés à se faire pardonner.

— Ma chère belle-sœur... racontez-moi quel effet cela fait d'avoir retrouvé un mari que vous imaginiez disparu à jamais ?

Lara n'était pas dupe de son hypocrisie. Lonsdale était au courant de l'échec de leur mariage. Il avait même encouragé Cameron sur la voie de l'infidélité.

— Je suis ravie, bien sûr, répondit-elle.

— Bien sûr, répéta Lonsdale sur un ton qui fit rire Cameron.

Lara enrageait. Et cependant, elle crut distinguer, dans le regard de son époux, qu'il n'appréciait pas tant que cela la plaisanterie. Décidément, il n'était plus le même homme...

De plus en plus perplexe, la jeune femme termina son chocolat tandis que les deux amis quittaient la salle à manger. Elle s'interrogeait sur la conduite à suivre. Entre ce qu'elle voyait et ce qu'elle ressentait, le fossé ne cessait de s'agrandir.

Elle tendit la main pour s'emparer de la tasse de Cameron et laissa ses doigts courir sur l'anse, là où il avait posé ses propres doigts.

« Qui est-il ? » se demanda-t-elle, sans pouvoir apporter de réponse à cette lancinante question.

Comme il l'avait annoncé, Cameron partit très tôt, le lendemain matin. Il entra dans la chambre de Lara pour lui faire ses adieux, alors que les premières lueurs du jour venaient de tirer la jeune femme du sommeil. Sentant qu'elle n'était plus seule dans la pièce, elle sursauta et remonta les couvertures sous son menton.

— Cameron... murmura-t-elle d'une voix encore ensommeillée, en le voyant s'asseoir au bord du lit.

Il lui sourit.

— Je ne pouvais m'en aller sans te dire au revoir.

— Combien de temps resterez-vous parti ?

Il tendit la main pour toucher ses cheveux, rassemblés en natte pour la nuit. Lara n'osa pas bouger.

— Pas plus d'une semaine, j'espère. (Il caressait la natte entre ses doigts.) Tu me donnes envie de te rejoindre sous la couette...

— Je vous souhaite un bon voyage, s'empressa de répondre la jeune femme, alarmée. Au revoir.

Cameron sourit de son empressement à le voir déguerpir.

— Tu me laisserais partir sans me donner un baiser d'adieu ?

Il approcha son visage du sien et attendit sa réponse avec un sourire. Comme elle restait silencieuse, il rit doucement. Son haleine sentait le café du matin.

— Très bien. Tu me devras un baiser... Au revoir, ma chérie.

Lara garda les couvertures sous son menton jusqu'à ce qu'il ait refermé la porte derrière lui. La minute d'après, elle bondit du lit pour se ruer à la fenêtre. La calèche ornée des armes des Bancroft descendait déjà l'allée vers les grilles du manoir.

La jeune femme se sentait un peu perdue. Le départ de Cameron la soulageait et, en même temps, l'attristait. La dernière fois que son mari l'avait quittée, elle avait eu l'intuition qu'elle ne le reverrait jamais. Par quel miracle ou quel étrange coup du sort était-il revenu ?

7

À seulement quelques pâtés de maisons des allées cossues du Strand, commençait un univers de ruelles sombres et de masures délabrées qui composaient la face cachée de la capitale anglaise. Ce quartier londonien fourmillait d'une population souvent dénuée de morale. Les rats y pullulaient et leurs silhouettes furtives se déplaçaient d'une maison à l'autre, dans la pénombre perpétuelle qui baignait ces ruelles où même le soleil n'osait s'aventurer.

Cameron se frayait tranquillement un chemin au milieu des prostituées, des mendiants et des voleurs. Il tomba finalement sur ce qu'il cherchait : une petite place très animée, cernée de tout côté par des étals où des paysans vendaient leurs fruits et leurs légumes.

Ce spectacle lui rappela un autre marché, en Inde. Mais les senteurs n'étaient pas les mêmes. Là-bas, l'air embaumait du parfum des épices, et même de l'opium. Calcutta ne lui manquait pas. En revanche, Cameron regrettait la campagne indienne : ses forêts luxuriantes, parcourues par les éléphants, les temples hindous qui bordaient chaque route, le rythme paisible de la vie quotidienne.

Les Indiens ne portaient pas les Anglais dans leur cœur. Ils considéraient ces mangeurs de viande et ces buveurs de bière comme un peuple trop matérialiste, corrompu par la luxure et l'argent. En voyant le décor qui l'entourait, Cameron ne pouvait s'empêcher de leur donner raison.

Un ivrogne le tira par la manche pour quémander une piécette. Il le repoussa sans ménagement, sachant que, s'il montrait la moindre faiblesse, tous les mendiants du quartier se jetteraient aussitôt à ses basques. Sans parler des pickpockets, qui l'épiaient discrètement dans son dos.

Il se dirigea résolument vers un homme vêtu de bleu. Ses traits exotiques trahissaient des origines sans doute polynésiennes. Et il portait, sur son avant-bras, un étrange dessin représentant un oiseau prenant son envol.

Cameron contempla le tatouage, avant de s'adresser à l'homme :

— Je crois que vous savez faire les tatouages...

L'homme hocha la tête.

— En effet.

Cameron fouilla dans la poche de son manteau et en sortit un morceau de papier. C'était tout ce qui restait des cahiers qu'il avait brûlés au manoir.

— Pourriez-vous reproduire ceci sur moi ?

L'homme prit le papier pour l'examiner.

— Bien sûr. Le motif est assez simple. Ça ne prendra pas longtemps.

Il entraîna Cameron dans une ruelle adjacente et s'arrêta devant une porte gardée par deux prostituées qui attendaient le chaland.

— Fichez-moi le camp, leur dit-il. J'ai un client.

Les prostituées s'écartèrent de la porte. L'homme poussa le battant en souriant à Cameron.

— Je leur prête mon appartement en échange d'un petit pourcentage sur leurs bénéfices, expliqua-t-il.

— Artiste et souteneur, commenta Cameron. Vous avez tous les talents.

L'homme hésita un instant, ne sachant s'il devait s'amuser ou s'offusquer de cette réplique, avant finalement d'éclater de rire. Il conduisit son client dans une petite pièce éclairée aux chandelles.

— Où désirez-vous être tatoué ? demanda-t-il.

Cameron lui désigna l'intérieur de son biceps.

— Ici.

L'homme parut étonné de ce choix, mais réagit en commerçant.

— Enlevez votre chemise, s'il vous plaît. Et étendez-vous sur ce matelas.

Cameron contempla avec dégoût le matelas maculé de taches diverses. Il préféra s'asseoir sur un fauteuil et poser son avant-bras sur l'accoudoir.

— D'accord, dit l'homme. Mais je vous préviens : si vous bougez, le dessin risque d'être raté.

— Je ne bougerai pas.

L'homme prépara un jeu d'aiguilles et les trempa dans un bocal d'encre de Chine. Puis il s'assit à côté de lui et posa le dessin sur ses genoux, pour en suivre le motif à mesure qu'il avançait dans son travail.

Cameron ne tarda pas à souffrir le martyre. En soi, chaque piqûre d'aiguille n'était rien. Mais leur répétition, les unes à côté des autres, à un rythme soutenu, créait une horrible sensation de brûlure. Il sentait la sueur ruisseler dans son dos et sur son front. Il s'efforça de maîtriser sa respiration, plutôt que de chercher à combattre la douleur.

L'homme s'interrompit une minute, pour lui offrir un peu de répit.

— En général, la douleur fait pleurer tous les hommes. Je n'avais encore jamais vu quelqu'un l'endurer avec autant de courage.

— Dépêchez-vous d'en finir, marmonna Cameron.

L'homme reprit ses aiguilles.

— Il est très rare qu'on me demande de tatouer un scorpion. Que signifie cet animal, pour vous ?

— Beaucoup de choses, répondit Cameron en serrant les dents pour ne pas hurler.

L'homme s'interrompit de nouveau, quand l'aiguille toucha un nerf qui fit sursauter son client.

— Tenez-vous tranquille, s'il vous plaît, monsieur.

Cameron se figea. Il se concentra sur son avenir – c'est-à-dire, sur Lara – pour mieux oublier la souffrance. En regard de ce qu'il attendait encore de la vie, cette brûlure n'était qu'un prix modeste à payer, sur la route de ses désirs.

8

Conformément aux instructions de Cameron, Lara engagea un décorateur, M. Smith, pour réaménager le manoir. Elle commença par lui faire visiter les lieux, en compagnie du régisseur.

— Comme vous pouvez le constater, monsieur Smith, dit-elle avec un sourire contrit, je n'avais pas tort de vous promettre que ce chantier serait le plus grand défi de votre carrière.

Smith, un homme assez corpulent aux cheveux gris argenté, se contenta de hocher la tête en griffonnant quelques notes sur un calepin. Il s'appelait Hugh Smith, mais tout le monde l'avait surnommé « Ducharme », à cause de cette habitude qu'il avait toujours de dire : « Cet endroit a vraiment du charme... » Mais, à la grande déception de Lara, depuis le début de la visite, il n'avait pas encore prononcé une seule fois sa formule magique. Pire : à chaque nouvelle pièce qu'il découvrait, Ducharme se renfrognait un peu plus et s'enfermait dans le silence.

— Pensez-vous qu'on puisse faire quelque chose ? se risqua à demander Lara, à bout de patience. Ou vaudrait-il mieux raser le manoir et en reconstruire un autre à la place ?

Smith se tourna vers elle.

— De toutes les demeures que j'ai pu visiter dans ma vie – et Dieu sait si elles sont nombreuses ! –, je n'avais encore jamais vu un tel étalage de mauvais goût.

— Lady Bancroft n'est absolument pour rien dans ce désastre, précisa James Young.

Smith leva les yeux au plafond.

— J'espère bien ! (Il soupira.) J'aimerais revoir la salle de bal, avant de monter à l'étage.

La jeune femme se retint d'éclater de rire, en imaginant sa réaction quand il découvrirait la décoration des chambres. Sans parler du miroir au plafond...

— Je crains que nous n'ayons pas les moyens de tout refaire de fond en comble, dit-elle. Mais qui pourrait supporter de vivre quotidiennement au milieu de ces horreurs ?

— Je pense qu'il ne faut pas s'inquiéter pour la dépense, intervint Young. Lord Bancroft m'a exposé son programme pour gérer le domaine, et j'avoue avoir été impressionné. Quelques investissements judicieux et une meilleure organisation devraient le rendre plus prospère que jamais.

Lara devint songeuse.

— N'avez-vous pas trouvé que le comte avait changé ? demanda-t-elle au régisseur.

— Oui et non. À mon avis, lord Bancroft a mûri. Il est beaucoup plus responsable qu'autrefois. Je veux dire que la chasse n'est plus son unique plaisir. Il semble avoir vraiment l'intention de s'occuper de ses terres.

— C'est aussi mon avis. Mais comment expliquer une telle métamorphose ?

— Je pense que ça n'a rien d'étonnant, compte tenu de l'épreuve qu'il a vécue, déclara James Young d'un ton professoral. Le fait d'être passé si près de la mort l'a incité à reconsidérer l'ensemble de son existence. Désormais, lord Bancroft a davantage conscience qu'il n'est pas seul au monde, et que nous avons tous besoin de lui.

Lara hocha sobrement la tête.

— Monsieur Young... ne vous posez-vous vraiment plus aucune question sur son identité ?

— Absolument aucune. (Il paraissait étonné.) Ne me dites pas que vous nourrissez encore des doutes ?

Avant que la jeune femme puisse répondre, Ducharme les rejoignit dans le hall.

— Vous semblez atterré, monsieur Smith, fit-elle remarquer.

Le décorateur secoua la tête.

— Tout à l'heure, oui, j'étais atterré. Maintenant, je serais plutôt effondré... (Il lui prit le bras.) Montrez-moi toute l'étendue du désastre, milady.

Ducharme revint au manoir dès le lendemain, avec deux assistants. Ils restèrent jusqu'à la fin de la semaine à prendre des mesures, esquisser des croquis, joncher les planchers d'échantillons de tissu et de papier peint qu'ils soumettaient à Lara.

Un matin, la jeune femme trouva, malgré tout, le temps de se rendre à l'orphelinat. Ses soucis domestiques s'évanouirent dès qu'elle aperçut dans le jardin Mlle Chapman, une des institutrices, faire la classe de dessin à une demi-douzaine d'enfants. Un grand sourire aux lèvres, elle traversa la pelouse pour les rejoindre.

Les enfants se levèrent aussitôt pour l'accueillir en criant joyeusement son nom. Lara les remercia en serrant chacun dans ses bras.

— Tom, Meggie, Maisie, Paddy, Rod... (Elle ébouriffa la chevelure du dernier.) Et toi, Charles. T'es-tu bien tenu ?

Le gamin releva fièrement la tête.

— Comme un chef.

— C'est vrai, lady Bancroft, appuya l'institutrice. Charles n'est pas encore un ange, mais il s'en rapproche.

Lara embrassa le garçon et le laissa rejoindre ses camarades, pendant qu'elle prenait Mlle Chapman à part, pour faire le point. L'institutrice, une jeune femme menue aux cheveux noirs et aux yeux bleus, avait à peu près son âge.

— Merci pour les fournitures à dessin, lady Bancroft. Comme vous pouvez le constater, nous en faisons bon usage.

— J'en suis ravie, répliqua Lara. En fait, je m'étais demandé s'il était bien sage d'acheter des livres, des feuilles et des pastels, alors que ces enfants ont cruellement besoin de vêtements et de nourriture.

— Les livres sont aussi nécessaires que la nourriture à leur épanouissement, trancha Mlle Chapman, avant de changer de sujet : Avez-vous vu notre nouveau petit protégé, milady ?

— Non, s'étonna Lara. Je n'étais même pas au courant que vous attendiez un autre enfant.

— Le pauvre garçon est arrivé hier soir.

— D'où vient-il ?

— C'est le médecin de la prison d'Holbeach qui nous l'a envoyé, aussitôt après la pendaison de son père. Nous ne savons pas trop quoi faire de lui. Il n'y a plus un lit de disponible.

Lara écarquilla les yeux.

— Son père a été pendu ? Quel crime avait-il donc commis ?

— J'ignore les détails, répondit Mlle Chapman. Le petit vivait avec lui en prison. Apparemment, il n'avait pas d'autre endroit où habiter.

Lara frissonna d'horreur. Comment pouvait-on laisser un enfant au milieu de criminels endurcis ?

— Quel âge a-t-il ?

— Cinq ans.

— Je vais tout de suite aller le voir.

Mlle Chapman l'encouragea d'un sourire.

— Vous aurez peut-être plus de chance que nous. Il n'a pas dit un mot depuis son arrivée.

— Pauvre garçon... murmura Lara, en prenant le chemin de la maison.

La cuisinière, Mme Davies, était occupée à préparer le déjeuner, tandis que les autres enfants suivaient une classe d'écriture. Personne ne semblait savoir où était passé le nouvel arrivant.

— Il est très bizarre, commenta la gouvernante, Mme Thorn, en croisant Lara dans un couloir. Il passe son temps à se cacher. Curieusement, il préfère l'intérieur. Comme s'il avait peur d'aller dehors. C'est très étrange, de la part d'un enfant de cet âge.

— On ne peut vraiment pas lui trouver une place ?

Mme Thorn secoua la tête.

— Cette nuit, nous l'avons fait dormir sur un

banc, faute de mieux. Nous allons devoir l'envoyer ailleurs. Mais je me demande qui voudra de lui...

— Je vais réfléchir à la question, répondit Lara, troublée par cette histoire. Je pense pouvoir trouver une solution...

— Bien, milady, répliqua la gouvernante, visiblement soulagée.

La jeune femme fouilla méthodiquement la maison, à la recherche de l'enfant. Elle devinait qu'il avait dû se tapir dans un recoin tranquille.

Elle le découvrit finalement dans un ancien salon aménagé en salle d'étude. Il s'était accroupi sous un bureau et, dès qu'il la vit entrer, il se recroquevilla contre le mur, jusqu'à ne plus former qu'une petite boule de haillons et de cheveux noirs, tout sales.

— Alors, te voilà, dit-elle doucement en s'agenouillant devant lui. Tu m'as l'air tout à fait perdu... Viens donc près de moi.

L'enfant ne bougea pas. Mais ses yeux bleus alourdis de fatigue la fixaient intensément.

Lara s'assit à même le plancher et lui sourit.

— Si tu me disais ton nom, pour commencer ?

Il continuait de la dévisager, sans un mot. Lara n'aurait jamais imaginé que le regard d'un enfant pût être aussi torturé.

— Que caches-tu là ? demanda-t-elle encore, remarquant qu'il serrait quelque chose dans sa poche : sans doute un jouet dont il ne se séparait jamais...

Le garçon tira une petite boule grise de sa poche. C'était une souris. Une souris vivante, qui fixait, elle aussi, la jeune femme de ses minuscules yeux ronds.

Lara sursauta légèrement.

— Oh... c'est très intéressant. Tu l'as trouvée ici ?

L'enfant secoua la tête.

— Elle est venue avec moi. (Il caressa la tête de la souris, du bout des doigts.) Elle aime bien que je lui frotte la tête.

Voyant que Lara l'écoutait attentivement, il ajouta, avec plus de chaleur :

— Nous partageons tout, Mousie et moi.

— Mousie ? C'est son nom ?

Ainsi, ce malheureux avait domestiqué une souris et lui parlait comme à un animal de compagnie. Lara ne savait pas si elle devait en rire ou en pleurer.

— Tu veux la caresser ? proposa l'enfant en lui tendant la souris.

Lara n'eut pas ce courage.

— Non, merci.

— Ça fait rien, répondit-il, remettant l'animal dans sa poche avec beaucoup de soin.

Lara était bouleversée. Ce garçon n'avait rien à quoi se raccrocher dans la vie – ni famille, ni amis, ni avenir. Rien que cette chose... cette petite bête trouvée en prison. Et qu'il semblait chérir de tout son cœur.

— Tu es très jolie, lui dit-il soudain.

Et il la surprit encore plus en venant se réfugier dans son giron. Lara hésita un instant avant de le serrer dans ses bras. Ses vêtements sentaient mauvais, il était probablement couvert de vermine, mais il était si chétif qu'elle eut pitié. On aurait dit un chaton. Un tout petit chaton craintif. Depuis combien de temps, malgré son jeune âge, n'avait-il pas goûté à la tendresse maternelle ?

— Comment t'appelles-tu ?

Il ne répondit pas. Il avait fermé les yeux et paraissait se détendre.

— Tu as besoin d'un bon bain, continua la jeune femme. Je suis sûre qu'un ravissant petit garçon se cache sous ces oripeaux.

Il ne parlait toujours pas. Pressentant qu'il allait s'endormir, Lara se releva et l'invita à l'imiter.

— Je vais te conduire à Mme Thorn, dit-elle. C'est une gentille femme, tu verras. Elle va bien s'occuper de toi. Ensuite, nous te trouverons une maison.

Il la suivit docilement jusqu'au bureau de la gouvernante.

— Vous avez un don avec les enfants, lady Bancroft ! s'exclama celle-ci en les voyant entrer. (Elle prit la main du garçon.) Viens avec moi, petit sacripant. Tu as assez embêté milady comme cela.

L'enfant se cramponna à Lara.

— Non ! répondit-il sèchement, en montrant les dents à la gouvernante comme un animal sauvage.

Mme Thorn haussa les sourcils.

— Eh bien ! On dirait qu'il sait parler, finalement. (Elle voulut encore l'attirer à elle.) Tu n'as pas besoin d'avoir peur, mon garçon. Ici, personne ne te veut de mal.

— Non, non...

Il fondit en larmes, toujours agrippé aux jupes de Lara.

La jeune femme, déconcertée, lui caressa nonchalamment l'épaule.

— Calme-toi, mon chéri. Je reviendrai te voir demain.

Entre-temps, Mme Thorn avait appelé une institutrice à la rescousse.

— Vous êtes décidément remarquable, lady Bancroft, dit-elle en essayant à nouveau, avec l'institutrice, de récupérer l'enfant. Je ne connais personne d'autre qui soit capable d'appeler « mon chéri » un tel gamin.

— Ce n'est pas un mauvais bougre, répliqua-t-elle.

La gouvernante et l'institutrice réussirent enfin à prendre l'enfant sous leur aile, ce qui ne fit que redoubler ses sanglots.

— Ne vous faites pas de souci à son sujet, lady Bancroft, ajouta Mme Thorn. Nous allons prendre soin de lui.

Lara regardait avec inquiétude les deux femmes entraîner leur petit prisonnier.

— Nooon ! gémit-il, en tentant vainement de leur échapper.

Dans la mêlée, la souris tomba de sa poche. Voyant l'animal courir sur le plancher, les deux femmes poussèrent des cris perçants et relâchèrent aussitôt l'enfant.

— Mousie ! s'écria-t-il en la poursuivant à quatre pattes. Mousie, reviens !

Mais la souris avait trouvé un trou dans une plinthe et disparut à l'intérieur. Mortifié, le pauvre garçon resta à contempler le trou vide, les larmes aux yeux.

Lara était elle-même pétrifiée par la scène.

— Confiez-moi cet enfant, décida-t-elle soudain.

La gouvernante la dévisagea comme si elle avait perdu la raison.

— Mais, lady Bancroft...

— À compter de cet instant, je me charge de lui, insista Lara.

— Vous ne pensez pas réellement...

— Si, parfaitement.

L'enfant revint se réfugier dans ses jupes.

— Je veux Mousie, gémit-il en reniflant.

Lara lui caressa gentiment l'épaule.

— Mousie va rester ici, dit-elle calmement. Elle sera en sécurité, je te le promets... Maintenant, veux-tu rester toi aussi, ou préfères-tu me suivre ?

Pour toute réponse, il glissa sa main dans la sienne.

Lara sourit à la gouvernante.

— Je prendrai bien soin de lui, madame Thorn.

— Oh, je n'en doute pas un seul instant, répliqua la gouvernante. Pourvu, au moins, qu'il ne vous importune pas trop. (Elle se pencha pour regarder l'enfant droit dans les yeux.) J'espère que tu réalises ta chance, petit Cannon. Si j'étais à ta place, je ferais tout mon possible pour satisfaire lady Bancroft.

— Cannon ? répéta Lara. C'est son nom ?

— Son nom de famille, oui. Mais il n'a pas voulu nous dire son prénom.

L'enfant attira l'attention de la jeune femme en tirant sur sa manche.

— Johnny, dit-il distinctement.

— Johnny, acquiesça Lara en serrant fort sa petite main.

— Lady Bancroft, poursuivit la gouvernante, il est préférable de ne pas se montrer trop généreux avec ce genre d'enfant. C'est cruel à dire, mais le monde n'a pas beaucoup de pitié pour les orphelins. Autant qu'il sache tout de suite à quoi s'attendre.

— Je comprends, répondit Lara, la gorge nouée. Merci, madame Thorn.

Les domestiques du manoir ne purent cacher leur stupéfaction en découvrant le jeune invité de leur maîtresse, qui la suivait comme un chiot. Il ne semblait même pas se rendre compte du décor qui l'entourait : toute son attention était focalisée sur Lara.

— Johnny est très timide, expliqua-t-elle à Naomi, qui venait d'essuyer une rebuffade en voulant serrer la main du garçon. Il lui faudra un peu de temps pour s'habituer à nous.

Naomi considéra l'enfant d'un air sceptique.

— Il a l'air d'avoir été élevé au fond des bois, milady.

Lara préféra ne pas lui révéler que Johnny avait grandi dans un environnement encore plus terrible.

— Naomi, je voudrais que tu m'aides à le laver.

— Bien, milady, répondit la servante que cette perspective, pourtant, ne semblait guère enchanter.

Pendant que des soubrettes s'affairaient à remplir d'eau chaude la baignoire de la jeune femme, celle-ci commanda un verre de lait et des tartines pour Johnny. L'enfant dévora le tout comme s'il n'avait pas mangé depuis des jours. Dès qu'il fut rassasié, Lara et Naomi entreprirent de le déshabiller.

Le plus difficile fut de le convaincre d'entrer dans l'eau.

Debout, tout nu devant le tub, il regardait son contenu avec la plus extrême méfiance.

— Je ne veux pas, dit-il d'un air borné.

— Il le faut, pourtant, répliqua Lara en se retenant de rire. Tu es sale comme un cochon.

— Mon papa disait que les bains donnent la fièvre.

— Ton père se trompait. Moi, je prends tout le

temps des bains et je me porte très bien. C'est très agréable de se sentir propre. Dépêche-toi d'entrer dans l'eau pendant qu'elle est chaude.

— Non, répéta-t-il avec le même entêtement.

— Si, insista Lara. Tous ceux qui vivent dans ce manoir se lavent régulièrement. N'est-ce pas, Naomi ?

La servante hocha la tête avec vigueur.

Finalement, voyant que Johnny ne se décidait pas, les deux femmes le soulevèrent sous les bras pour le plonger dans l'eau. Il s'assit au fond du tub, le dos raide, pétrifié. Lara lui chantonna une comptine pour le détendre, tandis que Naomi le lavait des pieds à la tête. L'eau était devenue presque noire.

— Quelle merveille ! s'exclama Lara. Tu es aussi blanc qu'un flocon de neige !

L'enfant regarda ses bras et sa poitrine d'un air dubitatif.

— Vous m'avez enlevé de la peau ?

Elle éclata de rire.

— Non ! Juste la saleté qui la recouvrait.

Quand il fut bien rincé, Lara l'invita à se relever et l'enveloppa dans une grande serviette blanche, pour le sécher. Elle en profita pour le serrer dans ses bras.

— Bravo, Johnny. Tu as été sage.

Naomi s'était penchée sur les vêtements de l'enfant. Elle osait à peine y toucher.

— Que dois-je en faire, milady ?

— Brûle-les, répondit Lara.

Elle habilla Johnny avec une chemise et un pantalon qu'elle avait empruntés au fils d'un valet d'écurie. Ils étaient beaucoup trop grands : il flottait littéralement dedans.

— Ça ira pour l'instant, décréta-t-elle en serrant une ceinture à sa taille, pour empêcher son pantalon de lui tomber sur les chevilles. Ma couturière doit justement passer aujourd'hui. Je lui demanderai de te confectionner quelques habits.

Rachel entra dans la pièce sur ces entrefaites.

— Tu me surprendras toujours ! s'exclama-t-elle.

Lara la regarda avec un sourire étonné.

— Doux Jésus ! J'avais complètement oublié que je t'avais invitée à choisir des modèles de robes avec moi. J'espère que je ne t'ai pas fait attendre ?

Rachel secoua la tête.

— Pas du tout. En fait, je suis arrivée un peu en avance. Ta couturière n'est pas encore là.

— Tant mieux ! J'ai été occupée toute la matinée.

— Je vois, répondit Rachel en souriant à Johnny, qui lui rendit son salut d'un hochement de tête.

Lara aurait été prête à parier que le garçon n'avait jamais vu de femme comme elle. Du moins, pas d'aussi près. Rachel était particulièrement en beauté, aujourd'hui. Elle portait une robe de mousseline crème entièrement brodée de feuillage vert tendre et de boutons de roses. Lara avait presque honte de se montrer devant sa sœur dans sa robe noire toute simple. Et mouillée, de surcroît.

Elle reporta son attention sur l'enfant.

— Assieds-toi sur cette chaise, Johnny. Je vais te couper les cheveux.

— Non.

— Ne recommence pas ! Si tu es aussi sage que pendant le bain, je te donnerai une jolie casquette. Qu'en dis-tu ?

— D'accord, grommela-t-il, résigné, en s'asseyant.

Lara n'étant pas familière du maniement des ciseaux, l'opération menaçait de prendre beaucoup de temps. Rachel décida d'intervenir.

— Laisse-moi faire, proposa-t-elle à sa sœur. J'ai plus l'habitude. Rappelle-toi, c'était toujours moi qui coupais les cheveux de papa.

Lara confia de bon cœur l'enfant aux mains expertes de Rachel.

— Tes cheveux sont magnifiques, mon garçon, dit celle-ci. Bouclés juste ce qu'il faut. Et aussi noirs que de l'encre... Tiens-toi bien droit. J'en ai pour quelques minutes seulement.

Rachel avait raison. Lara découvrait soudain à quel point Johnny était beau. Des traits réguliers, de superbes yeux noirs... et ces cheveux d'ébène, qui brillaient à la lumière. En voulant lui rendre son sourire, l'enfant laissa échapper un bâillement.

— Eh ! s'exclama Rachel. Je t'ai dit de ne pas bouger ! J'ai failli te couper l'oreille.

— Il est fatigué, expliqua Lara.

Dès que sa sœur eut terminé de lui couper les cheveux, elle souleva Johnny dans ses bras pour l'installer sur un sofa et congédia sa femme de chambre.

— Merci de m'avoir aidée, Naomi.

— Bien, milady, répondit la soubrette en saluant, avant de s'éclipser.

Johnny s'était lové contre Lara et, bizarrement, la jeune femme trouvait sa présence naturelle. Comme si elle était habituée à bercer cet enfant.

— Endors-toi, Johnny, dit-elle en se relevant. Je viendrai te réveiller.

— Promis ?

— Promis.

L'enfant n'attendait que ce mot pour s'endormir. Il ferma les yeux et sa respiration se fit aussitôt détendue.

— Qui est-ce ? chuchota Rachel. Pourquoi l'as-tu amené ici ?

— Il est orphelin, expliqua Lara en caressant la nuque du garçon. Il vivait à la prison d'Holbeach, avec son père. Depuis qu'il a été pendu, Johnny n'a plus d'endroit où aller.

— Le fils d'un assassin ! s'étrangla sa sœur.

— Chut ! Johnny n'est pas coupable des crimes de son père.

Rachel secoua la tête d'un air effondré.

— Quand même ! L'amener chez toi ! Que va dire ton mari ?

— Je suppose que Cameron me désapprouvera, mais c'était plus fort que moi. J'ai senti que cet enfant avait besoin de moi.

— Lara, tu ressens la même chose avec tous les orphelins que tu rencontres.

— Je sais. Mais celui-ci est différent... Il gardait une souris dans sa poche. Il l'avait rapportée de la prison.

Rachel fit la grimace.

— Une souris ! Morte ou vivante ?

— Bien vivante. Johnny s'occupait d'elle. Tu ne trouves pas cela remarquable ? Cet enfant vivait au cœur de l'enfer, et pourtant, il prenait soin de cette petite souris.

Rachel soupira lourdement.

— Je comprends ton attirance pour lui, maintenant. Tous les deux, vous ne vous intéressez qu'aux chiens perdus.

Lara contempla Johnny avec un tendre sourire.

— Je sais que je ne pourrai jamais sauver tous les enfants malheureux de la terre. Mais je peux au moins en aider quelques-uns. Et à coup sûr, celui-ci.

— Que comptes-tu en faire ?

— Je n'ai pas encore réfléchi.

— Tu n'as quand même pas l'intention de le garder au manoir ?

Le silence de Lara était éloquent.

Rachel se rapprocha de sa sœur.

— Écoute, ma chérie, je me souviens de ton chagrin quand tu as découvert que tu ne pouvais donner d'enfant à ton mari. Mais Cameron rejettera ce pauvre gosse. Il désire un enfant de son sang. Un authentique héritier. Pas un orphelin sorti de prison.

— Rachel...

Celle-ci continua, imperturbable :

— Je préfère te parler franchement, même si tu me trouves un peu dure. Ces deux dernières années, tu as pris l'habitude de vivre à ta guise. Mais Cameron est revenu, et les choses ont changé. N'oublie pas qu'une épouse doit se plier aux ordres de son mari.

Lara secoua la tête.

— Je n'ai jamais eu l'idée de lui offrir ce garçon en remplacement de celui que je n'ai pas pu lui donner.

— Peut-être. Mais comment crois-tu que Cameron va le considérer ?

— Je lui expliquerai que cet enfant a besoin de notre aide.

Rachel eut un triste sourire.

— Ma chérie, je ne voudrais pas te contredire. Mais je crois que tu as tort de provoquer un conflit avec Cameron aussi peu de temps après son retour. Un mariage harmonieux est ce qu'il y a de plus beau sur terre.

En écoutant sa sœur, Lara remarqua soudain qu'elle semblait épuisée.

— Rachel, qu'est-ce qui ne va pas ? Tu t'es encore disputée avec Terry ?

Rachel secoua la tête, d'un air peu convaincant.

— Pas exactement. C'est juste que... Terry est toujours un peu agité, dès qu'il a bu.

— Agité... ou violent ?

Rachel baissa les yeux sans répondre. Elle semblait méditer une décision délicate. Finalement, elle redressa lentement la tête et entrouvrit son corsage.

Lara écarquilla les yeux de stupeur en découvrant les bleus sur sa poitrine. Pourquoi Lonsdale battait-il ainsi son épouse, elle qui était la plus délicieuse créature au monde ?

— C'est un monstre ! lâcha-t-elle, la gorge nouée.

Sa sœur se rhabilla prestement.

— Non, Lara. Je ne t'ai pas montré cela pour que tu le détestes. D'ailleurs, tout est de ma faute. Je lui fais toujours des reproches, et ça l'énerve. Il faut que j'apprenne à devenir une meilleure épouse.

— Dès que Cameron rentrera, je lui demanderai de parler à ton mari.

— Non ! À moins que tu ne veuilles que Terry me batte encore !

Lara contint ses larmes en silence. Elle et sa sœur avaient été élevées avec l'idée que leur époux, plus tard, serait là pour les protéger. Dans leur innocence, jamais elles n'auraient pu imaginer que la réalité serait tout autre. Avec Cameron, Lara n'avait guère goûté au bonheur. Mais ce qu'endurait Rachel était autrement plus horrible. Comment pouvait-elle être assez aveugle pour vouloir en porter la responsabilité ?

— Rachel, tu n'as rien fait pour mériter cela. Il faut que quelqu'un explique à lord Lonsdale qu'il doit mieux te traiter.

– Ne dis rien à ton mari, je t'en supplie. J'aurais trop honte. Même si Cameron lui reprochait quelque chose, je suis sûre que Terry nierait tout en bloc. Et il s'arrangerait pour me punir après. Je t'en prie, mieux vaut garder le secret entre nous.

— Admettons que je ne dise rien à Cameron. En revanche, je veux que tu en parles à papa et maman.

Rachel secoua encore la tête.

— À quoi cela servirait ? Maman me demanderait, en pleurant, de tout faire pour satisfaire Terry. Et papa irait s'enfermer dans son bureau. Tu sais comment ils sont.

— Alors, on ne peut rien faire ? demanda Lara, frustrée.

Sa sœur lui prit la main.

— Je l'aime, tu sais. Et je veux rester avec lui. La plupart du temps, il est très gentil. C'est seulement quand il a bu, qu'il perd le contrôle de lui-même.

— Je n'arrive pas à comprendre que tu veuilles rester avec quelqu'un qui te bat. Lord Lonsdale n'est qu'une vile brute qui...

Rachel retira brusquement sa main.

— Non. Je t'interdis de parler de lui comme cela, Lara. Je n'aurais pas dû t'embêter avec cette histoire...

Une servante vint leur annoncer l'arrivée de la couturière. Rachel descendit aussitôt dans le grand salon, tandis que Lara s'attardait un peu, le temps d'étendre une couverture sur Johnny.

— Dors bien, mon chéri, lui chuchota-t-elle à l'oreille.

Pelotonné sur le sofa, le garçon lui semblait terriblement vulnérable. La jeune femme ferma un instant les yeux et pria le Seigneur pour qu'Il l'aide à secourir tous les gens malheureux autour d'elle. À commencer par cet enfant. Et par sa sœur Rachel.

9

Une fois par semaine, le « grand ménage » mobilisait toute la domesticité du manoir. Du temps où lady Janet régnait sur la maisonnée, l'opération était menée à la baguette. Lara n'était pas si autoritaire. Et elle ne dédaignait pas mettre la main à la pâte. À la grande satisfaction des servantes qui lui dirent, à plusieurs reprises, leur plaisir de voir que tout redevenait comme avant.

Un fichu sur la tête et un tablier noué à la taille, la jeune femme aidait à plier le linge propre dans la buanderie. Bizarrement, les compliments des domestiques la laissaient de marbre. Autrefois, elle avait toujours pris beaucoup de plaisir à gouverner le manoir. Mais depuis son « veuvage », il lui semblait plus important de consacrer son temps à l'orphelinat que de se mêler de la lessive ou de l'entretien des tapis.

Son tablier s'était défait et Lara s'apprêtait à resserrer le nœud, quand deux mains l'encerclèrent par-derrière et s'en chargèrent à sa place. La jeune femme sursauta.

— Que faites-vous là ? demanda-t-elle à Cameron.

— Je te signale que j'habite ici, répondit-il, amusé.

— Vous savez très bien ce que je veux dire. Je ne vous ai encore jamais vu mettre les pieds dans la buanderie.

— J'étais trop impatient de te voir.

— Vous auriez pu au moins me prévenir de votre arrivée, gronda-t-elle en se tournant vers lui. J'aurais changé de robe et je me serais...

Elle s'interrompit brusquement.

Cameron était plus beau que jamais. Il portait des vêtements neufs, magnifiquement coupés. Son pantalon d'équitation, en toile beige, soulignait la musculature de ses cuisses et la finesse de sa taille. N'importe quelle femme, à la vue de cet homme, aurait senti son cœur s'affoler. Il la regardait si intensément qu'elle frissonna, mal à l'aise.

— Votre séjour à Londres fut-il plaisant ? s'enquit-elle pour rompre le silence.

— Plaisant n'est pas le mot approprié. Productif conviendrait davantage.

— Je n'ai pas perdu mon temps, moi non plus. D'ailleurs, je souhaiterais vous entretenir d'une ou deux choses, un peu plus tard.

— Dis-les-moi maintenant, murmura Cameron en la prenant à la taille, pour l'entraîner hors de la buanderie qui ouvrait directement sur le parc.

— La lessive n'est pas terminée ! J'ai encore du travail...

— Laisse les domestiques s'en occuper.

— Je préférerais converser avec vous après le dîner, insista Lara. Quand vous aurez bu quelques verres de vin.

Cameron éclata de rire.

— Alors, c'est que tu veux m'annoncer de mauvaises nouvelles.

— Non. Je souhaiterais juste apporter quelques changements à notre environnement, et j'ai peur que vous ne les acceptiez pas.

Il la considéra avec un sourire taquin.

— Des changements, dis-tu ? Ça peut se discuter... Je suis toujours prêt à marchander.

— Je n'ai rien à marchander avec vous !

Ils avaient fait quelques pas dans le parc. L'air embaumait le parfum des fleurs. Cameron serra la jeune femme dans ses bras.

— Bien sûr que si. Et pour ce que tu as à m'offrir, je pourrais consentir à bien des sacrifices...

Lara ne pouvait se méprendre sur ses intentions. Il la serrait si fort qu'elle sentait, contre son ventre, sa virilité dressée.

— Cameron... vous n'oseriez pas...

— Ne joue pas les timorées. Souviens-toi, tu es une femme mariée.

— Je ne l'étais plus depuis longtemps. (Elle voulut le repousser.) Lâchez-moi.

— Embrasse-moi d'abord.

— Et pourquoi le devrais-je ?

— Pendant mon séjour à Londres, je n'ai touché à aucune femme. Je ne pensais qu'à toi.

— Je ne vois pas pourquoi cela mériterait une récompense. Je ne vous ai jamais empêché de prendre une maîtresse. Bien au contraire !

Il frotta ses hanches contre les siennes.

— Oui. Mais je ne désire que toi...

— Personne ne vous a jamais dit qu'on ne peut pas toujours avoir ce qu'on désire ?

Il sourit.

— Pas que je me souvienne.

On aurait dit un gamin facétieux. Lara ressentait elle-même comme une excitation.

— Que gagnerais-je à vous embrasser ? s'entendit-elle demander d'une voix qu'elle ne reconnut même pas.

Il la serra plus fort contre lui.

— Dis-moi ton prix...

— Je suis prête à parier que vous ne le trouverez pas raisonnable.

Cameron lui caressa les cheveux.

— Embrasse-moi d'abord. Nous parlerons de ce qui est raisonnable ensuite.

— Un seul baiser ?

Il hocha la tête.

— D'accord... murmura-t-elle, hautaine.

Elle noua les bras derrière sa nuque et approcha ses lèvres des siennes, frémissant d'anticipation...

— Lara ! Lara !

C'était Johnny qui accourait à toutes jambes. Le petit garçon se jeta dans les jupes de la jeune femme.

— Que se passe-t-il ? demanda-t-elle en s'agenouillant devant lui.

L'enfant leva vers Cameron un regard suspicieux.

— Il te faisait du mal !

Lara se retint d'éclater de rire.

— Non, mon chéri. Je te présente lord Bancroft, mon mari. Je l'accueillais à son retour de voyage. Tout va très bien, je t'assure.

Visiblement peu convaincu, Johnny dévisageait l'intrus d'un air méfiant.

Cameron regarda son épouse comme un tigre qui vient de voir s'échapper sa proie.

— Je suppose que voici l'un des « changements » mentionnés tout à l'heure ?

— Oui.

Lara se releva pour faire face à son mari.

— Je souhaiterais que Johnny vive parmi nous, dit-elle le plus fermement possible.

Le visage de Cameron s'était soudain durci. Tout désir avait disparu de ses yeux.

— Un orphelin ?

Lara sentait la main de l'enfant trembler dans la sienne.

— Je vous expliquerai tout en tête à tête. Ce soir.

— J'y compte bien, répliqua Cameron d'un ton qui la fit frissonner.

Cet après-midi-là, Lara emmena Johnny rendre visite à M. Moody, le jardinier. Il était en train de couper des fleurs pour en faire des bouquets destinés à décorer le manoir. La jeune femme s'amusa de voir le garçon prendre quelques fleurs pour les arranger lui-même.

— Bravo, mon gars, le félicita le jardinier en lui tendant une rose blanche. Tu as le sens des couleurs. Je vais t'apprendre à composer un petit bouquet pour lady Bancroft.

Johnny refusa la rose blanche.

— Pas celle-ci, dit-il sèchement. Elle préfère les roses.

Moody accueillit la rebuffade de l'enfant avec un sourire.

— Ah oui ? Dans ce cas, choisis des roses dans la botte que tu vois là-bas. Je les couperai pour toi.

Lara était troublée par les sentiments que lui inspirait ce petit garçon. Sa honte et sa frustration de n'avoir pu donner d'héritier à Cameron lui avaient caché à quel point elle-même désirait avoir un enfant – c'est-à-dire un être qui accepte et lui rende son amour sans limites, ni conditions. Elle espérait de tout cœur que Cameron lui permettrait de garder Johnny. Du reste, elle se sentait prête à le défier s'il refusait...

Il faisait chaud. Lara remonta dans sa chambre pour troquer sa toilette contre une autre, plus légère. Comme sa robe était attachée dans le dos, elle ne pouvait se déshabiller seule. Elle s'apprêtait à sonner Naomi quand une voix masculine retentit :

— C'est inutile. Je vais t'aider.

Lara sursauta. Son mari se tenait tranquillement assis dans un fauteuil, face à la cheminée. Elle ne l'avait pas vu en entrant.

— Grands dieux ! Pourquoi ne m'avez-vous pas dit que vous étiez là ?

— Il me semble que je viens de signaler ma présence.

Le col entrouvert de sa chemise dessinait un V sur son torse bronzé. Essayant d'ignorer l'attirance qu'elle ressentait pour lui, la jeune femme croisa les bras sur sa poitrine et le toisa avec dignité.

— J'apprécierais beaucoup que vous me laissiez. Je souhaite changer de robe.

– J'ai compris. C'est justement pourquoi je t'offrais mes services, à la place de ta femme de chambre.

Lara secoua la tête.

— Merci. Mais je préfère Naomi.

— As-tu peur que je ne te viole ? se moqua-t-il.

Rassure-toi, je vais tout faire pour me contrôler... Approche-toi.

Lara ne bougea pas. Alors, Cameron se leva pour se placer derrière elle. Elle tressaillit en sentant ses doigts commencer à déboutonner la robe par le haut. Le lourd vêtement glissa lentement sur son dos, jusqu'à ce qu'elle le rattrape par la ceinture, pour l'empêcher de tomber tout à fait.

— Merci, dit-elle. Maintenant, je peux me débrouiller.

Cameron ignora sa requête et lui souleva les mains.

— C'est bon comme cela, insista-t-elle d'une voix tremblante.

Mais il continua de faire glisser sa robe sur ses hanches, jusqu'à ce que le vêtement tombe sur le tapis. Lara se retrouva en jupons. Malgré la chaleur, elle frissonnait. Lorsque Cameron approcha ses paumes de ses épaules nues, sans même les toucher, elle eut la chair de poule. Elle ne s'était pas sentie ainsi depuis sa nuit de noces, quand elle s'était retrouvée au lit avec son époux, inquiète de savoir ce qui l'attendait...

Cameron se tenait toujours derrière elle. Il passa les mains autour de son cou, pour saisir les petits boutons de nacre qui fermaient, sur le devant, sa chemise. Il faisait preuve d'une dextérité plutôt rare chez un homme. La chemise commença à s'ouvrir, découvrant peu à peu ses seins.

— Veux-tu que je m'arrête maintenant ? murmura-t-il.

« Oui ! » voulut-elle répondre. Mais sa gorge, bizarrement, ne put produire aucun son. Lara se sentait paralysée.

Cameron lui massait la nuque à présent.

Ses mains étaient si douces qu'elle réprima un gémissement de plaisir, et dut lutter contre l'envie d'en demander davantage.

— As-tu confiance en moi, Lara ? chuchota-t-il à son oreille.

Toujours incapable de parler, elle répondit en secouant la tête, ce qui le fit rire.

— Moi-même, je n'ai pas confiance en moi... Tu es trop belle, trop désirable.

Ces paroles auraient dû effrayer la jeune femme. Et pourtant elle restait là, devant lui, à savourer sa caresse. D'étranges idées lui traversaient l'esprit. Elle se prenait à espérer qu'il l'embrasse de nouveau, comme l'autre fois, pour goûter à sa bouche impérieuse et sensuelle. Bien sûr, elle s'en voulait de songer à de telles choses. Et elle priait le Ciel que Cameron ne puisse lire dans ses pensées.

Elle tressaillit tandis qu'il la soulevait dans ses bras avec une aisance déconcertante, comme si elle n'était pas plus lourde qu'une plume.

Allait-il lui faire l'amour ? « Laisse-le, pensa-t-elle soudain. Laisse-le se conduire exactement comme par le passé. Laisse-le te montrer que rien n'a véritablement changé. C'est le meilleur moyen de te libérer de cette obsession que tu ressens à son égard. Quand tout sera consommé, tu le regarderas avec la même indifférence qu'autrefois et il n'aura plus aucune emprise sur toi... »

À son grand étonnement, Cameron ne la porta pas jusqu'au lit, mais l'assit dans le fauteuil de sa coiffeuse, avant de s'agenouiller devant elle. Derrière la porte de la chambre, leur parvenaient les bruits assourdis de la maisonnée. Ce monde extérieur paraissait soudain irréel à la jeune femme. Comme si plus rien n'existait que leur présence à tous les deux, entre ces quatre murs.

Cameron lui caressait délicatement les chevilles, sans la quitter du regard, et elle était hypnotisée par la beauté de ses traits. Elle repensa aux moments d'intimité qu'ils avaient partagés avant sa disparition. Le même scénario s'était répété à chaque fois : Cameron – ivre, en général – la pénétrait violemment, après quelques préliminaires réduits au strict minimum. Puis il se retirait presque aussi vite qu'il était entré. Ensuite, Lara, obéissant aux recommandations de sa mère, restait plusieurs minutes immobile sur le dos, pour donner le plus de chances possible à sa semence de la fertiliser.

Elle s'était secrètement réjouie que cela n'ait jamais marché. La perspective de porter son bébé ne l'enchantait pas.

Pourquoi ne l'avait-il jamais caressée comme il le faisait maintenant ?

Il avisa, sur la coiffeuse, un flacon rempli d'une crème aux extraits de rose et de concombre.

— C'est ce que tu mets sur ta peau ?

— Oui, répondit-elle d'une toute petite voix.

Il ouvrit le flacon, libérant aussitôt un délicieux parfum qui embauma l'air de la chambre. Puis il enduisit ses mains d'un peu de crème, et entreprit de lui masser les jambes.

— Oh... murmura-t-elle en tressaillant d'appréhension et de plaisir mêlés.

Cameron se concentrait sur sa tâche. Lara, fascinée, suivait des yeux le mouvement de ses mains, qui remontaient à chaque fois un peu plus le long de ses jambes. Elle voulut, dans un dernier sursaut de pudeur, plaquer son jupon contre ses cuisses. En pure perte. Cameron, d'un geste caressant mais ferme, poursuivit son massage érotique sous la fine étoffe de coton.

La jeune femme crut que son cœur allait cesser de battre quand il s'immisça entre ses cuisses. Sa propre réaction la stupéfia : elle avait une envie folle de s'ouvrir totalement à lui, d'accueillir sa chaleur virile en elle.

À présent, les doigts de son mari caressaient délicatement le triangle frisé qui entourait sa féminité. Lara lui saisit les poignets.

— Arrêtez ! murmura-t-elle d'une voix tremblante. Arrêtez...

L'avait-il seulement entendue ? Ses mains semblaient irrésistiblement attirées par l'intérieur de ses cuisses... Soudain, pourtant, elles se figèrent.

Arrêtez... Elle demandait l'impossible et, cependant, Cameron trouva la force de lui obéir. Il ferma les yeux, pour ne plus voir le spectacle émouvant de sa peau si blanche, si soyeuse, sur laquelle se détachait la toison brune qui fermait son entrejambe. Elle ne pouvait deviner à quel point il brûlait de la caresser, de la goûter, de la dévorer... d'embrasser chaque centimètre carré de cette chair exquise.

Finalement, il la relâcha et se leva.

— Couvre-toi, dit-il en dirigeant son regard sur le mur d'en face. Sinon, je ne réponds plus de mes gestes...

Il l'entendit se précipiter vers sa penderie pour s'emparer d'une nouvelle robe. Pendant qu'elle s'habillait, il ne put s'empêcher de humer le parfum de la crème restée sur ses mains. Aussitôt, un violent désir le submergea à nouveau...

— Merci, dit-elle soudain.

— De quoi ? demanda-t-il, sans quitter le mur des yeux.

— Vous auriez pu exercer vos droits conjugaux sans vous soucier de ma volonté.

Cameron croisa les bras sur sa poitrine et se décida à la regarder enfin. Lara avait revêtu une robe blanche, toute sage. Mais cette toilette ne suffit pas à refroidir ses ardeurs. La jeune femme était trop belle.

Il la gratifia d'un sourire entendu.

— Le jour où je te ferai l'amour, c'est que tu m'auras supplié de te satisfaire.

— Quelle arrogance ! répliqua-t-elle avec un rire nerveux.

— Tu me supplieras, Lara. Je te le promets.

Elle tenta de cacher son trouble derrière un air de parfait dédain.

— Si cela vous amuse de le croire...

Cameron la regarda s'installer devant sa coiffeuse pour se brosser les cheveux. Elle donnait l'impression d'avoir recouvré son assurance, mais ses yeux trahissaient son émoi.

— Parlons de cet enfant, proposa-t-il. D'où vient-il ?

— Johnny vient de la prison d'Holbeach, où son père a été pendu. L'orphelinat n'avait pas de place pour le recueillir. Alors je l'ai amené au manoir.

— Et tu as l'intention de le laisser vivre ici ? En tant que quoi ? En tant que domestique, ou comme un enfant adopté ?

— Nous n'avons aucune obligation de l'adopter, si vous ne le souhaitez pas, répondit Lara sur un ton délibérément neutre. Mais compte tenu de votre fortune, il me semble que nous avons largement de quoi en faire un... membre de notre famille.

Perplexe, Cameron croisa le regard de la jeune femme dans le miroir de la coiffeuse.

— Ce n'est pas comme s'il s'agissait d'adopter l'enfant d'un parent éloigné, Lara. Celui-ci descend peut-être d'une longue lignée de voleurs et d'assassins.

— Johnny n'est pas responsable des crimes de son père. Ce n'est qu'un enfant innocent. S'il est élevé dans une bonne maison, il deviendra un homme respectable.

— Ça, c'est de la théorie, répliqua Cameron, manifestement peu convaincu. As-tu l'intention d'ouvrir notre demeure à tous les enfants sans toit que tu rencontreras ? Personnellement, je n'ai aucune envie d'être le père d'une armée d'orphelins. Ni même d'un seul.

— Vous n'aurez pas besoin de vous comporter comme si vous étiez son père. J'en assumerai seule la responsabilité.

— Et que fais-tu de tes responsabilités à mon égard ? (Il lui désigna le lit.) Dis-moi d'abord quand tu comptes remplir tes devoirs d'épouse, et après, nous envisagerons le cas de ton petit protégé.

Lara était médusée.

— Quoi ! Insinueriez-vous que vous ne me laisserez garder Johnny que si je couche avec vous ?

Malgré toute la tendresse qu'il éprouvait pour Lara, Cameron était bien décidé à ne pas lâcher prise. Il fallait qu'elle apprenne qu'elle ne pouvait tout avoir sans jamais rien payer.

— Comme je te l'ai dit, je n'ai rien contre le marchandage... Mais avant d'en venir aux détails, je voudrais évoquer un point que tu me sembles avoir négligé. Tu auras beau élever cet enfant de ton mieux, sa naissance l'empêchera toujours d'être accepté dans le monde. Et l'éducation qu'il aura reçue ici le coupera définitivement de ses racines.

La jeune femme secoua la tête.

— Peu importe. Je l'aiderai à trouver sa place dans la société.

— Tu n'y arriveras pas. Parce que tu ignores ce que c'est que d'être écartelé entre deux mondes.

— Comment le sauriez-vous davantage ? Vous êtes le descendant d'une lignée de riches aristocrates. Depuis votre naissance, tout le monde s'est toujours incliné sur votre passage.

Cameron serra les dents. Lara le voyait comme quelqu'un dénué de cœur, qui voulait l'empêcher de faire une bonne action.

— C'est d'accord, grommela-t-il. Garde donc cet enfant. Je ne m'y oppose pas.

— Merci, répondit-elle avec circonspection, comme si elle redoutait la suite.

— En échange, continua-t-il, tu vas faire quelque chose pour moi.

Il retourna vers le fauteuil où elle l'avait trouvé en entrant, et en rapporta un petit paquet qu'il lui tendit.

— Qu'est-ce que c'est ?

— Un cadeau. Ouvre-le.

Elle s'exécuta lentement, comme si elle suspectait quelque piège. Et du reste, c'en était un. Le cadeau était davantage pour lui que pour elle. Le paquet contenait un déshabillé de soie noire, qu'il avait acheté dans une grande boutique londonienne.

L'étoffe en était si fine qu'on l'aurait crue transparente.

— Seule une catin oserait porter un tel vêtement, murmura Lara.

— Une catin de grand prix, alors, répliqua-t-il en s'amusant de son air horrifié.

— Je ne pourrai jamais...

Elle ne put terminer sa phrase, comme si la seule idée de revêtir ce négligé la terrifiait.

— Pourtant, tu vas le faire. Et pas plus tard que ce soir.

— Vous êtes fou ! Comment avez-vous pu imaginer que j'accepterais de porter cette... chose indécente ! Autant être nue !

— Ma foi, c'est une proposition intéressante, dit-il d'un air songeur.

— Oh ! Espèce de sale dégénéré !

— Veux-tu que Johnny reste ici ?

Elle se mordit la lèvre.

— Admettons que je porte ça. Quelle garantie aurai-je que vous ne...

— Que je ne me jetterai pas sur toi comme un soudard en rut ?

— Arrêtez ! s'exclama-t-elle, les joues en feu.

— Je ne te toucherai pas, promit-il. Je te demande juste de porter ce déshabillé ce soir. Est-ce vraiment si difficile ?

Lara lâcha le vêtement pour plonger son visage dans ses mains.

— C'est impossible. De grâce, demandez-moi autre chose...

— Non. Tu m'as exposé ta requête. Voilà la mienne. Tu ne perds pas au change, franchement.

L'enfant restera ici pendant des années, alors que ta part du marché sera terminée demain matin.

La jeune femme contempla le déshabillé avec dédain.

— Si vous osez me toucher, sachez que je ne vous le pardonnerai jamais. Je vous ferai regretter de...

— Mon amour, l'interrompit Cameron d'une voix douce. Tu m'as déjà fait chèrement regretter la manière dont je me suis conduit avec toi par le passé. Au lieu de m'accueillir à bras ouverts à mon retour, tu m'obliges à marchander un petit plaisir somme toute bien innocent.

La colère de Lara s'évanouit soudain. Elle le regarda avec émotion.

— Ce n'était pas entièrement de votre faute. Je n'étais pas celle que vous attendiez. Et je n'aime pas... les rapports intimes. C'est sans doute un défaut de ma part, ou un manque de...

— Non, Lara. Tu n'as rien à te reprocher. (Il ferma les yeux, pour mieux choisir ses mots.) J'aimerais simplement que tu m'autorises, au moins une fois, à te montrer que faire l'amour n'a rien de déplaisant, ni de...

— Je veux bien croire que vous saurez vous montrer plus tendre qu'avant. Mais cela ne changera pas mon opinion sur la chose.

Elle semblait si sincèrement navrée, que Cameron dut se retenir de ne pas la serrer dans ses bras.

— Quelle opinion ?

Embarrassée, elle hésita.

— Pour moi... ce qui se passe entre un homme et une femme est... sordide... et indécent. En tout cas, c'est au-dessus de mes forces. (Elle ramassa le déshabillé.) M'obliger à porter cette chose revient à m'insulter. C'est me forcer à montrer que je ne suis décidément pas une bonne épouse.

— Non, Lara. Toute la faute revenait à ton mari. Pas à toi.

Lara le regarda, stupéfaite. *Ton mari*... Ces mots auraient pu laisser supposer qu'il évoquait quelqu'un d'autre que lui-même. Certes, il faisait référence au passé. Mais c'était quand même une étrange façon de parler de soi... Avant qu'elle puisse l'interroger, Cameron se dirigea vers la porte.

Il se retourna sur le seuil.

— Le marché est entre tes mains, Lara. Si tu veux garder l'enfant, je te l'accorde bien volontiers. Mais tu sais ce que j'attends en échange.

Elle hocha lentement la tête, en serrant le négligé contre son ventre.

Une heure plus tard, Lara retrouva Cameron, qui l'attendait au salon. Son air affable ne trompa pas la jeune femme. Elle se doutait bien qu'il ne remettrait pas en question ce maudit marché.

— Je pensais que tu me proposerais un tour du manoir pour m'expliquer les rénovations que tu as prévues avec le décorateur, dit-il.

— Vous feriez mieux de vous adresser directement à M. Smith. Il vous expliquera mieux que moi. Comme ça, si vous contestez les modifications envisagées, vous pourrez lui dire de vive voix.

— J'approuve d'avance tous tes choix. (Il lui prit la main gentiment.) Et je préfère t'écouter plutôt que de subir les grandes tirades de Ducharme. Alors, fais-moi visiter la maison... s'il te plaît.

Il ponctua ces paroles d'un sourire si enjôleur que Lara ne trouva pas la force de lui résister.

— D'accord. Je vais essayer de vous dire tout ce dont je me souviens. Ce n'est pas évident. M. Smith parle vite et utilise un vocabulaire que je ne connais pas.

Cameron rit de bon cœur et lui emboîta le pas en se laissant guider. C'était à la fois étrange – et merveilleusement agréable – de sentir ainsi sa main dans la sienne.

Ils commencèrent par la salle de bal, dont l'extravagant décor marocain serait remplacé par une sobre colonnade de marbre.

— Ils emploieront du marbre « fleur de pêcher », je crois, expliqua Lara. M. Smith dit qu'il possède d'infinies nuances d'ambre. (Elle le regarda, pour guetter sa réaction.) Quant aux murs...

Il y eut un long silence.

— Oui ? Les murs... ? l'encouragea Cameron.

Lara ne se souvenait plus de ce qu'elle voulait dire. Elle le contemplait avec un mélange de fascination et de consternation. Cameron incarnait à la perfection l'aristocrate anglais de vieille lignée et, en même temps, il dégageait une telle étrangeté... En fait, il n'avait pas l'air d'être vraiment chez lui.

Elle détourna la tête et s'obligea à continuer.

— M. Smith demandera à deux artistes vénitiens de peindre des fresques en trompe l'œil.

— Merveilleux, murmura-t-il.

Il se tenait juste derrière elle, à présent. La jeune femme fut soudain tentée de s'abandonner contre lui. À sa grande stupéfaction, elle trouvait l'idée de le toucher de moins en moins désagréable.

Elle s'écarta en riant.

— J'espère qu'Arthur et Janet ne reprendront jamais possession de cette maison. Qui sait quelles idées farfelues leur passeraient par la tête ?

Cameron ne partageait pas sa bonne humeur. Il s'approcha.

— Ils ne reviendront pas, dit-il avec sérieux. Tu n'as plus rien à redouter d'eux, ajouta-t-il en lui caressant tendrement la nuque.

Lara en frissonna des pieds à la tête.

— Vous vous doutez bien qu'ils vont essayer de vous attaquer en justice... de *nous* attaquer.

— Je m'en soucierai le moment venu. (Il croisa son regard.) Je te protégerai, Lara. N'en doute pas une seconde.

– Non, bien sûr, je...

Elle s'interrompit tandis qu'il l'enlaçait à la taille, puis remontait ses mains jusqu'à sa poitrine.

— Je préférerais que vous ne me touchiez pas ainsi, murmura-t-elle.

— Pourquoi pas ?

— Parce que... parce que je ressens...

Elle cherchait désespérément ses mots, mais à l'instant où il la serra plus fort contre lui, elle oublia tout.

Il caressait maintenant ses seins avec une douceur ensorcelante. En même temps, il lui mordillait le lobe de l'oreille.

— Que ressens-tu exactement ?

Pour toute réponse, elle s'arqua contre lui avec un petit gémissement, comme une supplique.

Il la satisfit sur-le-champ, s'empara de ses lèvres pour un long et tendre baiser. C'était si agréable que Lara ne put s'empêcher d'y répondre. Elle noua les mains derrière sa nuque et gémit de nouveau en le sentant presser ses hanches contre son ventre.

Tout à coup; Cameron la relâcha en riant.

— Tu m'empêches de me concentrer sur la décoration de cette maison !

La jeune femme inspira profondément pour reprendre une contenance. Elle n'osait même pas le regarder dans les yeux, de peur d'avoir envie de se jeter dans ses bras.

— Nous continuons la visite ? proposa-t-elle d'une toute petite voix.

Cameron lui souleva gentiment le menton.

— Oui, répondit-il sans cesser de sourire. Mais ne me montre pas les chambres. Sinon, je ne réponds plus de moi.

10

Lara décida d'organiser un grand dîner – quatorze couverts – en l'honneur de son décorateur. Attirés par la renommée de Ducharme Smith, plusieurs voisins des Bancroft répondirent à son invitation, y compris le Dr Slade et les demoiselles Withers, deux vieilles sœurs qui partageaient la passion de la décoration et du jardinage. Lara avait également invité le capitaine Tyler et son épouse, un couple qui venait d'emménager dans un manoir des environs. Comme c'était la première fois qu'elle les recevait, la jeune femme les accueillit dans le hall.

— Bienvenue au manoir des Bancroft ! leur dit-elle avec un sourire chaleureux.

C'était un couple bien assorti, tous les deux de petite taille, avec un visage avenant. Mme Tyler remercia timidement, d'un simple hochement de tête. Elle laissa son mari répondre :

— Ravi de vous rencontrer, lady Bancroft. (Il s'inclina pour lui baiser la main.) Votre invitation nous a beaucoup honorés. C'est très aimable à vous de nous compter à ce dîner.

— Tout le plaisir est pour moi, capitaine. Il est toujours agréable d'avoir de nouveaux voisins. (Elle lui sourit encore.) J'ai cru comprendre que vous reveniez des Indes ?

— C'est exact. Et je vous avoue que je ne suis pas fâché d'avoir retrouvé notre bonne vieille Angleterre.

— Vous avez un point commun avec mon mari. Il a vécu là-bas quelque temps.

— Malheureusement, je n'ai jamais eu l'honneur de rencontrer lord Bancroft. Même si j'ai beaucoup entendu parler de lui, nous fréquentions des univers différents.

Quoique le capitaine Tyler ait dit cela d'un ton badin, Lara crut discerner une certaine réprobation de sa part. En bon militaire, Tyler avait sans doute désapprouvé le mode de vie de Cameron. Comme celui de tous les autres colons qui, à son image, habitaient de vastes et somptueuses demeures où une foule de domestiques indigènes étaient prêts à satisfaire tous leurs désirs, même les plus intimes. L'écho des orgies organisées à Calcutta était parvenu jusqu'à Londres. Et Lara savait bien que son mari n'avait jamais été un saint.

L'idée que Cameron ait pu se livrer, là-bas, à toutes sortes de débauches, la mit subitement mal à l'aise. Elle s'obligea pourtant à garder le sourire devant ses invités.

— Puisque vous ne connaissez pas encore lord Bancroft, nous allons y remédier immédiatement, dit-elle en les conduisant au salon, où était servi l'apéritif.

Cameron conversait avec lord Lonsdale. Sans doute parlaient-ils de chasse. Lara croisa son regard, et il s'excusa aussitôt auprès de son ami pour la rejoindre.

En habit de soirée noir et chemise blanche, il ressemblait à un parfait aristocrate. Seuls son bronzage et sa démarche féline le distinguaient de l'homme qu'il était autrefois. Il arborait un sourire de bienvenue... qui s'évanouit dès qu'il vit le capitaine Tyler. Lara s'en étonna, mais l'instant suivant son mari s'était déjà recomposé un masque impénétrable.

Tyler était tout aussi impassible. Cependant, il avait pâli et tout son corps semblait tendu.

Ils se connaissaient, Lara en était certaine. Elle en aurait mis sa main au feu.

Pourtant, ils se comportaient comme s'ils ne s'étaient jamais rencontrés. Déroutée, la jeune femme les présenta l'un à l'autre et guetta leur réaction.

Le capitaine dévisageait son mari comme s'il avait devant lui un fantôme.

— Félicitations pour votre retour miraculeux, milord. Votre histoire est déjà légendaire.

Cameron secoua la tête.

— C'est vous qui êtes légendaire, capitaine. Votre action en Inde mérite la reconnaissance de tous. Vous avez débarrassé ce pays de la vermine qui le gangrenait.

Le capitaine s'inclina poliment.

— Merci.

Lara s'aperçut que Mme Tyler semblait elle aussi médusée. Pourquoi ces deux hommes prétendaient-ils ne pas se connaître, alors que, de toute évidence, c'était faux ? Lara interrogea Cameron du regard, en pure perte. Il faisait montre d'une politesse impeccable, sans rien trahir de ses pensées.

Un valet annonça que le dîner était servi. Les invités furent conduits dans la salle à manger, où la magnificence de la table leur arracha des exclamations enthousiastes. Un chemin de fleurs serpentait entre les chandeliers d'argent, les verres de cristal et les assiettes de fine porcelaine.

Placée loin de son mari, Lara dut subir la conversation assommante des sœurs Withers, qui décrivaient avec force détails et ricanements idiots leurs dernières plantations.

Après la soupe de poisson, on servit du gibier, des légumes, puis du canard rôti, encore d'autres légumes, avant les salades et le fromage. Le repas se clôtura sur un assortiment de pâtisseries et des fruits. À chaque nouveau plat, les sommeliers débouchaient les bouteilles appropriées : sauternes, puis bordeaux rouge, et enfin champagne.

Cameron buvait beaucoup, au grand désespoir de Lara. Il avait toujours aimé l'alcool, mais ce soir c'était différent. Elle voyait bien qu'il s'enivrait à dessein. Comme s'il cherchait à se libérer de quelque idée obsédante... Du reste, il levait plus souvent son verre qu'il ne conversait avec les invités. Il n'adressa qu'une seule fois la parole au capitaine Tyler, quand celui-ci déclara que jamais les Indiens ne pourraient se gouverner eux-mêmes.

— ... L'histoire a montré que les indigènes sont si corrompus qu'on ne peut pas leur faire confiance, argumentait le capitaine. Il a fallu attendre l'occupation anglaise pour qu'ils apprennent à vivre en société. Si demain notre gouverneur et notre armée repartaient, le pays sombrerait dans le chaos.

Cameron reposa son verre et se tourna vers Tyler.

— Je connais beaucoup d'Indiens qui ont l'audace de croire qu'ils pourraient parfaitement gouverner l'Inde sans notre aide.

— Vraiment ? (Il y eut un long silence, puis Tyler esquissa un sourire.) Pourtant, si je ne m'abuse, vous avez toujours refusé d'accorder l'autonomie à la moindre province.

— J'ai changé d'avis.

— Les Indiens nous ont amplement prouvé qu'ils n'étaient pas prêts à exercer des responsabilités politiques, insista Tyler. Une société qui oblige ses veuves à s'immoler sur des bûchers et autorise la traite des enfants ne peut...

— Les Anglais n'ont pas à se mêler de la culture des autres peuples, le contra Cameron, sans se soucier des regards médusés des autres convives.

— Et que pensez-vous de la religion ? l'interrogea Tyler. Je suppose que vous allez nous dire que les Indiens n'ont pas besoin du christianisme ?

Cameron haussa les épaules.

— Laissez-les vénérer leurs dieux. La plupart des hindous sont beaucoup plus charitables et religieux que nombre de chrétiens.

La tablée accueillit ces paroles sacrilèges dans un silence stupéfait. Puis le capitaine Tyler partit d'un rire tonitruant, ce qui détendit l'atmosphère. Quelques invités sourirent à leur tour, comme s'il était entendu que le débat était clos et ne portait pas à conséquence.

Le dîner se poursuivit sans autre incident. Lara, cependant, ne quittait pas son mari des yeux. Ils n'avaient jamais eu l'occasion de discuter politique ensemble, autrefois, Cameron considérant qu'une femme n'entendait rien à ces choses-là. Mais elle était convaincue qu'il avait toujours approuvé la position anglaise en Inde. Pourquoi, tout à coup, prenait-il le contre-pied de ses anciennes convictions ?

Le repas terminé, tout le monde passa au salon pour prendre le café. Il était plus de minuit quand les derniers invités quittèrent le manoir, tandis que les domestiques finissaient la vaisselle.

Lara tenta de se faufiler discrètement vers sa chambre, persuadée que Cameron avait trop bu pour s'apercevoir de sa disparition. Mais à peine eut-elle atteint le grand escalier menant à l'étage, qu'il l'attrapa par le bras. Elle se retourna pour lui faire face. Il avait les yeux brillants et semblait éprouver quelques difficultés à garder l'équilibre. De toute évidence, il était ivre. D'ordinaire, sous l'empire de l'alcool, les hommes se montraient soit agressifs, soit doux comme des agneaux. Mais pas lui. Son visage restait impénétrable. Et ses réactions imprévisibles.

— Où allais-tu comme cela ? demanda-t-il sans relâcher son bras.

La jeune femme comprit qu'il n'avait pas oublié leur marché. Il fallait absolument trouver une solution pour le tenir à l'écart. Et vite. Il n'était pas question qu'elle enfile le déshabillé tant qu'il serait dans cet état.

— J'ai pensé que vous aimeriez boire encore un verre ou deux, tout seul, dit-elle en s'obligeant à sourire.

Cameron lui rendit son sourire. Mais le sien était sardonique.

— En fait, tu espérais que je m'abrutisse d'alcool et que je ne me réveille que demain matin. Désolé, ma chérie.

Il la tira avec lui dans l'escalier, comme un tigre entraînant sa proie. Lara n'eut d'autre choix que de le suivre.

— Vous n'avez pas l'air d'être vous-même, ce soir, dit-elle avant de penser que, depuis son retour, il n'avait *jamais* l'air d'être lui-même. Vous n'avez parlé à personne pendant le dîner. Sauf au capitaine Tyler.

— Ah, oui... les Tyler. Pourquoi se sont-ils retrouvés à notre table, ceux-là ?

— Ce sont nos nouveaux voisins. Ils ont loué le manoir des Morland, expliqua Lara. Comme Tyler a servi en Inde, j'ai pensé que vous seriez heureux de le voir.

Ils avaient atteint le palier. Cameron s'immobilisa brutalement et la fusilla du regard.

— Cameron ? Qu'ai-je fait de mal ?

Sa colère parut retomber aussi vite qu'elle était apparue. Mais ses yeux brillaient d'une lueur inquiétante.

— Ne me fais plus jamais de surprises de ce genre, murmura-t-il en lui secouant le bras. Je n'aime pas les surprises.

— Plus de surprises, répéta-t-elle, conciliante.

Il la relâcha, pour se passer les mains dans les cheveux. Il semblait épuisé. Lara crut qu'il allait partir directement vers son lit pour dormir. Mais elle se trompait...

— Va mettre le déshabillé ! ordonna-t-il abruptement.

Elle en fut abasourdie.

— Je... vous... non, c'est impossible, balbutia-t-elle. Un... un autre soir, peut-être.

— Ce soir, trancha-t-il. J'ai attendu ce moment

toute la journée, et ce n'est pas le peu d'alcool que j'ai bu qui pourra m'arrêter.

— Je préférerais attendre...

— Va te changer. Sinon, c'est moi qui m'en chargerai.

La jeune femme perçut sa détermination. Dans ce cas, mieux valait le satisfaire. Ne serait-ce que pour lui prouver qu'elle n'avait pas peur de lui.

— Très bien. Rejoignez-moi dans ma chambre d'ici à dix minutes.

Il hocha la tête en signe d'acquiescement et la regarda s'éloigner.

Lara s'efforça de marcher d'un pas tranquille jusqu'à sa porte mais, dès qu'elle eut refermé le battant derrière elle, la panique l'envahit. Parviendrait-elle à se montrer dans cette tenue provocante ? Cameron n'aurait jamais exigé cela d'elle, avant. Peut-être avait-il pris goût à ces fantaisies en Inde ? Ou alors cherchait-il à l'humilier ?

Elle ouvrit avec colère l'armoire où elle avait caché le négligé sous une pile de linge et le sortit, esquissant une grimace de dégoût.

Puis elle commença à se déshabiller toute seule : elle préférait ne pas recourir aux services de Naomi pour la circonstance. Le négligé glissa sur sa peau avec un murmure délicat. Le bas était fendu des deux côtés jusqu'aux hanches, dévoilant la longueur de ses jambes.

Lara envisagea un moment de défaire sa coiffure pour laisser ses cheveux cascader sur ses épaules et sa poitrine. Mais elle y renonça, devinant que Cameron se moquerait de cette tentative pathétique pour garder un semblant de pudeur.

Elle se raidit en entendant soudain quelqu'un

entrer dans la pièce, sans frapper. Embusquée derrière la porte de l'armoire, elle vit son mari, une bouteille de whisky à la main, s'installer face à la cheminée.

Il avait ôté veste et cravate, et déboutonné le col de sa chemise. Une fois confortablement assis dans un fauteuil, il but une rasade d'alcool à même la bouteille, puis se tourna vers la jeune femme pour lui faire signe de sortir de sa cachette.

Cet ordre silencieux ne fit qu'augmenter la nervosité de Lara. Après tout, elle était son épouse. Elle n'était pas une prostituée payée pour faire son numéro !

— Que dois-je faire ? demanda-t-elle à contrecœur.

— Viens vers moi.

Lara avait la chair de poule. Mais elle serra les dents et se força à obéir, ses pieds nus glissant sur l'épais tapis d'Aubusson.

À mesure qu'elle avançait, le reflet du feu dans la cheminée dessinait des arabesques sur la soie noire du déshabillé. Elle savait que Cameron pouvait tout voir à travers. La découpe de sa silhouette, et même le triangle entre ses jambes...

Elle s'arrêta juste devant lui, cramoisie.

Cameron avait l'air d'une statue.

— Tu es si belle, Lara... murmura-t-il, la gorge nouée.

Il posa la bouteille à l'écart, en dardant toujours son regard sur le corps de la jeune femme.

La pièce n'était pas froide, pourtant Lara frissonnait des pieds à la tête.

— Je t'ai promis de ne pas te toucher, dit-il d'une voix rauque, mais je ne peux pas tenir parole.

S'il l'avait prise de force, Lara aurait résisté. Mais il l'attira à lui délicatement, avec beaucoup de douceur, comme s'il redoutait de l'effrayer par des gestes trop brusques.

— J'ai rêvé si longtemps de ce moment... chuchota-t-il. Pouvoir t'admirer. Te toucher...

Ses mains glissèrent vers ses fesses. Lara, fascinée, se laissa caresser. La chaleur de ses mains se communiquait à sa propre peau, comme si la fine étoffe n'existait pas.

Le cœur battant la chamade, elle songea un instant à s'écarter. Mais son corps refusa de lui obéir. Cameron, le regard brillant de désir, remonta les mains jusqu'à ses seins, qu'il caressa avec une infinie tendresse.

Elle crut de nouveau défaillir quand il approcha les lèvres pour en agacer la pointe du bout de la langue, à travers la soie du déshabillé.

— Lara... je te désire si fort. Laisse-moi t'embrasser. Te caresser...

Tout en parlant, il commença à faire glisser le déshabillé sur les épaules de la jeune femme. Lara se sentait écartelée entre l'appréhension et l'excitation.

— Ça suffit, dit-elle en voulant remonter l'étoffe sur ses épaules. Vous ne devriez pas...

Mais Cameron défit en un mouvement le petit ruban de soie qui fermait le corsage. Il glissa ses mains dans l'échancrure du vêtement et reprit ses baisers enflammés, à même la peau.

Lara voulut s'écarter.

— Ose me dire que tu n'aimes pas cela, murmura-t-il.

Elle aurait été bien incapable de répondre. La

danse ensorcelante de sa langue sur ses seins commençait à la priver de toute raison.

Cameron dénoua un second ruban et, cette fois, le déshabillé s'entrouvrit jusqu'aux hanches. Il fit courir sa langue le long de son ventre pour lui lécher délicatement le nombril. Lara laissa échapper un petit gémissement, de plaisir et d'étonnement mêlés. Jamais elle n'aurait imaginé qu'une telle caresse fût possible...

Cameron l'enlaça soudain à la taille.

— Ne m'arrête pas, Lara. Je t'en supplie.

Il se releva et la prit dans ses bras, comme une enfant, pour la porter jusqu'au lit. Il la posa délicatement sur les draps et s'allongea sur elle, encadrant son visage de ses mains pour l'embrasser à pleine bouche, avec voracité. Lara gémit à nouveau, mais cette fois le plaisir l'emportait sur l'appréhension. Elle enroula les bras autour du cou de Cameron, tandis que celui-ci descendait ses mains vers le haut de ses cuisses, encore couvertes par le déshabillé.

— Non, attendez... le supplia-t-elle en serrant les jambes.

À son grand étonnement, il lui obéit aussitôt et enfouit la tête dans l'oreiller avec un lourd soupir.

Il y eut alors un grand silence, rythmé seulement par le bruit de leurs respirations.

Autrefois, Cameron ne se serait pas arrêté ainsi. Il l'aurait possédée sans lui demander son avis.

Partagée entre la surprise et la gratitude, la jeune femme posa une main sur le bras puissant qui lui enserrait la taille et remonta jusqu'à son épaule. Bizarrement, elle se prit à regretter qu'il n'ait pas enlevé sa chemise. Elle aurait voulu sentir ses muscles sous sa paume.

— Merci, dit-elle à voix basse. Merci de ne pas m'avoir forcée.

Son silence l'encouragea à poursuivre.

— Ce n'est pas que je ne vous trouve pas attirant...

Elle rougit jusqu'aux oreilles, mais réussit pourtant à continuer :

— En fait, je vous trouve même très... séduisant. (Elle approcha ses lèvres de son épaule, jusqu'à la toucher.) Je suis contente que vous soyez revenu. Vraiment.

Un petit ronflement lui répondit.

Consternée, elle redressa la tête. Son mari avait fermé les yeux et ses lèvres étaient entrouvertes comme celles d'un enfant.

— Cameron... chuchota-t-elle.

Il laissa échapper un grognement de satisfaction. Puis se remit à ronfler doucement.

Lara se mordit la lèvre pour ne pas éclater de rire. Elle se faufila hors du lit, enleva le déshabillé et courut à son armoire pour mettre l'une de ses robes de chambre. Cameron dormait toujours, un sourire extatique sur les lèvres.

Attirée presque malgré elle, la jeune femme revint vers le lit. Elle débarrassa son mari de ses chaussures et de ses chaussettes, mais hésita à déboutonner sa chemise, de crainte de le réveiller. Finalement, elle se contenta de le recouvrir de la courtepointe.

Avant d'éteindre la lampe, elle le contempla une dernière fois. Il ressemblait à un félin. On sentait qu'à la moindre alerte, toute sa vitalité resurgirait d'un coup.

Demain matin, Cameron aurait retrouvé son sourire sardonique. Et il s'acharnerait de nouveau à la séduire...

Le pire, songea-t-elle, c'est qu'elle commençait à y prendre goût.

Elle sortit discrètement de la pièce et alla dormir dans la chambre de son mari.

11

Johnny s'était assis juste à côté de Lara, une pile de livres disposée sous ses fesses pour l'élever à hauteur de la table. La serviette blanche nouée autour de son cou était toute tachée de chocolat. Il avait avalé sa tasse d'un trait et en redemandait déjà une autre.

— Mange d'abord quelque chose, dit Lara en lui tendant un ramequin d'œufs brouillés. Goûte-moi ça. C'est délicieux.

Johnny contempla les œufs d'un œil suspicieux.

— Je veux pas de ça.

— Tu as tort. Les œufs sont très bons pour la santé. Ils t'aideront à devenir grand et fort.

— Non !

La jeune femme vit le valet posté près du buffet esquisser une grimace de désapprobation. Les domestiques, dans leur ensemble, ne cachaient pas leurs réticences à accepter Johnny. Mais Lara espérait que cette méfiance se dissiperait avec le temps.

— Essaie au moins une bouchée, insista-t-elle en plongeant une cuiller dans le ramequin.

Johnny secoua énergiquement la tête.

— Nan. Je veux du cho-co-lat, s'obstina-t-il, comme s'il avait décidé d'être désagréable ce matin.

— Plus tard, répondit Lara d'une voix ferme. Puisque tu ne veux pas d'œufs, prends une tartine avec un morceau de jambon.

Johnny croisa son regard, sans doute pour jauger sa détermination. Il capitula brusquement.

— D'accord, dit-il en saisissant une tartine.

Dédaignant la fourchette posée à sa droite, il s'empara ensuite, avec les doigts, d'un morceau de jambon qu'il posa sur la tartine, avant de mordre le tout à belles dents.

Lara esquissa un sourire. Il serait toujours temps, plus tard, de lui enseigner le maniement des couverts et la politesse à table.

Malgré son travail pour l'orphelinat, la jeune femme n'avait jamais eu l'occasion de partager vraiment le quotidien d'un enfant. Elle trouvait l'expérience merveilleuse. Le chagrin causé par sa stérilité lui semblait maintenant beaucoup plus supportable. Même si elle n'était pas capable d'enfanter elle-même, rien ne l'empêcherait de fonder une famille.

Mais que dirait son mari face à une telle requête ? se demanda-t-elle. Cameron entra précisément à ce moment-là. Il avait l'air de méchante humeur.

— Bonjour, lui dit Lara.

Il ne répondit rien. Il s'était dirigé tout droit vers le buffet.

— Demandez à Mme Gorst de me préparer un de ses breuvages magiques, dit-il au valet. Et pendant que vous y êtes, rapportez-moi une poudre contre la migraine.

— Bien, milord.

Le valet s'empressa d'aller commander à la gouvernante un bol du bouillon qu'elle concoctait spécialement pour les lendemains de fête. En attendant son retour, Cameron se versa un verre d'eau.

Johnny le regarda faire avec des yeux éberlués.

— C'est un duc ?

— Non, mon chéri, répondit Lara, amusée. C'est un comte.

L'enfant parut un peu déçu. Cependant, il continuait de contempler Cameron avec fascination.

— Qu'y a-t-il ? s'étonna Lara.

— C'est lui, mon papa, maintenant ?

Cameron faillit recracher la gorgée d'eau qu'il venait d'avaler. La jeune femme se passa une main tremblante dans les cheveux.

— Non, Johnny.

— Pourquoi il dit rien ?

— Chut ! Je crois qu'il a mal à la tête.

— Ah...

Johnny avait déjà cessé de s'intéresser à Cameron. Il regardait sa tartine d'un air songeur.

— Je me demande où est passée Mousie...

Lara s'empressa de détourner la conversation.

— Pourquoi ne visiterais-tu pas les écuries, aujourd'hui ? Tu pourrais donner quelques carottes aux chevaux.

Le visage du garçon s'éclaira.

— Oh, oui ! lança-t-il en bondissant de sa chaise.

— Attends ! l'arrêta Lara, qui le débarrassa de sa serviette. Je voudrais d'abord que Naomi t'aide à te débarbouiller.

— Mais, je me suis déjà lavé hier !

Elle éclata de rire et lui donna une petite tape sur la joue, avec la serviette.

— Je ne veux pas te voir dans les écuries avec ces

taches de chocolat. Sinon, tu vas attirer toutes les mouches.

Une fois Johnny parti, Lara reporta son attention sur Cameron. Il finissait de boire le remède apporté par le valet.

— Asseyez-vous, lui proposa-t-elle. Une tartine vous fera du bien.

Il grimaça.

— Je n'ai pas faim.

Il reposa son verre et alla se poster devant la fenêtre, en jetant un regard ennuyé à la jeune femme. Comme s'il n'osait pas l'affronter en face.

Lara ne pouvait imaginer qu'il regrettât son ivresse d'hier soir. Les hommes n'exprimaient jamais aucun remords d'avoir bu. Ils considéraient leurs beuveries comme une sorte de rituel purement masculin. Pourquoi, alors, Cameron semblait-il si mal à l'aise ?

Lara congédia le valet pour se retrouver seule avec son mari. Elle voulait connaître la raison de cet air maussade. S'en voulait-il de l'avoir obligée à porter le déshabillé ? Elle se leva et s'approcha à son tour de la fenêtre.

— Vous me semblez... soucieux ce matin, milord, commença-t-elle en rougissant légèrement. J'espère que ce n'est pas à cause de cette nuit ?

Après un long silence, Cameron finit par se tourner vers elle. Il soupira.

— Lara... en ce qui concerne cette nuit, je... je ne me souviens plus exactement de ce... (Il crispa les poings.) J'espère que je ne t'ai pas brusquée ?

La jeune femme était médusée. Il croyait l'avoir forcée. Mais le plus stupéfiant, c'était qu'il paraissait le regretter.

C'en était presque comique. Cameron l'avait violentée des dizaines de fois, sans en éprouver le moindre remords. Et là, il était rongé par la culpabilité, alors qu'il n'avait rien fait ! Elle détourna la tête pour ne pas lui montrer son amusement.

— Vous aviez bu plus que de raison, dit-elle. Je suppose que vous ne saviez plus très bien ce que vous faisiez.

Il soupira encore, ce qui ne fit que redoubler l'hilarité de la jeune femme. Elle tremblait presque, tellement elle avait du mal à se retenir de rire.

— Ne pleure pas, Lara, je t'en prie ! s'exclama-t-il, se méprenant sur son attitude. Je te jure que je ne voulais pas...

Lara se retourna vers lui. Il écarquilla les yeux de stupeur en la voyant hoqueter de rire.

— Vous vous êtes tout bonnement endormi, lança-t-elle, avant de s'écarter prestement.

— Petite diablesse ! rugit Cameron en la poursuivant dans la pièce. Et dire que je m'inquiétais depuis tout à l'heure !

Lara se réfugia de l'autre côté de la table.

— Tant mieux ! M'obliger à porter ce damné vêtement méritait un petit châtiment.

Il voulut la rattraper, mais elle s'esquiva pour s'abriter derrière une chaise.

— Je ne regrette pas de t'avoir obligée à porter ce déshabillé. Je regrette seulement de ne plus me souvenir de t'avoir vue dedans. Tu vas devoir recommencer.

— Certainement pas !

— Cette nuit ne comptait pas, puisque j'ai tout oublié.

— Moi, je m'en souviens pour deux. Jamais je ne me suis sentie aussi mortifiée.

Renonçant à l'attraper, Cameron posa les mains sur la table pour la contempler.

— Tu étais superbe. Je me souviens au moins de ça.

Lara eut beaucoup de mal à feindre l'indifférence face à ce compliment. Leurs rapports avaient tellement changé...

Cameron désigna le bol de Johnny.

— Lui as-tu annoncé qu'il pouvait rester chez nous ?

— Je n'ai même pas eu à le faire, répondit-elle en reprenant place à table. Il considère que cela va de soi.

— Il ne mesure pas sa chance. N'importe quel autre gamin dans sa situation aurait été envoyé dans un pensionnat. Voire pire.

Lara s'était saisie d'une cuiller, qu'elle triturait nerveusement dans sa main.

— Milord, je voulais justement vous entretenir d'un sujet qui me préoccupe. J'ai été horrifiée d'apprendre que Johnny avait habité en prison, avec son père, jusqu'à la pendaison de celui-ci. J'ignorais que de telles choses pouvaient exister. Mais à présent, j'imagine que le cas de Johnny n'est pas unique. D'autres enfants, dans les autres prisons du royaume...

— Attends. (Cameron s'assit face à elle et prit ses mains dans les siennes.) Je sais combien tu es une femme charitable, Lara. S'il ne tenait qu'à toi, cette terre ne compterait plus un seul orphelin sans logis. Mais ne te lance pas imprudemment dans une croisade...

Elle retira ses mains.

— Je n'ai rien proposé de tel. Dans un premier temps, je voudrais seulement savoir si d'autres enfants subissent le même sort que Johnny, et combien. Je pensais écrire aux différentes prisons, pour le leur demander. Mais j'ai peur que leurs directeurs ne prennent même pas la peine de me répondre. Surtout quand ils verront que je suis une femme.

— Bref, tu veux que je m'en charge pour toi, soupira Cameron. Bon sang, Lara !

— Vous avez beaucoup de relations haut placées. Vous pourriez en parler à des représentants du gouvernement. Et leur suggérer, pourquoi pas, d'envisager une réforme sociale qui...

— L'Angleterre compte des milliers de prisonniers, Lara. Même s'il n'existe qu'un tout petit pourcentage d'enfants vivant avec eux, cela pourrait quand même faire une dizaine, ou plus encore. Que comptes-tu faire de ces gamins ? Les adopter tous ? (Cameron secoua la tête, amusé.) Sors-toi cette idée de la tête, cela vaudra mieux.

— Impossible, répliqua la jeune femme d'une voix passionnée. Je ne trouverai pas le repos, tant que je ne saurai pas à quoi m'en tenir. S'il le faut, je visiterai moi-même toutes les prisons du royaume, les unes après les autres.

— Je voudrais bien voir ça !

— Vous ne pourrez pas m'en empêcher !

Ils se dévisagèrent durement un court instant. Lara se sentait bouillir de colère. Si elle n'avait pas goûté à la liberté de ne plus avoir de mari pendant qu'elle le croyait disparu en mer, sans doute se serait-elle rangée à son avis. Mais à présent, l'idée que son époux pût lui interdire quoi que ce fût la hérissait. Elle se retenait à grand-peine de lui sortir des paroles terribles.

— Lara, tu m'es trop précieuse pour que je te laisse t'exposer au moindre danger, reprit-il d'une voix radoucie. Alors, plutôt que de t'attacher à ton lit pour t'empêcher d'aller visiter ces prisons, je préfère te proposer un marché...

Abasourdie par ce brusque revirement, la jeune femme baissa les yeux et s'abîma dans la contemplation de la nappe.

— En tout cas, ne me demandez pas de remettre cet horrible déshabillé.

Il lui prit la main.

— Non. J'ai autre chose à te suggérer. Je vais m'occuper moi-même de collecter les informations que tu désires. En échange, tu ne mettras jamais les pieds dans une seule prison du royaume. Et tu n'engageras aucune action sans m'en informer avant.

Lara redressa la tête. Elle ouvrait déjà la bouche pour répliquer, mais Cameron la prit de vitesse.

— Je t'ai laissée adopter Johnny, lui rappela-t-il. Pourtant, tu l'avais amené ici sans me demander mon avis. J'ai préféré ne pas te contredire, parce que j'ai bien senti à quel point tu tenais à garder cet enfant. Mais dorénavant, je veux que nous agissions de concert. D'accord ?

La jeune femme n'était pas sûre d'avoir bien entendu. Elle avait peine à croire que Cameron Crossland, sixième comte de Bancroft, pût se montrer aussi équitable. Jusqu'à présent, il s'était toujours ingénié à lui faire comprendre qu'elle vivait sous son entière dépendance.

— D'accord, murmura-t-elle. (Voyant qu'il souriait, elle le regarda d'un air suspicieux.) Qu'est-ce qui vous amuse ?

— Toi. Je parierais que tout le monde te considère comme une femme douce, paisible et accommodante. Alors que tu es tout le contraire.

— Mais encore ?

Cameron se releva, contourna la table. Il se pencha et approcha ses lèvres des siennes, jusqu'à les toucher.

— Tu es une lionne, dit-il avant de reculer sans l'avoir embrassée, ce qui la laissa bizarrement déçue.

Le hall résonnait des pleurs d'un enfant. Cameron s'immobilisa en apercevant Johnny recroquevillé derrière une colonne. Il ne sanglotait pas vraiment, en fait. Mais il reniflait si fort qu'on voyait bien qu'il était tout près de fondre en larmes.

— Que fais-tu là ? demanda Cameron, embarrassé.

Il n'avait aucune expérience des enfants et ne savait comment leur parler.

— Je suis perdu, répondit le garçon d'une voix misérable.

— Pourquoi es-tu tout seul ?

Cameron s'étonnait de constater qu'aucun domestique ne le surveillait. Dieu seul savait quelles bêtises il était capable de commettre, livré à lui-même. Sa question ne recevant pas de réponse, il en tenta une autre :

— Où veux-tu aller ?

L'enfant haussa ses frêles épaules, maussade.

— Je veux faire pipi.

Cameron esquissa un sourire.

— Et tu n'as pas trouvé les toilettes ? Viens avec moi, je vais te montrer le chemin.

— Je ne peux pas marcher.

— Dans ce cas, je vais te porter. Mais tu as intérêt à te retenir. Si tu fais pipi sur moi, c'est la fessée assurée.

Il le souleva dans ses bras.

— Vous êtes marié avec milady ? demanda Johnny en lui étreignant le cou.

— Oui.

— Quand je serai grand, je l'épouserai, moi aussi.

— Elle ne peut pas être mariée à deux hommes en même temps, répliqua Cameron, amusé. Que feras-tu de moi ?

— Vous pourrez rester ici, proposa généreusement le gamin. Si milady est d'accord.

Cameron lui sourit.

— Merci.

Johnny le scruta avec attention.

— Vous êtes grand. Encore plus grand que mon papa.

Cette comparaison éveilla la curiosité de Cameron.

— Dis-moi, mon garçon, pourquoi a-t-on pendu ton père ?

— Papa chassait les cafards. Un jour, il a tué quelqu'un. Par accident.

Dans l'argot londonien, on appelait « chasseurs de cafards » les voyous qui détroussaient les ivrognes égarés la nuit dans les rues. Ces gens n'étaient pas de vrais criminels. Juste des délinquants, comme on en trouvait des centaines dans les basfonds de la capitale.

— Et où est ta mère ?

— Au ciel.

Ce garçon était donc totalement orphelin... Il afficha un sourire attendri et précisa :

— Mais je ne suis plus seul, maintenant. Vous et milady m'avez recueilli, hein ?

Cameron commençait à comprendre l'attirance qu'éprouvait Lara pour cet enfant.

— Oui, nous t'avons recueilli, confirma-t-il d'une voix solennelle.

Il déposa son fardeau juste devant la porte des toilettes.

— À toi de jouer, à présent. Est-ce que tu sais au moins te débrouiller tout seul ?

Le garçon hocha la tête.

— Oui, répondit-il en ouvrant la porte.

Avant de la refermer derrière lui, il demanda :

— Vous serez là quand je sortirai ?

— Je t'attends, répliqua Cameron.

Il resta devant la porte, sincèrement ému par le destin de cet enfant. Johnny lui rappelait la fable du vilain petit canard, admis parmi les cygnes. Sauf que Cameron n'avait lui-même rien d'un cygne...

À bien y réfléchir, ce ne serait pas facile d'habiter sous le même toit que cet enfant qui lui rappellerait sans cesse ses origines. Un hindou aurait haussé les épaules devant ce dilemme, prétextant que chacun était responsable de son propre salut – sentence blasphématoire aux yeux d'un chrétien, mais que Cameron trouvait fondée. Johnny, lui aussi, devrait la faire sienne, s'il voulait tirer son épingle du jeu dans cette société anglaise corsetée par les traditions.

Le capitaine Tyler se laissa tomber dans un fauteuil en cuir. Le fumoir était seulement éclairé par la lueur du feu qui brûlait dans l'âtre. Tyler tenait un verre de cognac, qu'il réchauffait entre ses paumes. Il savoura lentement une gorgée du précieux alcool, à la manière d'un gentleman qui sait apprécier les petits plaisirs de la vie.

Le manoir des Morland était de dimensions modestes, mais très élégant. Construit au sommet d'un tertre boisé, il évoquait un nid douillet. Tyler s'y sentait à son aise. Sa femme dormait paisiblement à l'étage, à côté de la nursery aménagée pour leur futur bébé. Elle n'en était encore qu'aux tout débuts de sa grossesse.

La perspective d'être père aurait dû combler Tyler. D'autant qu'il était enfin rentré en Angleterre, après huit longues années passées en Inde. Pourtant, son plaisir était gâché par la tournure inattendue des événements.

— Bon sang ! murmura-t-il pour lui-même en serrant plus fort son verre entre ses mains. Pourquoi n'êtes-vous pas resté là-bas ?

À peine avait-il terminé sa phrase qu'il se produisit quelque chose de presque surnaturel. Plus tard, en repensant à ce moment, Tyler se dirait qu'il aurait dû s'y attendre. Mais pour l'instant, il était proprement abasourdi. Une ombre imposante, surgie de nulle part, traversa l'obscurité de la pièce et vint se planter devant lui. C'était le comte de Bancroft.

— J'avais d'autres plans, répondit Cameron.

Tyler réussit à garder son sang-froid. C'est à peine si Cameron remarqua que son verre tremblait dans sa main.

— Vous êtes décidément une belle crapule. Personne d'autre ne se permettrait de pénétrer ainsi chez moi.

— Je désirais vous parler en privé.

Tyler vida le restant de son verre d'un trait.

— Je vous croyais mort. Que faites-vous en Angleterre ?

— Cela ne vous regarde pas. Je suis simplement venu vous avertir de ne pas vous mêler de mes affaires.

Tyler était devenu cramoisi.

— Vous osez me donner des ordres, à présent ? Et cette malheureuse lady Bancroft : vous ne croyez pas qu'elle mérite quelques explications ?

— Je me charge d'elle, rétorqua Cameron d'une voix menaçante. Et je veux votre silence, Tyler. Après tout ce que j'ai fait pour vous, je pense le mériter amplement.

Tyler parut méditer une objection, mais il se contenta de hausser les épaules d'un air résigné.

— Sans doute, marmonna-t-il. Il faut que j'y réfléchisse... Mais, de grâce, sortez tout de suite de cette maison. Vous me rappelez trop de choses que j'essaie désespérément d'oublier.

12

À la grande déception de Lara, le rapport que Cameron lui avait promis sur les prisons anglaises n'arriva pas la semaine suivante. Ni même celle d'après. Heureusement, elle s'occupa l'esprit en surveillant le travail des artisans appelés par Ducharme Smith pour réaliser la nouvelle décoration intérieure. Elle rendit également ses visites habituelles à l'orphelinat, ainsi qu'aux personnes âgées de Market Hill. Le reste de son temps était accaparé par Johnny. Le garçon devait apprendre les règles du nouveau monde dans lequel il vivait.

Et bien sûr, il y avait Cameron...

Il gouvernait le domaine avec une singulière efficacité. Alors que tant d'aristocrates mettaient un point d'honneur à ne pas se mêler de problèmes mercantiles, qu'ils jugeaient indignes de leur rang, Cameron n'hésitait pas à discuter avec ses fournisseurs, ses clients ou ses créanciers.

Il incarnait le mari idéal que Lara avait toujours rêvé d'avoir : responsable, courtois, aimable... Et amical, de surcroît. Ce dernier point rendait la jeune femme perplexe. Pour ne pas dire frustrée. Cameron semblait avoir changé radicalement d'attitude à son égard. Désormais, il la traitait en amie. C'était à se demander s'il la considérait encore comme une femme !

Autrefois, elle se serait réjouie d'une pareille situation. Elle récoltait tous les bénéfices du mariage – la sécurité, le confort, la compagnie – sans devoir supporter ces relations physiques qui lui déplaisaient tant. Pourquoi, alors, se sentait-elle si nerveuse ? Pourquoi se réveillait-elle en pleine nuit, le cœur battant, égarée comme une âme en peine ?

En fait, elle comprit qu'elle recherchait plus que tout la présence de son mari, quand elle commença à s'inventer des prétextes pour le voir. Mais chaque fois qu'ils se rencontraient, Cameron lui manifestait la même désespérante gentillesse, purement amicale.

Lara ne savait pas au juste ce qu'elle attendait de lui. Certes, elle rêvait de ses baisers. Mais elle n'était pas sûre d'en vouloir davantage. Mieux valait donc laisser les choses en l'état. Mais pourquoi diable s'obstinait-il à la traiter comme si elle était sa petite sœur ?

Cédant à une impulsion, Lara écrivit à sa couturière de modifier les robes commandées par Cameron, en prolongeant leur décolleté de quelques centimètres. Quand les toilettes arrivèrent au manoir, elle éprouva une joie toute féminine devant cette débauche de soie, de mousseline et de rubans. Elle choisit, pour commencer, une robe vert pâle, assortie à la couleur de ses yeux, qui rehaussait son teint d'un éclat lumineux. Le décolleté descendait jusqu'à ses seins, bordé par une dentelle transparente.

Sachant que Cameron travaillait dans la bibliothèque, elle s'y rendit immédiatement. La politesse exigeait qu'elle le remercie.

Son mari était assis à son bureau. Il avait tombé la veste, retroussé ses manches de chemise et déboutonné son col. Il leva les yeux vers elle, sourit furtivement et se replongea dans ses dossiers. Mais la seconde d'après, il la regarda de nouveau, interloqué.

— C'est une nouvelle robe ? demanda-t-il, bien qu'il connût déjà la réponse.

Lara s'avança vers lui.

— Elle vous plaît ?

Son visage ne trahissait aucune émotion, mais ses doigts s'étaient crispés sur la plume d'oie qu'il tenait dans sa main. Il la détaillait des pieds à la tête.

— Le tissu est très joli, répondit-il d'une voix neutre, que démentait le frémissement de sa mâchoire.

Lara comprit qu'il la désirait toujours. Et cette découverte, à son propre étonnement, la comblait de joie.

Elle lui sourit ingénument.

— Le tissu est joli, c'est vrai. Mais vous ne trouvez rien d'autre à dire ?

— La coupe est soignée. Et... courte.

— Les décolletés plongeants font fureur, cette saison.

Cameron marmonna quelque chose et retourna au dossier ouvert sous ses yeux. Délibérément, Lara se pencha sur le bureau, feignant de s'intéresser à ce qu'il lisait. Sa poitrine frôla son épaule. C'était involontaire, bien sûr, mais elle ressentit des frissons dans tout le corps, et elle savait que son époux était aussi troublé qu'elle. Il laissa échapper sa plume, qui fit une tache d'encre en tombant sur le sous-main.

— J'essaie de travailler, grogna-t-il. Je n'y arriverai pas si tu promènes tes seins sous mon nez.

Lara se redressa brutalement.

— C'est vous qui avez commandé ces nouvelles robes. J'étais venue vous les montrer, et vous remercier.

— C'est donc ça... murmura-t-il, mi-amusé, mi-agacé.

Il l'attrapa par la taille et l'attira entre ses cuisses.

— Cette robe est superbe. Et toi aussi. J'en ai presque mal de te regarder.

— Mal ?

— Tout mon corps souffre de désir pour toi.

Et soudain, il plongea le visage dans son décolleté, ses lèvres entrouvertes caressant ses seins.

— Tu me rends fou, Lara, chuchota-t-il. Non, ne t'en va pas ! Laisse-moi...

Elle sursauta en le sentant insinuer une main sous sa jupe.

— Arrêtez ! Arrêtez tout de suite !

Il la relâcha avec un soupir de frustration.

— Tu savais très bien ce que tu faisais en venant ici, habillée dans cette tenue. Alors ne me reproche pas ma conduite.

Lara tenta de remettre son décolleté en place.

— Je ne veux pas être brutalisée.

— Sais-tu comment on appelle les femmes qui excitent les hommes et s'échappent au moment crucial ?

— Non.

— Des allumeuses.

— Je ne cherchais pas à vous exciter. J'espérais juste un petit baiser, ou un compliment. Mais je ne...

— Mes sentiments à ton égard ne peuvent se satisfaire de quelques baisers. Bon sang, tu crois que c'est facile pour moi de vivre à tes côtés, chaque jour que Dieu fait, sans pouvoir te toucher ?

La jeune femme se sentait vaguement honteuse. Elle s'était méprise sur son attitude, et n'avait pas réalisé qu'il la désirait toujours autant.

— J'ai envie de te faire l'amour, ajouta-t-il d'une voix rauque. J'ai envie de te voir nue, de t'embrasser partout, partout... de te donner du plaisir jusqu'à ce que tu demandes grâce. Et ensuite de me réveiller, au petit matin, en te tenant serrée dans mes bras pour t'entendre me chuchoter...

Il laissa sa phrase en suspens.

— Je suis désolée, murmura Lara. Je n'avais pas compris que vous vouliez encore de moi.

— Je vais t'en montrer la preuve.

Il s'empara brusquement du bras de la jeune femme pour l'approcher de son entrecuisse. Lara se raidit, mais ne put l'empêcher de poser sa main sur sa virilité qui tendait l'étoffe du pantalon. Elle eut l'impression que sa paume la brûlait.

— Voici ce qui m'arrive chaque fois que je me trouve dans la même pièce que toi. C'est le genre d'indice qui ne trompe pas. Oui, Lara, j'ai envie de toi.

Le souvenir de toutes les nuits horribles passées avec lui, à subir ses assauts, revint la hanter. Elle ne parvenait pas à considérer le sexe masculin autrement que comme une sorte d'arme... une arme qui pouvait la blesser. Et elle n'avait aucune envie de revivre cette épreuve.

— Je ne veux pas discuter de vos problèmes intimes, dit-elle sèchement en tentant de libérer sa main.

Mais il la retint de force.

— Je suis un homme, Lara. Pas un eunuque. Je ne peux me contenter de t'embrasser. (Il enfouit les lèvres au creux de son cou, ce qui la fit frissonner.) Laisse-moi te rejoindre dans ton lit, cette nuit. Je me suis montré patient, mais je n'en peux plus d'attendre.

Les larmes aux yeux, Lara réussit à se libérer. Elle recula de quelques pas.

— Je suis désolée, mais c'est impossible. Je... je ne peux pas. Je vous en prie, allez plutôt voir lady Carlysle.

Cameron se releva brutalement et la toisa avec mépris et colère, comme s'il lui reprochait par-dessus tout d'avoir mentionné son ancienne maîtresse.

— J'y réfléchirai, rétorqua-t-il d'un ton glacial.

Pétrifiée comme une statue, elle le regarda fouiller dans ses dossiers.

— À part ça, j'ai reçu ce matin un courrier de lord Newmarsh. C'est un parlementaire qui a rédigé un rapport sur les prisons. Voici les informations que tu désirais.

La jeune femme eut à peine le temps de saisir la lettre que Cameron s'était déjà éloigné vers la porte. Au moment de sortir, il la regarda à nouveau avec mépris, par-dessus son épaule.

— Retourne aider tes pauvres et tes orphelins, madame la bonne Samaritaine.

— Goujat ! lança-t-elle dès qu'il eut refermé la porte derrière lui.

Cependant, elle se sentait un peu coupable de ce qui venait de se passer. Il avait raison : elle savait pertinemment ce qu'elle faisait en le rejoignant dans cette pièce avec sa nouvelle robe. Elle avait voulu qu'il l'admire. Qu'il la désire. Ce qu'elle ne s'expliquait pas, c'est pourquoi elle avait cédé à ce petit jeu, alors qu'elle n'avait aucune envie de coucher avec lui. Pourquoi ne se contentait-elle pas de la relation distante qui s'était instaurée entre eux ?

Elle désirait plus que tout faire la paix avec Cameron. Mais compte tenu de ce qui s'était passé, mieux valait attendre.

Finalement, elle se laissa tomber, en soupirant, sur le fauteuil de son mari et promena distraitement les doigts sur le sous-main en cuir. Il semblait encore receler un peu de la chaleur de Cameron. En fermant les yeux, elle pouvait même sentir son parfum.

— Je suis désolée, murmura-t-elle, bien qu'il n'y eût personne pour l'entendre.

Elle était désolée de ne pas être comme les autres femmes, qui ne voyaient aucun mal à coucher avec un homme. Et désolée pour Cameron, qui réclamait plus qu'elle ne pouvait lui accorder.

Le cœur lourd de remords et de chagrin, elle se décida quand même à décacheter la lettre...

Cameron partit à cheval sans dire où il allait. On ne le revit pas de l'après-midi, ni de la soirée.

Après le souper, Lara s'installa dans le petit salon pour l'attendre. Lovée sur un sofa de velours, elle étendit une couverture rouge et bleu criarde sur ses jambes.

— Vous devriez vous débarrasser de cette couverture, lui fit remarquer Naomi. Elle ne va plus avec la nouvelle décoration du manoir.

— Moi, je l'aime bien. Et c'est la couverture la plus chaude de tout le château.

— Si j'étais vous, milady, je ne garderais rien qui puisse me rappeler l'époque où les Crossland habitaient cette maison. Ça a été une mauvaise période pour tout le monde.

— Justement, je ne tiens pas à l'oublier. Cette expérience m'a fait apprendre beaucoup de choses. J'espère être une meilleure femme, depuis.

Naomi lui sourit avec chaleur.

— Milady, vous avez toujours brillé comme un joyau. Nous le pensons tous.

— Et lord Bancroft ? demanda brusquement Lara. Les domestiques l'aiment-ils mieux ou moins qu'avant sa disparition ?

La servante fronça les sourcils d'un air songeur.

— Lord Bancroft a toujours été un bon maître. Mais à présent, il nous accorde plus d'attention. Par exemple, il est capable de faire venir le docteur pour soigner une femme de chambre qui a la grippe. Et George, le valet de pied, a pu inviter sa fiancée à prendre le thé à la cuisine pendant son jour de repos. Avant, lord Bancroft n'aurait jamais toléré une telle chose...

Lara congédia la soubrette pour méditer ses paroles en silence. Mais elle ne resta pas longtemps seule. Cameron la rejoignit.

Ses habits étaient défaits, comme s'il s'était rhabillé à la hâte. Et il donnait l'impression d'avoir bu, même s'il ne paraissait pas ivre. Il s'avança vers la jeune femme avec un sourire espiègle, comme un adolescent qui vient de commettre une bêtise.

Elle se redressa et entoura ses genoux de ses bras.

— J'espère que vous vous sentez mieux, dit-elle d'un ton pincé. Si j'en juge par votre allure, je suppose que vous avez trouvé de quoi satisfaire vos envies.

Cameron se figea devant elle. Son sourire était narquois, à présent.

— Pour quelqu'un qui prétend ne pas s'intéresser à mes problèmes intimes, je trouve que tu en parles beaucoup.

— Je suis simplement contente de constater que vous avez suivi mes conseils et cherché une autre femme.

— J'ai bu quelques verres avec Lonsdale et une paire d'amis. Il y avait des femmes, c'est vrai. Mais je n'ai touché à aucune d'elles.

— C'est dommage, répliqua Lara, qui ressentait pourtant un immense soulagement. Je préférerais que vous repreniez une maîtresse et que vous me laissiez tranquille. Comme avant.

— Vraiment ? Alors pourquoi m'as-tu attendu si tard ?

— Je ne vous attendais pas. Je... je n'arrivais pas à dormir. Je repensais au courrier de lord Newmarsh, à tous ces enfants emprisonnés, et je...

— Ils ne sont que douze dans cette situation, la coupa sèchement Cameron. Douze enfants pour tout le royaume, d'après le rapport de Newmarsh. Je suppose que tu veux faire quelque chose pour eux ?

— Nous en reparlerons demain. Quand vous serez de meilleure humeur.

— Ce ne sont pas quelques heures de repos qui me rendront plus aimable, répliqua-t-il en s'asseyant à l'autre bout du sofa.

Il étira ses jambes devant lui, les croisa et l'invita d'un signe à s'expliquer.

La jeune femme hésita. Cameron semblait refermé sur lui-même, comme un prédateur guettant sa proie. Elle n'aurait su dire ce qu'il avait exactement en tête, mais son regard dur suffisait à l'inquiéter.

— Je suis persuadée que les autorités verraient d'un bon œil qu'on sorte ces enfants de prison, à condition que quelqu'un leur offre une alternative valable, commença-t-elle prudemment. (Voyant que Cameron hochait la tête, elle continua.) L'idéal serait de tous les transférer à l'orphelinat de Market Hill. Malheureusement, la maison est trop petite pour les accueillir. Il faudrait l'agrandir et trouver des financements. Car évidemment, nous ne pouvons pas tout payer de notre poche...

— En effet. En tout cas, pas pour l'instant.

— Oui, j'en suis consciente. (Lara s'éclaircit la gorge et lissa soigneusement les plis de sa jupe.) Il nous faudra donc solliciter des fonds auprès d'autres personnes. Compte tenu de nos relations, ça ne devrait pas être si difficile. Si je... enfin, si nous pouvions organiser quelque action au profit de l'orphelinat...

— Quelle sorte d'action ?

— Un bal, par exemple. Un grand bal de charité, afin de collecter de l'argent. Mais pour être sûrs de son succès, nous pourrions aussi le présenter comme le bal qui fêterait votre retour à Market Hill.

Elle avait baissé la tête, pour ne pas croiser le

regard de Cameron. Cependant, elle était persuadée de tenir une excellente idée. La bonne société locale serait ravie de pouvoir admirer le fameux lord Bancroft, miraculeusement rescapé d'un naufrage au large des Indes. Ce bal attirerait même des invités de la capitale. Avec un peu de chance, il deviendrait le grand événement mondain de la saison.

— Si je comprends bien, tu voudrais m'exhiber comme un animal de foire dans le but de récolter des fonds ?

— Non ! Je ne vois pas les choses comme cela ! protesta la jeune femme.

— Mais tes invités les verront ainsi. C'est inévitable. Ils m'abreuveront de questions toute la soirée.

— De toute façon, tôt ou tard, il faudra bien que vous fassiez votre rentrée dans la bonne société. Alors, autant le faire pour une bonne cause. Pensez à tous ces enfants qui méritent de connaître une existence décente.

— Je suis plus fataliste que toi, Lara. La misère n'est pas près de disparaître de la surface du monde. Tu pourrais sauver des milliers d'orphelins, qu'il en resterait des milliers d'autres à consoler. L'injustice existera toujours. Il y a longtemps que j'en ai pris mon parti.

Lara secoua la tête.

— Je ne vous comprends pas. Comment pouvez-vous vous montrer si charitable envers vos domestiques et si dur envers tous les autres ?

— Je me soucie de ceux qui vivent sous mon toit. Le reste du monde m'importe peu.

— Finalement, vous n'avez pas tant changé que cela, lâcha la jeune femme, sans pouvoir cacher sa déception. Vous êtes toujours aussi impitoyable.

Pourtant, j'ai vraiment cru que vous m'aideriez à sauver ces enfants.

— Je ne t'ai pas interdit de donner ce bal. Je voulais seulement t'avertir de mes conditions.

— Quelles conditions ?

— À ton avis, pourquoi n'ai-je troussé aucune des filles que j'ai croisées ce soir ? Je n'avais pourtant que l'embarras du choix. Il y en avait notamment une, avec des seins magnifiques, qui n'arrêtait pas de me...

— Je ne veux pas connaître les détails.

— Lonsdale et les autres se sont tous choisi une partenaire. Pas moi. Je suis rentré ici. Et sais-tu pourquoi ? (Il sourit amèrement.) Parce que je préfère encore rester assis devant ta porte, à hurler à la lune pendant que tu dors seule dans ton lit, plutôt que d'aller coucher avec une autre femme.

— Vous me désirez uniquement parce que vous n'arrivez pas à m'avoir.

— Je te désire parce que tu es belle, pure et innocente, Lara. Au cours de ces deux dernières années, j'ai vu plus de monstruosités qu'un homme ne peut en supporter. J'ai fait des choses que tu n'imaginerais même pas... (Il s'interrompit brutalement, avant de soupirer.) Maintenant, je n'aspire qu'à un peu de repos. Et de plaisir. J'ai oublié ce que c'est qu'être heureux – à supposer que je l'aie jamais su. Je veux juste dormir dans mon lit, avec ma femme. Est-ce un crime, bon sang ?

— De quoi parlez-vous ? demanda-t-elle, intriguée. Que vous est-il arrivé en Inde ?

Il secoua la tête, impassible.

— C'est du passé, maintenant. N'en parlons plus. Pour l'instant, j'en suis réduit à marchander une nuit avec toi. Et je serai diablement ravi si je parviens à l'obtenir.

— Vous espérez que je vais coucher avec vous en échange de... (Elle écarquilla les yeux.) Non, je rêve ! Vous ne voulez quand même pas m'interdire de donner ce bal si je...

— Si. C'est précisément ce que je voulais dire. Invite autant de monde que tu voudras. Cent, deux cents personnes, si ça te chante. Tes orphelins n'en seront que plus gâtés. Et chacun sera content. Moi, le premier. Car au beau milieu du bal, à une heure du matin, tu monteras me rejoindre dans mon lit, et tu me laisseras faire tout ce dont j'ai envie.

La jeune femme s'était violemment empourprée.

— Vous n'avez donc aucune pudeur ! Comment osez-vous vous servir de ces malheureux enfants pour coucher avec moi ?

— Parce que je suis désespéré, ma chérie. (Il sourit comme s'il se moquait de lui-même.) Alors, marché conclu ?

Lara ne répondit rien.

— Ce ne sera quand même pas la première fois, lui rappela-t-il.

Elle eut une moue méprisante.

— Justement. J'ai trop détesté ces moments.

— Tu as survécu, il me semble, répliqua-t-il sèchement.

Lara ne voyait plus quoi dire. De toute façon, il n'accepterait aucun autre marché en échange. C'était ça, ou rien. Mais comment pouvait-il se servir d'une noble cause pour satisfaire ses pulsions ? Elle aurait voulu lui renvoyer son marchandage à la face, en lui jurant que rien au monde ne pourrait l'obliger à revivre *ça*. Mais savoir qu'une douzaine d'enfants souffraient le même martyre que Johnny lui était insupportable.

Après tout, cela serait-il si terrible de passer une nuit avec Cameron ? Il avait raison : elle avait survécu à toutes les autres fois. En fermant les yeux et en concentrant son esprit ailleurs, jusqu'à ce que tout soit terminé....

— Très bien, lâcha-t-elle. La nuit du bal. À une heure du matin. Une seule fois. Et ensuite... ensuite, vous pourrez toujours aller au diable, lord Bancroft !

Au lieu de montrer sa satisfaction, il esquissa un sourire amer.

— Pour ce qui est de l'enfer, j'y suis déjà. J'ai seulement besoin d'une nuit pour m'en échapper un peu...

Rachel ne put cacher sa stupéfaction.

— Ça alors, c'est incroyable ! s'exclama-t-elle. C'est plutôt le genre d'arrangement qu'un homme prend avec sa maîtresse. Or, tu n'es pas... (Elle secoua la tête.) Tout cela est bien étrange...

— Très étrange, acquiesça Lara. Après avoir vécu comme une veuve, en croyant que j'étais définitivement débarrassée des hommes, je n'ai plus d'autre solution que de recoucher avec Cameron. (Elle balaya du regard le luxueux boudoir de sa sœur.) Et c'est encore plus effrayant de devoir s'y préparer si longtemps à l'avance.

— Parce que tu as l'intention d'honorer ta promesse ?

— En fait, non, répliqua Lara sans hésiter. J'étais

justement venue te voir pour que tu m'aides à échafauder un plan.

Visiblement flattée de cette confiance, Rachel abandonna sa broderie pour mieux se concentrer sur le problème.

— Tu pourrais essayer de te rendre si peu désirable qu'il n'aurait même plus envie de toi, suggéra-t-elle. Ou te débrouiller pour attraper la petite vérole.

Lara fronça les sourcils.

— C'est peut-être un peu excessif, non ?

— Alors tu pourrais feindre d'être malade.

— Ça ne marcherait pas longtemps.

Le visage de Rachel s'illumina soudain.

— Il existe sans doute un moyen de le rendre impuissant. Avec une herbe, ou une poudre qu'il suffirait de lui administrer.

Lara ne semblait pas davantage convaincue.

— Je n'ai pas envie de le rendre malade. Et puis, c'est trop risqué. Je serais si nerveuse que je risquerais de tout faire rater.

— Hmm... Et si... (Rachel hésita.) Et si tu te donnais quand même à lui, juste une nuit ? Après, tu serais débarrassée.

— Je ne veux pas qu'il se serve de moi ainsi. Je ne suis pas un objet qu'il peut utiliser à sa convenance.

— Écoute, Lara, je ne sais pas où tu as été pêcher cette drôle d'idée. Après tout, lord Bancroft est ton mari. Tu lui appartiens. Et tu lui as juré obéissance.

— Je lui ai toujours obéi, autrefois. Je ne lui ai jamais reproché ses maîtresses et je ne lui ai pas une seule fois interdit mon lit. Mais après son départ en Inde, j'ai appris à vivre toute seule. Et maintenant, je ne veux plus de mon ancienne existence.

— Il le faudra bien, pourtant, murmura Rachel. À moins d'imaginer un plan miraculeux pour le détourner de son idée fixe.

Les deux sœurs restèrent silencieuses un long moment. On n'entendait plus, dans la pièce, que le bruit de la pluie qui cognait aux vitres. Cette journée grise et exécrable était assortie à l'humeur de Lara.

— Le mieux serait de trouver une autre femme qu'il désirerait plus que moi, dit-elle finalement. Il serait si entiché de sa nouvelle conquête qu'il en oublierait notre petit marché.

— Oui, mais... il a dit qu'il ne voulait personne d'autre que toi.

— Je suis sûre qu'il ne le pensait pas réellement. Je sais, par expérience, que Cameron n'a jamais su résister aux femmes.

— Mais qui trouver ? s'interrogea Rachel. Quelle femme pourrait lui paraître soudain irrésistible ?

— À mon avis, ce n'est pas le plus difficile, décréta Lara en se levant pour s'approcher de la fenêtre. Tu verras, Rachel. Mon plan a toutes les chances de réussir.

13

Quand Lara quitta le manoir des Lonsdale, la pluie avait transformé les routes en chemins de boue. Sa voiture progressait péniblement sous les trombes d'eau qui continuaient de tomber. Qui aurait pu imaginer qu'une averse printanière se transformerait en pareil déluge ?

Soudain, la voiture fit une embardée et s'immobilisa en travers de la route. Lara fut projetée hors de son siège. Au moment où elle se relevait, la porte s'ouvrit, laissant s'engouffrer une rafale de vent et de pluie.

— Êtes-vous blessée, milady ?

— Non, je vais bien, merci... Et vous, George ? Et M. Colby ?

— Nous allons bien aussi, milady. En revanche, la voiture s'est embourbée dans une ornière. Nous ne sommes plus très loin de Market Hill. Si vous êtes d'accord, nous allons détacher les chevaux et j'irai au manoir chercher un attelage plus léger. Colby vous tiendra compagnie jusqu'à mon retour.

— Ça me paraît une bonne idée. Merci, George. Dites à M. Colby d'attendre avec moi à l'intérieur. Ce sera plus confortable pour lui.

— Oui, milady.

Le valet de pied referma la porte, s'entretint brièvement avec le cocher puis revint voir la jeune femme.

— Milady, Colby dit qu'il préfère attendre dehors, à cause de la racaille qui passe parfois sur les routes. Il a un parapluie et un bon imperméable.

— Très bien, répondit Lara, qui suspectait le cocher de s'inquiéter davantage pour sa réputation que pour sa sécurité. Vous direz à M. Colby que c'est un vrai gentleman.

— Oui, milady.

La pluie continuait de tomber sur le véhicule. De grosses gouttes, balayées par le vent.

« Quelle mésaventure ! » songea Lara en espérant que ses domestiques n'attraperaient pas une pneumonie.

L'attente parut interminable. Enfin, elle crut entendre du bruit au-dehors. Elle regarda par la fenêtre, mais n'aperçut que des silhouettes imprécises derrière le rideau de pluie. Juste au moment où elle s'approchait de la portière, celle-ci s'ouvrit à la volée, laissant s'engouffrer une nouvelle rafale de vent et de pluie. La jeune femme sursauta de frayeur en voyant un homme vêtu de noir monter en hâte à l'intérieur. Elle se recula vers l'autre bout de la banquette.

L'homme ôta son chapeau. C'était Cameron. Un vague sourire éclairait son visage ruisselant de pluie.

— J'ai cru que vous étiez un bandit de grand chemin ! s'exclama Lara.

— Ne sois pas si romantique. Je ne suis que ton mari.

Un mari aussi redoutable et imprévisible qu'un bandit de grand chemin, se dit-elle.

— Vous n'aviez pas besoin de sortir sous ce déluge, milord. Les domestiques se seraient débrouillés pour me ramener à la maison.

— Je n'avais rien d'urgent à faire, répliqua-t-il d'une voix tranquille, que démentait pourtant son regard.

Lara comprit qu'il s'était inquiété pour elle, et cette découverte lui mit du baume au cœur.

— Avez-vous amené une voiture de rechange ?

Il éclata de rire.

— Pour risquer de l'embourber à son tour ?

Il saisit la jeune femme à la taille et la sortit dans la tempête. Lara pelotonna son visage contre son épaule, pour se protéger de la pluie. Elle aperçut Colby qui tenait les rênes de la monture de son maître, en les attendant.

Cameron la hissa sur la jument comme si elle ne pesait pas plus lourd qu'une plume. La selle était rendue glissante par la pluie et était dépourvue de pommeau. Lara se sentit basculer mais Cameron, monté derrière elle, la rattrapa d'un bras ferme.

— Détends-toi, lui dit-il. Je ne te laisserai pas tomber.

Elle n'eut pas la force de répondre. La pluie lui fouettait méchamment le visage, la glaçant jusqu'aux os. D'une main, Cameron déboutonna son manteau et attira la jeune femme tout contre lui, pour l'abriter derrière ce cocon de fortune. Son torse était si chaud et si solide qu'aussitôt elle se sentit mieux. Mais son chapeau devait gêner Cameron. Car il le lui arracha d'un geste impatient et le jeta dans le chemin tandis que le cheval démarrait au trot.

— C'était mon préféré ! protesta-t-elle.

Mais une rafale de pluie l'obligea à se remettre sous le couvert du manteau.

Le cheval traçait sa route avec assurance. Cette chevauchée rappelait à la jeune femme des souvenirs d'enfance, quand son père l'emmenait parfois en promenade. Il était si grand et si fort qu'elle le voyait un peu comme un gentil géant. En grandissant, cependant, il lui était apparu moins glorieux. Et elle avait été très déçue par la façon dont il s'était détaché d'elle et de sa sœur, après leur mariage. Comme s'il considérait dès lors que ses filles ne relevaient plus de sa responsabilité.

Cameron la maintenait toujours solidement, tenant les rênes d'une main. Elle se sentait tellement à sa merci qu'elle commençait à trouver cette promiscuité moins plaisante.

Pourquoi était-il venu lui-même la chercher ? Autrefois, il n'aurait pas daigné se déplacer pour si peu. Depuis son retour, tout, dans son comportement, ne cessait d'intriguer la jeune femme. La façon dont il marchandait ses faveurs, au lieu de la prendre de force. L'impossibilité de deviner ses véritables sentiments, sous ses airs de moquerie. Et maintenant, ce sauvetage impromptu... Comme s'il quémandait son amour. Mais pourquoi se donnait-il la peine de la courtiser, alors qu'il savait que dans moins d'un mois elle coucherait de toute façon avec lui ?

Lara était tellement perdue dans ses pensées qu'elle s'aperçut au dernier moment qu'ils étaient arrivés au manoir.

Cameron arrêta sa monture juste au bas du perron. Des domestiques se précipitèrent avec des parapluies. Elle se sentit à la fois soulagée et un peu attristée de devoir quitter son abri douillet. Un valet l'aida à mettre pied à terre et l'accompagna à l'intérieur en la protégeant de son parapluie. Naomi accourut pour la débarrasser de son manteau trempé, pendant que Mme Gorst commandait un bain chaud. Derrière Lara, Cameron enlevait lui aussi son manteau et son chapeau. Il se passa une main dans les cheveux et lui sourit gentiment.

La jeune femme se sentait de plus en plus perdue, partagée entre des sentiments contradictoires. Cameron était son ennemi, autant que son protecteur. Il désirait son corps, mais s'y prenait de telle façon qu'il n'était pas impossible qu'il obtienne aussi son cœur...

Ignorant les domestiques qui les entouraient, elle s'avança délibérément vers lui.

— Merci, lui dit-elle.

Et avant qu'il ait pu répondre, elle noua les bras autour de son cou pour l'embrasser sur la joue.

Ce n'était qu'un chaste baiser, mais Cameron en resta pétrifié. Quand elle se recula, Lara vit son visage s'éclairer d'un petit sourire.

— Encore un comme celui-là, et je traverse la Manche à la nage, grommela-t-il.

Lara se plongea dans son bain en fermant les yeux de contentement. L'eau parfumée à la lavande la réchauffait délicieusement. Elle rouvrit les paupières en entendant quelqu'un entrer sans avoir frappé.

— Oh, milord, protesta Naomi, milady n'est pas visible. Elle est...

Cameron s'immobilisa en apercevant sa femme dans son bain. Seule sa tête émergeait de l'eau.

— Je pensais que tu avais terminé, dit-il sans ciller.

— Vous vous trompiez. Je commence à peine. Naomi, s'il te plaît, aide lord Bancroft à ressortir.

Cameron se tourna vers la servante.

— C'est inutile, Naomi. Je vais attendre mon épouse. Vous pouvez disposer. Je vous accorde votre après-midi.

— Attendez... s'interposa Lara.

Mais c'était trop tard. Naomi, ravie de l'aubaine, s'était déjà esquivée, les laissant seuls. Lara fusilla son mari du regard.

— Pourquoi avez-vous fait cela ?

Il ignora sa question.

— Tu as des yeux de sirène, murmura-t-il. D'un beau vert clair, comme la mer. Ils sont magnifiques.

— J'aurais dû me douter que vous finiriez par me surprendre dans mon bain, répliqua la jeune femme, s'exhortant au calme malgré les battements frénétiques de son cœur. Votre insistance, l'autre fois, à me voir porter ce maudit déshabillé, était éloquente : vous êtes un pervers.

Cameron paraissait amusé.

— Diable ! Je suis découvert. Mais tu peux difficilement m'en blâmer.

— Pourquoi ?

— Après plus d'un an de privation, un homme se contente des plus petits plaisirs qu'il peut glaner.

— Vous pourriez canaliser votre énergie vers un but plus productif. Apprenez le cricket, collectionnez quelque chose, trouvez-vous un passe-temps, je ne sais pas, moi...

— J'ai déjà un passe-temps, madame.

— Lequel ?

— Te contempler.

Lara secoua la tête avec un sourire las.

— Si vous n'étiez pas si obsédé, milord, vous seriez charmant.

— Si tu n'étais pas aussi belle, je serais moins obsédé. (Il lui sourit.) Mais je te promets qu'un jour, tu aimeras ça.

Voyant qu'il s'avançait, Lara songea à l'asperger d'eau, mais y renonça. Elle resta étendue dans la baignoire, offerte à son regard.

— Que voulez-vous ? demanda-t-elle, les joues en feu.

Si, à cet instant précis, il décidait de la soulever de l'eau pour la porter jusqu'au lit, elle n'était pas sûre de vouloir l'en empêcher. Et cette découverte la terrifiait.

Cameron semblait éprouver les pires difficultés à garder son sang-froid. Il s'empara d'une de ses mains, pour glisser quelque chose dedans.

— C'est pour toi.

Lara referma sa main sur l'objet.

— Vous auriez pu attendre que j'aie fini mon bain pour me le donner.

— Je n'aurais pas eu la joie de te voir dans cette position.

Il rit, mais s'écarta du tub, comme s'il se méfiait de ses propres réactions.

La jeune femme ouvrit sa main et découvrit un anneau d'or surmonté d'un gros diamant. La simplicité du bijou avivait l'éclat de la pierre précieuse.

— Oh ! s'exclama-t-elle, émerveillée.

— Si elle ne te plaît pas, rends-la-moi et je la changerai.

— Non, non. Elle est superbe. Absolument superbe.

Lara glissa la bague autour de son doigt. Cameron ne bougeait pas, mais tout, dans son attitude, trahissait sa nervosité. En la voyant sourire, il parut se détendre.

— Vous ne m'aviez jamais fait un tel cadeau. Je ne sais quoi dire.

— Tu me remercieras un autre jour, répliqua-t-il en retrouvant sa nonchalance habituelle. Je sais déjà de quelle manière.

Il repartit avec un sourire de mâle arrogance, laissant Lara dépitée. Sa joie de l'instant précédent s'était évanouie. Elle aurait pourtant dû se douter qu'il gâcherait ce moment précieux en lui rappelant le marché qu'ils avaient passé.

Elle observa la bague plus en détail. Le diamant aurait pu convenir à une reine. Pourquoi lui avait-il offert un cadeau de ce prix ? Pour mieux lui montrer qu'elle lui appartenait ? Pour convaincre les gens qu'ils ne connaissaient aucune difficulté financière ? Ou alors, simplement pour essayer de l'attendrir ?

Incapable de trancher, elle contempla longuement la porte qui s'était refermée sur son mari.

— Je ne vous comprends pas, milord, dit-elle à haute voix. Je ne vous comprenais déjà pas avant, je vous comprends encore moins maintenant.

Les transformations orchestrées par Ducharme Smith étaient loin d'être terminées, cependant il en avait fini avec la salle de bal. Et le résultat valait largement le salaire qu'il exigeait. La vaste salle dégageait maintenant une impression de sobriété et d'élégance lumineuse. Quatre grands lustres de cristal jetaient sur le parquet un flamboiement presque irréel.

Suivant les instructions de Lara, le jardinier, M. Moody, avait disposé tout autour de la salle des bouquets de roses, de lis et de fleurs exotiques dont les lourdes fragrances embaumaient l'air.

Le soir du bal était vite arrivé... Trop vite, aux yeux de Lara.

Elle tenait à ce que cette réception soit un succès. Heureusement, à en juger par l'enthousiasme avec lequel les invitations avaient été accueillies, la première manche était gagnée : l'événement était attendu parmi la bonne société. Mais il fallait encore que la jeune femme réussisse à collecter assez d'argent pour accueillir douze orphelins supplémentaires à Market Hill. Elle comptait beaucoup, pour animer la soirée, sur la participation de Cameron. Le récit de son miraculeux retour serait écouté comme un spectacle.

— Promettez-moi d'être charmant avec tout le monde, l'avait-elle imploré, plus tôt dans la journée. Et promettez-moi de ne pas rembarrer ceux qui vous poseront des questions idiotes.

— Je sais ce que j'ai à faire, avait répliqué son mari avec un geste d'impatience. Je jouerai mon rôle jusqu'au bout. Mais de ton côté, n'oublie pas que tu dois aussi honorer ta parole.

Sachant pertinemment à quoi il faisait allusion,

elle l'avait fusillé du regard. C'était la première fois, depuis des semaines, qu'il avait le mauvais goût de lui rappeler leur marché. Elle s'était réconfortée en songeant qu'avant une heure du matin, Cameron serait trop captivé par une autre femme pour penser à elle...

En fin d'après-midi, Lara se baigna longuement, puis s'enduisit le corps d'une crème parfumée. Elle mit aussi un peu de poudre sur ses joues et raviva l'éclat de ses lèvres, pendant que Naomi coiffait ses cheveux en un chignon orné de perles.

La robe de la jeune femme était de facture simple, mais somptueuse, tout en soie argentée. La sobriété de la coupe était malheureusement gâchée par un décolleté trop plongeant. Lara regrettait, à présent, d'avoir ordonné à la couturière, dans un moment d'égarement, d'agrandir tous les décolletés de ses nouvelles toilettes.

— Dieu merci, dit-elle soudain, j'ai encore le temps de me changer.

— Oh, milady, il ne faut pas ! se récria Naomi. C'est votre plus jolie robe. Vous avez l'air de sortir d'un tableau.

Lara s'amusa de l'image.

— Le problème, c'est que le tableau est indécent.

— Lady Crossland portait des robes encore plus décolletées sans la moindre gêne, argumenta la servante. C'est la mode qui veut ça.

Lara s'abstint de répondre qu'une femme qui accrochait un miroir au-dessus de son lit ne pouvait pas être considérée comme un modèle de décence.

— Sors-moi ma robe rose, Naomi. Je vais la mettre.

La soubrette voulut protester, mais elle fut interrompue par Johnny, qui entra en trombe dans la pièce.

— Au secours ! Il arrive ! cria-t-il en courant se réfugier dans les jupes de Lara.

La seconde d'après, Cameron entrait à son tour, en poussant un rugissement féroce. Il se rua sur le petit garçon et le souleva dans ses bras, faisant mine de vouloir le croquer comme s'il était une bête sauvage, tandis que Johnny se débattait en riant.

— Ils jouent à la chasse au tigre en Inde, expliqua Naomi. Ça dure depuis ce matin.

Lara esquissa un sourire. Ces dernières semaines, Johnny avait beaucoup changé. Il apprenait très vite les bonnes manières qu'elle lui enseignait, mais manifestait également un appétit insatiable pour les jeux de toute sorte.

Vêtu, comme aujourd'hui, d'un costume bleu marine et d'une casquette, il ne ressemblait plus au gamin des rues qu'il avait été. C'était un beau garçon, plein de santé et adorable. Lara l'aimait comme son fils.

Elle se moquait de ce que pouvaient penser les autres à son sujet, de même qu'elle ignorait les regards de dédain qui se posaient parfois sur lui. Le principal, à ses yeux, était d'apporter tout son amour à cet enfant, qui d'ailleurs le lui rendait bien.

En revanche, elle n'aurait jamais imaginé que Cameron l'adopterait ainsi. Malgré son peu d'expérience des enfants et son peu d'enthousiasme au début, il semblait comprendre le garçon encore mieux qu'elle-même. Tous deux passaient des heures à jouer, et Cameron ne semblait jamais à court d'idées pour le distraire.

— J'aime ce petit, avait-il répondu alors que Lara

s'était étonnée, un jour, de cette complicité. Je préfère un garçon solide comme celui-ci aux fragiles créatures couvées dans les nurseries des aristocrates.

— Mais ce n'est pas votre fils, lui avait fait remarquer la jeune femme. Je pensais que vous le mépriseriez en raison de sa naissance.

Cameron avait eu un sourire sardonique.

— Comme tu l'as toi-même souligné, il n'est pas responsable de sa naissance. Je me moque bien que le sang des Crossland ne coule pas dans ses veines...

Johnny se dégagea de l'étreinte de Cameron pour s'approcher de Lara. Il contempla sa robe du soir avec des yeux fascinés.

— Tu es superbe, maman.

— Merci, mon chéri, répondit-elle en se penchant pour l'embrasser sur le front.

Comme Johnny ne se souvenait pas de sa vraie mère, il l'avait spontanément appelée « maman ». Elle n'avait rien fait pour l'en dissuader, même si elle était consciente que les domestiques, malgré leur discrétion, semblaient choqués. Quant à Cameron, elle n'aurait su dire ce qu'il en pensait, car il n'avait émis aucun commentaire sur le sujet.

Johnny caressait l'étoffe argentée de la robe du bout des doigts.

— On dirait du métal ! Mais en plus doux.

La jeune femme éclata de rire.

— C'est l'heure d'aller au lit. Naomi va t'aider à te débarbouiller et à enfiler ton pyjama. Je viendrai te souhaiter bonne nuit d'ici à quelques minutes.

Le garçon fronça les sourcils d'un air bougon.

— Je veux voir le bal.

Lara sourit, émue par sa curiosité incessante. Ces

derniers jours, il avait suivi avec intérêt tous les préparatifs de la fête.

— Quand tu seras grand, mon chéri, tu pourras voir tous les bals que tu voudras.

— Mais je ne serai pas grand avant des années et des années ! se lamenta l'enfant, en suivant à contrecœur Naomi qui l'entraînait par le bras.

Se retrouvant seule avec son mari, Lara eut tout loisir d'admirer sa tenue de soirée.

Cameron portait un pantalon et un gilet de couleur crème, et une veste bleu nuit qui soulignait la largeur de ses épaules. Ses cheveux, coiffés en arrière, étaient au naturel, sans poudre ni artifice. Depuis son retour au manoir, son teint cuivré s'était progressivement éclairci et tenait maintenant de l'ambre clair.

Au premier coup d'œil, on l'aurait pris pour un aristocrate rompu aux règles de l'élégance et de la civilisation. Cependant, la jeune femme lui trouvait encore une aura exotique et mystérieuse, qui ne cessait de l'intriguer.

Il ne pouvait pas ne pas être son mari, pourtant. Il avait indéniablement le regard des Crossland. Et du reste, aucun usurpateur n'aurait pu pousser la comédie si loin, depuis des semaines. Ni avoir assez d'audace pour accepter le bal de ce soir, où toute la bonne société était conviée. Donc, c'était vraiment Cameron. Mais, malgré l'évidence, Lara continuait d'être troublée.

— Vous êtes très présentable, dit-elle sans oser croiser son regard.

Il s'approcha et laissa courir un doigt le long de son décolleté, jusqu'à la naissance de ses seins. Lara sentit son cœur s'emballer dans sa poitrine tel un cheval sauvage. Mais elle s'obligea à rester bien droite, et à ne rien montrer de ses sentiments.

— Tu es la plus belle femme que je connaisse, dit-il. Plus belle que la plus belle que la terre ait jamais portée. (Il se pencha et elle sentit son souffle contre sa tempe.) Cette robe mérite encore plus de perles. À ton cou, à tes poignets... Un jour, je te couvrirai de bijoux.

Lara se retint de succomber au désir de lui caresser le bras.

— Je ne vous demande pas de bijoux.

— Mais je t'en donnerai quand même. Je rebâtirai notre fortune et tu auras tout ce que tu voudras. Des joyaux, des terres, et des dizaines de maisons pour accueillir des centaines d'orphelins.

Lara le regarda droit dans les yeux et soupira. Elle restait nerveuse – mais c'était parce qu'elle s'interrogeait sur le succès de son plan, destiné à distraire son mari pendant le bal.

— Pour l'instant, je me contente de douze, répondit-elle. Mais je compte agrandir l'orphelinat de façon qu'il puisse en accueillir au moins le double.

Cameron secoua la tête, amusé.

— Je plains celui qui essaierait de se mettre en travers de ton chemin. Y compris moi. (Il caressa une des perles piquées dans son chignon.) Pourquoi t'intéresses-tu tant aux enfants ? Parce que tu es stérile ?

Bizarrement, ce mot qui la blessait tant autrefois, avait perdu son pouvoir. Le ton détaché de Cameron pour en parler chassait tout sentiment de culpabilité chez la jeune femme. Elle réalisait que sa stérilité n'était pas de sa faute.

— Je n'en sais rien, dit-elle. Je suis surtout émue par le nombre d'enfants qui n'ont personne pour s'occuper d'eux. À défaut d'être leur mère, je peux au moins être leur bienfaitrice.

Cameron la regarda d'un air grave.

— Je suppose que tu n'as pas oublié ce qui doit se passer à une heure du matin ?

Lara sentit son estomac se contracter. Elle hocha légèrement la tête.

Il semblait sur le point d'ajouter autre chose, mais garda le silence. Elle se demanda s'il n'espérait pas finalement qu'elle renonce à leur marché. L'idée, après tout, était tentante. Ne serait-ce que pour voir sa réaction. Que choisirait-il, entre la colère et l'imploration, si elle refusait de coucher avec lui ? Essaierait-il de la séduire ? De la violer ? Ou respecterait-il sa décision ?

Une file interminable d'attelages s'étirait le long de l'allée menant au manoir, tandis que les domestiques guidaient les invités vers le hall où attendaient Lara et Cameron. Les hôtes de la soirée réservaient un chaleureux sourire à chaque nouvel arrivant. Cameron jouait son rôle à la perfection ; cependant, Lara le sentait tendu, comme si cette tâche l'ennuyait au plus haut point.

La salle de bal résonnait de rires et d'éclats de voix. Les invités s'étaient précipités sur les buffets garnis de mets raffinés. Vin et champagne coulaient à flots et, avant que les danses ne commencent officiellement, les musiciens rassemblés sur l'estrade jouaient une douce musique de fond.

— Quelle réussite ! s'exclama Rachel, rejoignant sa sœur dès que celle-ci fut enfin libre de se déplacer à sa guise.

Lara remarqua immédiatement sa maigreur. Cependant, Rachel restait ravissante dans sa robe de soie verte et mordorée. Du reste, nombre d'hommes ne se gênaient pas pour la couver des yeux, bien qu'elle fût une femme mariée. Lara recevait elle aussi quelques regards admiratifs, mais elle se faisait un devoir de les ignorer froidement. Ceux qui lui lançaient aujourd'hui des œillades étaient les mêmes qui l'avaient traitée avec dédain lorsqu'elle n'était plus qu'une veuve sans fortune.

— C'est le plus beau bal qui ait jamais été donné dans la région, ajouta Rachel. Tu as tout organisé de main de maître, Lara chérie.

Baissant brusquement la voix, elle ajouta :

— Est-elle arrivée ?

Lara n'eut pas besoin de demander à qui sa sœur faisait allusion. Elle-même surveillait l'entrée avec nervosité.

— Non. Pas encore.

— Elle ne viendra peut-être pas...

— Si. Ne serait-ce que par curiosité.

— Espérons-le.

Leur conversation fut interrompue par lord Tufton, un jeune vicomte qui avait autrefois courtisé Rachel, mais qui avait été éclipsé par la fortune et le rang de Lonsdale.

Celui-ci ressemblait au prince charmant, avec sa carrure athlétique et son élégance. En comparaison, Tufton paraissait menu et réservé. Mais c'était un garçon intelligent, d'une grande gentillesse, et il semblait toujours autant chérir Rachel, malgré son mariage avec un autre. Autrefois, Lara s'était imaginé, comme tout le monde, que Lonsdale était le meilleur parti pour sa sœur. Mais à présent, elle se demandait sincèrement si Rachel n'aurait pas été plus heureuse avec ce jeune homme timide.

Tufton les salua toutes les deux, avant de se tourner vers Rachel avec un sourire hésitant :

— Lady Lonsdale, me ferez-vous l'honneur de... enfin, j'espère que vous ne...

— Me demandez-vous de vous réserver une danse, lord Tufton ?

— Oui, lâcha-t-il, visiblement soulagé.

Rachel lui sourit.

— Milord, je serai enchantée de...

— Voyons, ma chérie !

Surgi à l'improviste, lord Lonsdale interrompit sa femme sans façon. Il l'enlaça fermement à la taille et darda sur Tufton un regard noir.

— Ma femme m'a déjà réservé toutes ses danses, mon vieux. Ce soir et tous les autres soirs. Alors épargnez-vous la disgrâce d'être éconduit, et prévenez les autres hommes qui voudraient tourner autour d'elle.

Lord Tufton balbutia quelques mots d'excuse, en opérant aussitôt une retraite stratégique vers l'autre bout de la salle.

— Lord Lonsdale, protesta Lara, médusée. Il n'est pas indécent qu'une femme mariée accorde une ou deux danses à des gentlemen.

— La conduite de mon épouse est de mon seul ressort. Soyez assez aimable pour ne pas vous en mêler, répliqua-t-il froidement.

Avant de les quitter, il gratifia sa femme d'une dernière mise en garde :

— À l'avenir, tâche de ne plus te conduire comme une poule, s'il te plaît.

Les deux sœurs, pétrifiées, le regardèrent s'éloigner.

— T'a-t-il déjà souvent traitée de poule ? murmura Lara, blanche comme un linge.

— Il faut l'excuser, il est jaloux, répondit Rachel en regardant piteusement le plancher.

Tout son éclat avait disparu. Elle ressemblait maintenant à une fleur fanée.

Lara avait du mal à contenir sa colère.

— Pourquoi serait-il jaloux ? Que je sache, tu es la plus fidèle et la plus aimante des épouses. Cet hypocrite...

— Lara, je t'en prie ! Baisse la voix, si tu ne veux pas causer d'esclandre à ton propre bal.

— Je ne peux pas m'en empêcher ! Je déteste la façon dont il te traite. Si j'étais un homme, je le ficherais dehors à coups de pied au derrière.

— Je ne veux pas en discuter avec toi. Pas ici.

Feignant l'indignation, Rachel s'éloigna à son tour.

Lara attrapa au vol une coupe de champagne sur le plateau d'un valet, et l'avala d'un trait pour se calmer.

Alors qu'elle triturait son verre vide dans sa main, elle vit son mari s'approcher. Cameron arborait le même sourire poli depuis le début de la soirée. Pas une seconde il n'avait oublié de tenir son rôle, malgré les invités qui l'abreuvaient de questions futiles.

— Vous vous amusez ? demanda Lara, bien qu'elle connût déjà la réponse.

Son sourire de pure politesse ne s'altéra même pas.

— Comme un fou. Partout où je tourne la tête, je ne vois que des imbéciles.

— Buvez un peu de champagne. (Elle leva son verre.) Le champagne rend tout plus facile. Du moins, je l'espère.

— Je n'aime pas le champagne.

— Alors, goûtez le punch.

— Je préférerais te goûter, toi.

Leurs regards se croisèrent et Lara sentit revenir sa nervosité. Même en contrôlant sa respiration, elle avait l'impression de suffoquer. De toute évidence, Cameron comptait les minutes qui le séparaient de l'instant fatidique. Il attendait, comme un fauve sa proie, le moment où elle n'aurait d'autre choix que de s'abandonner dans ses bras.

Cameron la débarrassa de sa coupe de champagne qu'elle martyrisait dans sa main gantée, et appela un valet.

— Une autre ?

La jeune femme hocha la tête.

Elle se saisit de la nouvelle coupe et l'avala d'un trait. Ce fut comme si les bulles du champagne lui montaient directement au cerveau. Elle couvrit sa bouche de sa main, pour réprimer un hoquet.

Cameron la regardait d'un air amusé.

— Ça ne marchera pas, ma chérie.

— Qu'est-ce qui ne marchera pas ?

— Tu peux boire autant que tu veux, jusqu'à en perdre l'équilibre. Ça ne m'empêchera pas, le moment venu, d'exiger mon dû.

Lara feignit l'indignation.

— Je n'avais pas pensé à cela ! Mais j'estime que

j'ai le droit de boire du champagne si ça me chante. Après tout, pour autant que je me souvienne, vous n'avez jamais visité mon lit à jeun.

Il se détourna et plissa les lèvres, de colère ou de regret.

— Je m'en excuse, marmonna-t-il en promenant son regard tout autour, comme s'il était mal à l'aise. Lara, je...

Il s'interrompit brutalement, écarquilla les yeux. Lara suivit son regard et se pétrifia.

Une femme venait d'apparaître sur le seuil de la salle. Une femme très belle, parfaite même. Une femme qui, de toute évidence, aimait la vie et tous ses plaisirs. Qui devait rivaliser avec les hommes dans certains sports comme la chasse ou le maniement de l'arç. Une femme à laquelle peu d'hommes pouvaient résister... Sa robe couleur crème laissait une épaule ṇue et cascadait sur son corps à la manière d'une toge sur la statue d'une déesse grecque.

Lara était stupéfiée de voir que Cameron ne semblait pas la reconnaître. Il observa les autres invités, qui s'étaient immobilisés comme s'ils guettaient sa réaction, puis reporta son attention sur la nouvelle arrivante. Celle-ci lui dédia un ravissant sourire.

Soudain, il parut se rappeler son identité.

— Bon sang... tu me paieras cela, grogna-t-il en fusillant son épouse du regard, avant de la quitter pour aller accueillir son ancienne maîtresse, lady Carlysle.

Lara se sentait épiée par toute l'assemblée. Les murmures allaient bon train, à tel point qu'ils couvraient presque le bruit de l'orchestre. La jeune femme était si troublée qu'elle ne vit même pas sa sœur approcher.

— Ton plan a l'air de marcher à merveille, lui chuchota Rachel. Essaie de sourire, Lara. Tout le monde te regarde.

Lara s'exécuta avec les pires difficultés. Ses lèvres refusaient de lui obéir.

— Pourquoi es-tu si pâle, ma chérie ? continua Rachel. Il est allé droit vers elle, exactement comme tu l'avais prédit. C'est bien ce que tu voulais, non ?

Oui, c'était bien ce qu'elle voulait... Cependant, tout cela était étrange. Comment expliquer ce moment de flottement pendant lequel Cameron n'avait pas semblé reconnaître son ancienne maîtresse ? Certes, il ne s'attendait pas à la trouver ici ce soir. Et ils ne s'étaient pas revus depuis trois ans. Mais il lui avait fallu plusieurs secondes avant de réagir.

Lara inspira profondément pour se calmer. Elle avait provoqué cette rencontre entre Cameron et lady Carlysle. À présent, plus rien ne s'opposait à ce que leur passion renaisse. Et Lara se retrouverait à nouveau seule. Exactement comme elle le souhaitait... Alors pourquoi se sentait-elle trahie ? Pourquoi éprouvait-elle soudain la sensation d'avoir commis une terrible erreur ?

— Donne-moi ça ! s'exclama Rachel en lui prenant d'autorité sa coupe de champagne. Tu vas finir par la casser en deux ! (Elle fronça les sourcils.) Qu'est-ce qui ne va pas, ma chérie ? Puis-je t'aider ?

— Il fait trop chaud, ici. J'étouffe. Remplace-moi auprès de mes invités. Juste quelques minutes. J'ai besoin d'un peu de calme.

— D'accord, acquiesça Rachel en lui serrant tendrement le bras. Aie confiance. Tout se passera bien.

— Merci, murmura Lara, persuadée au contraire d'un désastre imminent.

14

Cameron était furieux d'avoir été manipulé par sa femme. Pourtant, il aurait dû se douter de quelque chose. Lara était aussi intelligente qu'entêtée, et elle était capable de tout pour éviter de l'accueillir dans son lit. Brillante idée d'avoir comploté ces retrouvailles avec son ancienne maîtresse... Lara s'était imaginé qu'il serait trop content de savourer la présence de lady Carlysle pour songer encore à leur petit marchandage.

Évidemment, il se ferait un plaisir de la détromper.

Mais avant cela, il lui fallait absolument s'entretenir avec lady Carlysle. Du reste, il aurait dû s'en occuper dès son retour en Angleterre...

— Esther...

Il se pencha pour lui baiser la main, la gardant dans la sienne une seconde de plus qu'il n'était convenable.

— Vilain fripon sans cœur ! murmura-t-elle en retirant sa main d'un geste dédaigneux. Pourquoi ne t'es-tu pas manifesté ? J'attendais un signe de toi depuis que j'ai appris la nouvelle de ton retour.

Cameron grimaça un sourire.

— J'aurais préféré te retrouver dans d'autres circonstances que celles-ci.

— Ce n'est pas moi qui ai choisi le moment. Ta chère femme m'a envoyé une charmante lettre pour me persuader de venir à son bal.

— Vraiment ? répliqua-t-il en refrénant l'envie d'aller étrangler sa « chère femme ». Que t'a-t-elle écrit, exactement ?

— Qu'elle ne voulait rien d'autre que ton bonheur, après ce que tu as vécu, et qu'elle considérait que ce bonheur passait par moi. (Elle croisa son regard.) Disait-elle vrai, milord ?

Lady Carlysle avait posé cette question avec une telle gravité que Cameron en fut troublé.

Tant pis pour le bal et les invités qui les épiaient ! songea-t-il brusquement. Il ne voulait pas vexer cette femme devant tout le monde.

— Allons parler, toi et moi, dit-il en l'entraînant hors de la salle de bal.

Lady Carlysle éclata de rire.

— Mais nous parlons déjà, mon cœur.

Cameron la conduisit dans la bibliothèque et referma la porte à clé derrière lui pour s'assurer qu'ils ne seraient pas dérangés. Il ne décolérait pas contre Lara d'avoir créé cette situation.

— Esther... commença-t-il en se tournant vers elle.

Elle lui ouvrit les bras.

— Quelle joie, enfin, mon chéri ! Je t'ai tellement attendu !

Il hésita avant de la rejoindre. C'était une belle femme, infiniment désirable. Mais ce n'était pas d'elle qu'il avait rêvé tous ces mois.

Heureusement, lady Carlysle se contenta de lui donner l'accolade, sans l'embrasser.

— Tu es trop maigre ! le gronda-t-elle avec un sourire indulgent. J'adorais quand tu me prenais dans tes bras d'ours. Promets-moi de manger de la viande trois fois par jour, pour retrouver ta carrure.

Cameron ne lui rendit pas son sourire. Il cherchait la façon la moins blessante de lui annoncer qu'il ne voulait plus d'elle. Tout aurait été plus simple s'il l'avait détestée d'emblée. Mais le respect que lui inspirait cette femme ne lui facilitait pas la tâche.

En fait, il n'eut pas à s'expliquer. Lady Carlysle devina ses sentiments, sans doute dans son regard, ou dans le peu d'empressement qu'il mettait à la serrer dans ses bras. Elle s'écarta brusquement.

— Tu ne veux plus de moi ? demanda-t-elle, incrédule.

Il s'obligea à croiser son regard peiné.

— Je veux commencer une nouvelle existence avec ma femme.

Elle resta un instant bouche bée.

— Avec Lara ? Si tu veux te débarrasser de moi, Cameron, tu n'as qu'à me le dire franchement. Mais, s'il te plaît, ne me mens pas.

— Pourquoi n'aurais-je pas envie de vivre avec ma femme ?

— Parce que tu ne l'as jamais aimée ! Combien de fois t'es-tu moqué d'elle devant moi ! Tu méprisais sa naïveté, sa candeur. Tu la trouvais frigide comme une planche à pain, souviens-toi ! Et maintenant, tu voudrais me faire croire que tu éprouves des sentiments pour elle ?

— Les choses ont changé, Esther.

— C'est le moins que l'on puisse dire. Je... (Elle

le regarda fixement et blêmit soudain.) Oh, non ! murmura-t-elle. J'aurais dû m'en douter...

— Que se passe-t-il ? s'inquiéta Cameron, alarmé par sa pâleur.

Lady Carlysle se laissa lourdement tomber dans un fauteuil, comme si ses jambes ne la portaient plus.

— Donnez-moi à boire ! implora-t-elle. Vite !

Il alla vers la table à liqueurs, remplit un verre de whisky et l'apporta à son invitée. « Bon sang, songea-t-il. Quels ennuis va-t-elle me causer, à présent ? »

Lady Carlysle sirota lentement quelques gorgées.

— Bonté divine... lâcha-t-elle en le scrutant par-dessus son verre. Je me demande comment j'ai pu être assez folle pour espérer... Il n'a pas pu survivre au naufrage. Il est mort, bien sûr. Et vous avez pris sa place. (Une larme coula sur sa joue, qu'elle balaya d'un revers de main.) Vous n'êtes pas Bancroft.

Il accueillit cette accusation avec le plus grand calme.

— Tu déraisonnes.

— Vous êtes diablement convaincant, répliqua-t-elle. Mais Cameron ne m'aurait jamais préféré Lara. C'était moi qu'il aimait. Pas elle.

— L'amour ne dure pas éternellement, commenta froidement Cameron, qui se sentait tout à coup beaucoup moins indulgent envers cette femme.

Au nom de quoi pouvait-elle se considérer supérieure à Lara ?

Lady Carlysle but une nouvelle gorgée de whisky.

— Qui êtes-vous ? demanda-t-elle en le fixant d'un regard dur.

— Lord Bancroft, répondit-il, du ton qu'il aurait employé pour s'adresser à l'idiot du village.

Elle eut un rire amer.

— Lara vous croit-elle ? Sans doute, la pauvre... Elle n'a jamais vraiment connu son mari. Ça n'a pas dû être difficile de la convaincre, surtout avec une telle ressemblance physique. Mais moi, je connaissais Bancroft mieux que quiconque. Et je pourrais prouver en moins d'une minute que vous êtes un imposteur.

— Essaie toujours.

Lady Carlysle ne put cacher son admiration.

— Vous avez des nerfs d'acier ! Si j'avais quelque chose à gagner dans l'histoire, je ne me gênerais pas pour vous dénoncer. Mais la seule chose que je désirais, c'était mon amant, et vous ne pourrez me le rendre. Cela dit, j'aimerais, par pure satisfaction personnelle, vous entendre avouer votre imposture.

— Tu ne l'entendras pas. Parce qu'il n'y a pas d'imposture.

— Je parie, milord, que vous refuseriez d'admettre la vérité, même sous la torture...

Elle reposa son verre et se leva.

— Bonne chance, reprit-elle. Vous êtes un charlatan de talent, et ceux qui vous croiront n'auront qu'à s'en prendre à eux-mêmes. Dupez-les tous, si vous le pouvez. Mais moi, vous ne m'aurez pas abusée plus de quelques minutes. Et je doute que vous puissiez convaincre la comtesse douairière que vous êtes son fils. Dès qu'elle rentrera de voyage, elle mettra un terme à cette comédie.

— Tu dis n'importe quoi, Esther.

— Allons donc ! Pour en revenir à Lara, vous avez

tort de vous intéresser à elle. Il n'y a rien à découvrir sous sa façade ingénue. Et elle vous ennuiera au lit.

— Esther, je crois qu'il est temps que tu partes, à présent.

Elle semblait triste et déçue.

— Oui. C'est aussi mon avis.

Lara était allée se réfugier dans un petit salon du rez-de-chaussée. Prostrée dans un fauteuil, elle avait revécu des dizaines de fois la scène des retrouvailles entre Cameron et lady Carlysle, et elle se demandait ce qu'ils faisaient. Étant donné qu'ils ne s'étaient pas vus depuis trois ans, qui sait s'ils n'avaient pas eu l'indécence de monter dans une chambre ?

Un étrange sentiment – de la jalousie, en fait – oppressait la jeune femme, lui laissant un goût de cendre dans la bouche. Imaginer lady Carlysle dans les bras de Cameron était tout simplement insupportable. Ce qu'elle avait cru être un soulagement s'avérait un martyre...

À bout de patience, elle se leva et quitta sa retraite. Elle voulait revenir dans la salle de bal et afficher une bonne humeur de façade, comme si elle se réjouissait de la situation. Personne, parmi les invités, ne devait s'apercevoir de son trouble. Et surtout pas son mari !

Au moment de traverser le hall, elle décida de bifurquer vers la bibliothèque, où elle savait trouver tout un assortiment d'alcools. Un petit verre l'aiderait à mieux affronter la suite.

Hélas pour la jeune femme, à cet instant, Cameron apparut à l'autre bout du hall. Malgré la distance, son regard noir ne trompait pas : il était fou de rage. Glacée, Lara voulut s'enfuir, mais il la rejoignit en quelques enjambées et l'attrapa sans ménagement par le bras pour l'obliger à le suivre.

— Non, milord... protesta-t-elle en traînant les pieds. Que faites-vous... ? Arrêtez ! Je ne...

Il la poussa sous le grand escalier, dans un recoin obscur dont les valets se servaient, à l'occasion, pour voler quelques baisers aux servantes. Lara essaya de lui échapper, en vain. Cameron la cloua au mur et se colla contre elle.

— Je ne me rappelle pas avoir vu le nom de lady Carlysle sur la liste des invités, dit-il, la voix blanche de colère.

— Je voulais vous faire la surprise.

— Bien sûr ! Tu voulais surtout te débarrasser de moi.

— Où est lady Carlysle ?

— Elle a préféré partir, quand elle a su que je ne voulais plus d'elle.

Lara avala péniblement sa salive.

— Nous devrions retourner dans la salle de bal. Nos invités vont finir par se demander où nous sommes passés.

— Tu ne te souciais pas autant des convenances, quand tu as comploté mes retrouvailles avec lady Carlysle devant tout le monde !

— Je... j'aurais peut-être dû penser à vous offrir plus de discrétion.

— Tu aurais surtout dû te mêler de tes affaires. Et me croire, quand je te disais que cette femme ne m'intéressait plus.

— Je suis désolée, murmura-t-elle dans l'espoir de le calmer. J'ai eu tort d'agir ainsi, c'est vrai.

Maintenant, nous devrions vraiment retourner dans...

Cameron la fusilla du regard, sans relâcher son étreinte.

— Ce n'est pas des excuses que je veux. (Il secoua la tête.) Je pourrais t'étrangler, si je le voulais. Mais je vais te punir autrement. D'une façon qui me plaira davantage...

Il se plaqua contre la jeune femme, qui pouvait sentir sa virilité contre ses hanches.

— Pas ici, chuchota-t-elle, horrifiée à l'idée qu'un domestique ou un invité puisse les surprendre. Quelqu'un risque de passer et de...

— Je m'en fiche éperdument, grogna-t-il. Tu es ma femme. *Ma* femme, Lara. Et je fais de toi ce que je veux.

Et soudain, il força ses lèvres. Lara se débattit un court instant, mais sa peur fut bientôt balayée par une vague de plaisir.

Cameron l'embrassait comme s'il voulait la dévorer toute crue. Sa bouche sentait le whisky, et cette odeur épicée qui n'appartenait qu'à lui. Plus son baiser se faisait impérieux, plus elle sentait fondre ses défenses. Elle s'arqua contre lui en gémissant. Après tout, ce baiser pouvait bien durer encore une minute. Ensuite, elle le repousserait...

Mais il relâcha brusquement ses lèvres pour la contempler en caressant son cou, la naissance de sa gorge. Puis il tira si fort sur le tissu du décolleté que Lara crut qu'il l'avait déchiré. Il s'empara de ses seins dénudés et en titilla les pointes du bout des doigts.

— Pas ici... pas maintenant... protesta-t-elle encore d'une voix haletante.

Cameron l'avait-il seulement entendue ? À présent, il lui embrassait les seins, tandis que de sa main droite il s'aventurait sous sa robe. Il grogna de satisfaction en découvrant qu'elle ne portait pas de jupon, et empoigna à pleines mains ses fesses nues. La jeune femme sursauta, à la fois choquée et terriblement excitée. La musique de l'orchestre et les voix des invités parvenaient jusqu'à leurs oreilles, lui rappelant le danger. Elle essaya désespérément de se libérer, mais ne réussit qu'à se déshabiller un peu plus.

Il revint vers ses lèvres et l'embrassa à nouveau, sans cesser de la caresser sous sa jupe, ses doigts jouant avec les boucles soyeuses qui protégeaient sa féminité. Lara se pétrifia en le sentant descendre plus bas. C'est à peine si elle pouvait encore respirer.

— Cette nuit, je t'embrasserai là, aussi, chuchota-t-il à son oreille.

La jeune femme crut que ses jambes allaient se dérober sous elle. Elle se pressa contre Cameron, pour ne pas vaciller, et noua les bras autour de son cou. Il en profita pour accentuer ses caresses intimes. C'était la première fois qu'il la touchait comme cela, aussi tendrement et en même temps avec une insistance qui lui faisait tourner la tête.

— En veux-tu davantage ? demanda-t-il d'une voix rauque.

— Je... je ne comprends pas ce que vous voulez dire.

— Vraiment ?

— Oui... *Oui !*

Elle n'éprouvait soudain plus aucune pudeur,

aucune honte. Peu importait ce qu'il lui faisait, pourvu qu'il ne s'arrête pas. Elle sentait son corps onduler de lui-même, à mesure qu'il enfonçait son doigt toujours plus loin.

Lara ferma les yeux, convaincue qu'un plaisir aussi intense finirait par lui faire perdre connaissance. Le doigt de Cameron allait et venait en elle, et elle réalisa qu'il mimait l'acte d'amour. Ses hanches bougeaient en cadence pour accompagner ses mouvements.

— Embrassez-moi... dit-elle en renversant la tête en arrière dans un geste d'abandon. S'il vous plaît...

Cameron colla ses lèvres contre les siennes, mais ne l'embrassa pas.

— Voilà ta punition, Lara. Maintenant, tu vas te consumer comme moi je me consume depuis des semaines.

Le souffle coupé, elle le sentit retirer son doigt et s'écarter en dénouant l'étau de ses bras. Adossée au mur, la jeune femme comprit qu'il allait partir.

— Non, gémit-elle d'une toute petite voix. Attendez, je...

Il lui jeta un regard brûlant, mais s'éloigna impitoyablement, l'abandonnant seule sous l'escalier.

— Comment pouvez-vous... ? protesta-t-elle. Comment pouvez-vous...

Au bout d'une minute, elle tenta enfin de remettre de l'ordre dans sa toilette, mais ses doigts restaient comme engourdis. Elle n'arrivait pas à se concentrer sur autre chose, après l'exquise torture que venait de lui infliger son mari.

Lara n'aurait su dire comment elle survécut au reste de la soirée. Elle réussit, par miracle, à plaquer un sourire sur ses lèvres et à montrer un calme qu'elle était bien loin de ressentir. Un moment, elle crut qu'elle allait craquer : quand débuta le bal proprement dit. Ouvrir la première danse avec son mari aurait dû être un exercice mondain de pure forme. Mais après ce qui s'était passé sous l'escalier, elle craignait que tous les invités ne soupçonnent quelque chose.

— Je ne pourrai pas, murmura-t-elle alors qu'il lui prenait le bras pour la conduire au centre de la salle. Tout le monde nous regarde.

— C'est toi qui as invité mon ancienne maîtresse, lui rappela-t-il, le visage indéchiffrable. Tu ne peux pas les blâmer d'être curieux de la suite.

— Les ragots seront alimentés par notre absence de tout à l'heure. Ils ont dû s'imaginer que nous nous disputions.

— Ou que nous nous sommes sauté dessus jusqu'à l'épuisement, objecta Cameron avec un sourire taquin.

— Êtes-vous vraiment obligé d'être vulgaire ?

Pour toute réponse, il s'inclina devant elle avec une politesse excessive, qui était peut-être pire encore que la verdeur de son langage. Il commanda un quadrille à l'orchestre et fit signe aux autres invités de se rassembler autour d'eux. Lara avait toujours adoré danser, et cela faisait une éternité qu'elle n'en avait pas eu l'occasion. Mais ce quadrille s'annonçait particulièrement pénible.

Elle se sentait exposée de toute part, et manqua trébucher quand son mari lui enlaça la taille pour ouvrir le bal.

Minuit sonna. L'heure fatidique approchait. Lara n'apercevait plus son mari dans la salle. Peut-être était-il déjà monté dans sa chambre pour l'attendre...

La jeune femme se sentait dans la peau d'un condamné à mort juste avant son exécution. C'était atroce – et excitant, car le souvenir de ce qu'elle avait vécu sous l'escalier ne cessait de la hanter, comme un avant-goût prometteur.

Presque une heure du matin... Cameron avait bien choisi l'heure du rendez-vous. Les invités, quelque peu éméchés, dansaient à perdre haleine, et Lara savait que son absence serait à peine remarquée. Elle s'éclipsa discrètement de la salle de bal.

Elle atteignit sa chambre à l'instant précis où la grande pendule du hall égrenait un seul coup. Elle se déshabilla toute seule et alla récupérer le négligé dans sa penderie. Il glissa sur sa peau dans un murmure de soie.

Les doigts tremblants, elle ôta les perles de son chignon, puis défit ses cheveux pour les laisser retomber librement sur ses épaules, avant de les brosser pour les rendre plus soyeux. Elle se voyait si pâle, dans le miroir de sa coiffeuse, qu'elle se pinça les joues pour leur redonner un peu de couleur. Puis elle inspira plusieurs fois, profondément, afin de chasser le poids qui tenaillait sa poitrine.

Après tout, l'épreuve ne serait pas plus terrible que les autres fois. Elle avait confiance en Cameron pour qu'il se montre doux et prévenant. En retour, elle coopérerait de son mieux, jusqu'à ce que tout soit consommé. Et demain, la vie reprendrait son cours habituel...

Sur cette dernière pensée, réconfortante, elle quitta sa chambre pour rejoindre celle de son mari.

Elle poussa la porte sans frapper. La pièce, éclairée d'une seule petite lampe, baignait dans une semi-pénombre. Cameron était assis au bord de son lit. Il portait encore ses habits de soirée. Il leva la tête et laissa échapper un murmure en la découvrant dans le déshabillé de soie noire. Cependant, il ne bougea pas. Mais à mesure qu'elle s'approchait, son regard s'arrêta sur chaque détail de sa silhouette, depuis ses pieds nus jusqu'à la cascade lumineuse de sa chevelure.

— Lara, murmura-t-il en prenant une mèche entre ses doigts. Tu ressembles à un ange...

Elle secoua la tête.

— Mon attitude de ce soir démontre bien que je ne suis pas un ange.

Il ne répondit rien.

Voyant que sa colère de tout à l'heure semblait retombée, elle continua :

— Milord, je voulais vous dire, au sujet de lady Carlysle...

— Ne me parle plus d'elle.

— D'accord, mais...

— Ça suffit, Lara.

Il lui caressa tendrement le cou.

— Retourne dans ta chambre, ma chérie.

Lara était si médusée qu'elle ne sut quoi dire.

— Ne crois pas que je n'aie plus envie de toi, ajouta-t-il. (Il ôta sa veste pour en draper les épaules de la jeune femme.) Au contraire...

— Alors... pourquoi ?

— Parce que je viens de comprendre que je ne peux marchander ton corps. (Il haussa les épaules et eut un rire amer.) Si étonnant que cela paraisse, j'ai eu des scrupules.

— Je veux honorer ma parole.

— Ce n'est plus nécessaire. Tu ne me dois rien.

— Si.

— Ça ne m'intéresse pas de te posséder contre ton gré, Lara. Retourne dans ta chambre. Et verrouille ta porte.

La stupéfaction de la jeune femme paraissait le mettre mal à l'aise. Il détourna la tête, s'allongea tout habillé sur le lit et lui fit signe de s'en aller, d'un geste abrupt.

Lara, cependant, demeura immobile. Elle éprouvait soudain pour lui un sentiment éperdu de reconnaissance. Cameron ne la forcerait plus jamais. Quelles que soient les circonstances, quelle que soit l'ardeur de son désir. Autrefois, elle avait peur de lui. Mais à présent, tout avait changé.

Elle pouvait partir, comme il le lui proposait. Ou rester. Elle avait survécu aux autres nuits. Celle-ci ne pourrait pas être pire. Et serait peut-être différente. Car tout avait changé.

Elle se débarrassa de la veste de son mari.

— Je veux rester avec vous.

Comme il ne répondait pas, elle s'allongea à côté de lui.

— Tu n'as pas à te sentir obligée...

— J'en ai envie.

Frissonnant d'appréhension, mais résolue, Lara lui caressa le visage, puis l'épaule, pour l'inciter à la prendre dans ses bras. Mais Cameron ne bougeait toujours pas. Il semblait perplexe et la contemplait comme si elle sortait tout droit d'un rêve.

Elle glissa la main entre son gilet et sa chemise.

Elle sentait sous ses doigts la paroi ferme de son torse. Comme il ne réagissait pas, elle s'enhardit et commença à déboutonner son gilet. Puis elle entreprit de lui dénouer son foulard, mais dut s'y reprendre à deux fois tellement sa main tremblait.

— Pourquoi les hommes portent-ils des foulards si serrés ?

Cameron avait fermé les yeux.

— Brummell a lancé cette mode pour cacher sa pomme d'Adam, qu'il trouvait trop blanche.

— Vous avez un joli cou, décréta-t-elle en glissant les doigts dans l'ouverture de sa chemise. C'est dommage de le cacher.

Cameron se raidit soudain et lui saisit les deux poignets.

— Lara, ne commence pas quelque chose que tu ne pourras pas finir.

Ses poignets toujours emprisonnés, Lara approcha ses lèvres des siennes, s'ingéniant à les frôler, jusqu'à ce qu'il n'ait plus la force de résister. Il s'empara de sa bouche pour un baiser auquel elle répondit immédiatement.

Puis il s'écarta un peu, afin de la dévisager.

— Ne vous arrêtez pas de m'embrasser, implora la jeune femme.

Il revint à ses lèvres, pour un baiser si profond que Lara en eut des frissons dans tout le corps.

Jamais Cameron ne lui avait fait l'amour en la caressant ainsi. Il s'écarta à nouveau, retroussa son déshabillé jusqu'à ses cuisses pour lui embrasser d'abord les chevilles, puis les mollets. Il remonta le long de ses jambes.

— Aimes-tu cela ? demanda-t-il.

— Je... je ne sais pas.

— Dis-moi ce que tu aimes, Lara. Ou ce que tu n'aimes pas. Demande-moi tout ce que tu voudras.

— Quand je suis venue ici, je... je pensais que tout serait consommé rapidement.

Il éclata de rire.

— J'ai tellement attendu cette nuit que j'ai bien l'intention de faire durer le plaisir, dit-il avant de lui embrasser l'intérieur des cuisses à travers la fine étoffe du déshabillé.

Lorsque ses lèvres remontèrent plus haut, Lara, par réflexe, voulut le repousser. Mais Cameron lui prit délicatement les mains pour l'en empêcher. La jeune femme ne put retenir un gémissement de pur plaisir en sentant sa langue onduler autour de sa féminité.

Il releva la tête.

— Et si maintenant je refaisais la même chose, mais sans ton déshabillé ?

— Non !

Il éclata encore de rire et se redressa sur les coudes pour la regarder droit dans les yeux.

— Enlève ce vêtement, ma chérie.

— Éteignez d'abord la lampe.

Cameron secoua gentiment la tête.

— Je veux te voir. Et je veux que tu puisses me voir.

Lara aurait préféré le noir absolu. Il lui semblait qu'elle arriverait mieux, dans l'obscurité, à faire la part entre son moi intime et cette autre Lara, la femme sensuelle, audacieuse, qui menaçait de prendre toute la place.

Comme elle ne répondait pas, Cameron entreprit de la débarrasser de son vêtement. Lara ne fit rien pour l'en empêcher, et bientôt, elle se retrouva nue, lovée contre son mari encore tout habillé.

— À ton tour, lui dit-il.

La jeune femme obéit. Elle commença par déboutonner sa chemise, découvrant son torse musclé, magnifique. Comme Cameron restait immobile, elle s'enhardit à le toucher. En fait, c'était la première fois, depuis leur mariage, qu'elle éprouvait l'envie de mieux connaître son corps. Elle posa une main hésitante sur ses pectoraux et s'émerveilla de les sentir si durs sous sa paume.

Dans le même temps, Cameron lui caressait les seins, traçant du bout des doigts des cercles autour des pointes, avant d'en approcher brusquement la langue. Lara gémit de plaisir. Elle se sentait bizarre, un peu fiévreuse, pleine d'appréhension aussi. Comme au moment de franchir un grand précipice. Mais elle avait confiance en son mari, et ses défenses, une à une, s'effondraient. Quand il descendit sa main sur son ventre, elle écarta les cuisses pour l'inviter à la caresser plus bas.

Prenant conscience du total abandon de la jeune femme, il aventura ses lèvres partout où il brûlait de la goûter : sur le ventre, les cuisses, entre les cuisses... Avec sa langue, il dessinait des cercles de feu qui lui arrachaient des cris de plaisir.

Elle se redressa sur un coude et enfouit son autre main dans l'épaisse chevelure de Cameron. Son cœur battait à tout rompre dans sa poitrine, et sa vision se brouillait à mesure qu'elle sentait croître son plaisir, comme un feu dévastateur qui emportait tout sur son passage. Lorsqu'elle céda à la jouissance, ce fut comme une explosion de lumière, une vague étincelante.

Cameron attendit les dernières contractions de son plaisir pour se redresser et la regarder dans les yeux. Il avait l'air si grave, si solennel, que Lara lui caressa les lèvres d'un doigt tremblant.

Sans dire un mot, il glissa un genou entre ses jambes et elle ouvrit spontanément les cuisses. Puis il dégrafa son pantalon et elle sentit son membre érigé se presser contre ses hanches. La jeune femme se raidit légèrement, sachant que maintenant elle allait avoir mal, comme autrefois. Mais, à sa grande surprise, Cameron la pénétra si doucement qu'elle ne ressentit aucune douleur, plutôt une exquise plénitude, comme si son corps réclamait depuis toujours cette intrusion.

Quand ils furent soudés l'un à l'autre, Cameron s'immobilisa et enfouit son visage au creux de son épaule. Lara l'enlaça très fort.

— C'est merveilleux, dit-elle.

Elle aurait voulu que ce moment magique ne finisse jamais, et en même temps, elle avait envie d'aller plus loin encore. Ses hanches se cambrèrent d'elles-mêmes, comme pour l'inviter à continuer.

— Non, Lara. Attends, s'il te plaît. Mon Dieu ! Je ne peux pas...

Lara ondula encore des hanches, pour le sentir au plus profond d'elle. Cameron se raidit brusquement et laissa exploser sa jouissance dans un grand gémissement...

Une longue minute plus tard, il roula sur le côté, emportant la jeune femme dans son mouvement.

Elle rompit la première le silence.

— Maintenant, pouvons-nous éteindre la lampe ?

Il rit, se releva pour se débarrasser de ses vêtements, puis alla éteindre la lampe. Lorsque la pièce fut plongée dans l'obscurité totale, il vint la rejoindre dans le lit.

Lara se réveilla au milieu de la nuit. Un peu étonnée de se retrouver à côté de son mari, elle voulut remonter la couverture qui était descendue à leurs pieds. Une main l'en empêcha.

— Non, murmura Cameron. Laisse-moi te contempler au clair de lune.

Ainsi, il ne dormait pas... Lara se tourna vers lui, cherchant sa bouche. Il l'embrassa avec tant de tendresse que la jeune femme ressentit une nouvelle vague de plaisir.

En même temps qu'il l'embrassait, Cameron lui caressait les fesses et son membre dressé frôlait son ventre. La jeune femme savourait ce moment. C'en était fini de ses anciennes peurs. Elle ne percevait plus le sexe de son mari comme une arme. Elle s'enhardit même à le toucher, ce qui fit aussitôt frissonner Cameron. Mais il la laissa explorer son corps comme elle le souhaitait. Il gémissait de plaisir et l'embrassait sur le cou en lui murmurant combien il la désirait.

Finalement, il revint sur elle et la pénétra de nouveau. Plus violemment que la première fois. Lara se raidit un instant, mais déjà le plaisir la submergeait, et elle l'accueillit avec ferveur. Cette fois, il bougea longuement en elle, avec de grands mouvements souples et saccadés. Lara ondulait à son rythme, en lui griffant le dos. C'était à la fois brutal et délicieux, aussi grisant qu'une chevauchée sauvage. Le plaisir montait, montait, montait toujours...

Elle poussa un grand cri au moment suprême, heureuse de sentir la jouissance de Cameron faire écho à la sienne.

Puis ils restèrent enlacés un long moment, leurs bouches scellées dans un baiser sans fin. Quand il se souleva pour s'écarter, elle protesta.

— Non. Pas déjà...

— Je vais finir par t'écraser, murmura-t-il, amusé, en roulant sur le côté.

Leurs jambes étaient toujours mêlées, et Cameron jouait avec les boucles de la jeune femme, un sourire extatique aux lèvres.

— Était-ce aussi agréable avec lady Carlysle ? demanda-t-elle timidement.

— Je n'ai jamais connu autant de plaisir dans les bras d'aucune femme.

Émerveillée de sa réponse, Lara nicha la tête au creux de son épaule.

— Cameron ?

— Hmm ?

— Que vous a dit lady Carlysle, avant de partir ?

Il cessa soudain de lui caresser les cheveux.

— Esther était très déçue d'apprendre que je ne voulais pas poursuivre notre liaison. Au point qu'elle a prétendu que je n'étais pas le vrai lord Bancroft.

— Ah... (Lara ferma les yeux.) Pensez-vous qu'elle pourrait vous accuser publiquement ?

Il haussa les épaules.

— J'en doute. Ses accusations se retourneraient contre elle. On lui reprocherait de vouloir venger son orgueil blessé. À mon avis, Esther n'a aucune envie de se mettre la bonne société à dos.

— Bien sûr. (Lara soupira.) Vous savez, je suis vraiment désolée...

— De quoi ?

— D'avoir organisé cette rencontre.

Cameron l'enlaça très fort.

— C'est oublié. L'essentiel est que nous soyons réconciliés, n'est-ce pas ?

— Oui... oh oui... murmura-t-elle en soupirant de contentement.

— Maman ! Maman !

Lara ouvrit les yeux, réprima un bâillement et vit qu'il faisait déjà grand jour. Johnny se tenait à son chevet, pieds nus et en chemise de nuit.

Réalisant que l'enfant l'avait découverte dans le lit de Cameron, elle remonta prestement les couvertures sous son menton.

— Pourquoi t'es-tu levé si tôt, mon chéri ?

— Les poussins sont en train de naître !

Malgré son esprit embrumé, Lara se rappela la dizaine d'œufs de poule dont ils surveillaient la couvée depuis quelques jours.

— Comment le sais-tu ?

— J'ai été les voir, expliqua l'enfant en tournant son regard innocent vers Cameron, qui se réveillait à son tour.

Il s'était redressé dans le lit et se passait une main dans les cheveux.

— Bonjour, mon garçon, dit-il le plus naturellement du monde, comme si la situation n'avait rien d'anormal.

— Bonjour, répondit l'enfant.

Et, se tournant à nouveau vers Lara, il demanda :

— Pourquoi tu n'es pas dans ton lit, maman ?

La jeune femme décida que l'explication la plus simple serait la meilleure.

— Parce que lord Bancroft m'a invitée à dormir dans le sien.

— Où est passée ta chemise de nuit ?

Elle hésita.

— J'avais tellement sommeil, en me couchant, que j'ai dû oublier de l'enfiler, répliqua-t-elle, les joues en feu, n'osant croiser le regard de Cameron.

— J'ai une maman distraite ! s'amusa l'enfant.

— Va t'habiller maintenant, mon chéri. Je te retrouve en bas.

Dès que le garçon eut disparu, Cameron voulut attirer Lara contre lui, mais elle roula de côté et quitta le lit. Avisant la chemise de son mari qui traînait sur le tapis, elle la ramassa et s'en servit pour cacher sa nudité.

Cameron s'étira langoureusement. Leurs regards se croisèrent et ils échangèrent un sourire.

— Comment te sens-tu, ma chérie ?

La jeune femme ne répondit pas tout de suite. Elle cherchait à nommer ce qu'elle éprouvait. C'était une sorte de contentement total, de l'âme autant que du corps, qu'elle n'avait jamais ressenti auparavant. En fait, elle n'avait aucune envie de le quitter, ne serait-ce que pour une minute.

— Heureuse, dit-elle. Tellement heureuse que ça me fait un peu peur.

— Peur ? Pourquoi, mon amour ?

— Parce que je voudrais que ça dure toujours ainsi.

Cameron lui fit signe de la rejoindre dans le lit,

mais elle se rapprocha juste assez pour lui donner un baiser furtif et s'écarta aussitôt.

— Où vas-tu ?

Elle s'arrêta devant la porte.

— D'abord, m'habiller. Et ensuite, voir les poussins.

15

En attendant que les travaux d'extension de l'orphelinat fussent achevés, Lara cherchait une solution pour les enfants détenus en prison. L'idée qu'ils continuent de croupir derrière des barreaux la rendait malade. Elle pensa donc demander aux habitants de Market Hill de les héberger, jusqu'à ce que l'orphelinat puisse les recevoir. Malheureusement, son projet ne fut pas aussi bien accueilli qu'elle l'avait espéré.

— Pourquoi ont-ils si peu de cœur ? se plaignit-elle à Cameron, assis à son bureau, après avoir passé la matinée à essuyer des refus. Personne ne veut lever le petit doigt pour m'aider. J'étais pourtant certaine de pouvoir compter sur Mme Hartcup, ou sur les Wyndham...

Cameron recula son fauteuil pour asseoir la jeune femme sur ses genoux.

— Tu oublies, ma chérie, que tu ne leur demandes pas d'accueillir des orphelins ordinaires. Les honnêtes citoyens de Market Hill considèrent ces enfants comme de la graine de potence. Qui pourrait les en blâmer ?

Lara le fusilla du regard.

— Comment oses-tu dire cela, alors que Johnny est un ange ?

— Johnny est un bon garçon, acquiesça Cameron. Mais les autres enfants risquent de se conduire, si personne ne les surveille, comme des animaux sauvages dans le village. Tu ne peux pas exiger des Wyndham ou de Mme Hartcup d'endosser pareille responsabilité.

— Alors, qu'allons-nous faire ?

— Attendre que la nouvelle aile de l'orphelinat soit achevée. Et que le personnel supplémentaire soit embauché.

Elle fronça les sourcils d'un air obstiné.

— Je refuse d'attendre. Je veux que ces enfants sortent de prison le plus tôt possible. S'il le faut, je m'en chargerai moi-même.

— Mais comment expliqueras-tu à Johnny que tu n'as plus assez de temps à lui consacrer ?

— Je lui dirai... je lui dirai... (Lara soupira de frustration.) Il ne comprendra pas, admit-elle.

Cameron secoua la tête en la voyant si désappointée.

— Ma chérie, j'aimerais que tu endurcisses ton cœur juste un petit peu...

— Je ne peux pas supporter l'idée que ces enfants soient obligés de rester en prison pendant des mois !

— D'accord. Je vais voir si je peux faire quelque chose. Mais j'ai peur de ne pas avoir plus de chance que toi.

— Si, tu en auras, répondit Lara, qui avait déjà retrouvé l'espoir. Tu parviens toujours à rallier les gens à tes idées.

Il sourit d'un air entendu.

— J'ai aussi un autre talent, dont je compte bien te faire la démonstration cette nuit.

La jeune femme éclata de rire.

— C'est ce que nous verrons ! s'exclama-t-elle en s'enfuyant.

Cameron se révéla un allié terriblement efficace. Il usa de tout son charme et de son talent de persuasion pour trouver un toit aux douze orphelins.

En fait, Lara n'était pas vraiment étonnée de ce résultat : quand il avait quelque chose en tête, il était impossible de lui résister. Elle en savait quelque chose...

Après leur première nuit ensemble, où elle avait découvert un plaisir et une plénitude dont elle n'aurait jamais soupçonné l'existence, la jeune femme ne regardait plus son mari du même œil. Cameron était devenu un homme bon et généreux. Pas seulement avec elle, du reste... Elle ignorait ce qui avait pu causer une telle métamorphose, mais elle ne trouvait qu'à s'en féliciter. Même si son mari n'approuvait pas entièrement ses projets, il s'efforçait de comprendre ses motivations et l'aidait à les mettre en œuvre.

Autrefois, il consacrait la majeure partie de son temps à la chasse et aux plaisirs de toutes sortes. Mais depuis son retour des Indes, ses anciens camarades le voyaient à peine. Cameron mettait toute son énergie dans la gestion du domaine, se passionnant pour les cultures, les moissons et l'élevage des bêtes dont s'occupaient les fermiers. Il avait également entrepris de multiplier les investissements dans le commerce et le transport par bateaux. Le jeune homme accoutumé aux privilèges et à la fortune s'était mué en un homme avisé, responsable, qui ne considérait pas que tout lui était dû, et savait que la richesse devait se mériter.

Cameron n'était pas pour autant devenu un saint. Il avait gardé un côté canaille qui n'était pas pour déplaire à Lara. Une nuit, il était venu la visiter dans sa chambre avec l'intention de profiter du miroir scellé au plafond, avant que Ducharme Smith et ses assistants ne l'enlèvent. Ignorant les protestations de la jeune femme, il lui avait fait l'amour sous leur reflet. Une autre fois, il l'avait emmenée à un concert public et n'avait cessé de lui susurrer des paroles érotiques à l'oreille, pendant que les musiciens jouaient...

Cameron était le mari dont elle avait toujours rêvé : complice, attentionné et tendre, mais aussi viril et passionné. Lara l'aimait – le contraire eût été impossible –, même si une petite angoisse continuait de la tarauder. Elle ne voulait pas lui donner totalement son cœur, tant qu'elle ne recevrait pas de lui un signe – un geste, un mot... – lui prouvant qu'il partageait ses sentiments.

Un tablier noué devant sa robe, Lara pilait des graines de lin dans la cuisine. Ensuite, elle versait l'huile obtenue dans un bol rempli de cire d'abeille. C'était un vieux remède familial destiné à servir de cataplasme contre la goutte. Sir Ralph Woodfield, qui en souffrait, avait dépêché ce matin une de ses servantes pour réclamer un peu du précieux onguent.

Lara ajouta une mesure de graines de lin dans

son mortier et commença à l'écraser avec son pilon. La cuisinière et deux autres servantes travaillaient devant les fourneaux, et les quatre femmes étaient bercées par la romance que chantait l'une des soubrettes.

Oh, celui qui gagnera mon cœur
Devra avoir les poches cousues d'or,
Il faudra aussi qu'il soit beau et fort
Avec des yeux bleus et un grand cœur...

La chanson énumérait, couplet après couplet, toutes les qualités requises par le prétendant. Finalement, la cuisinière éclata de rire.

— Si un garçon comme ça existait à Market Hill, ça se saurait !

Naomi entra dans la pièce à cet instant. Elle semblait agitée et alla tout droit vers Lara. Celle-ci fut étonnée de la voir.

— Naomi, c'est ton jour de congé. Je croyais que tu devais le passer au village, avec tes amies ?

— Je reviens du village, murmura la servante pendant que les autres continuaient de rire et de pérorer. Il faut que je vous parle. Je ne sais pas si c'est vrai ou pas, mais j'ai entendu de drôles de choses...

Lara repoussa son mortier et questionna sa domestique du regard.

— C'est au sujet de lord Lonsdale, précisa Naomi. Voyez-vous, je suis amie avec une des servantes de sa femme, Betty, et nous avons parlé...

Visiblement mal à l'aise, elle inspira profondément avant de poursuivre :

— Betty m'a confié, sous le sceau du secret, que lady Lonsdale était malade.

Voyant que les autres écoutaient, Lara entraîna Naomi vers le fond de la cuisine.

— Malade ? répéta-t-elle à voix basse. Pourquoi n'ai-je pas été prévenue ?

— Betty dit que la famille ne veut pas que ça se sache.

— Malade comment ? insista Lara. Naomi, ton amie t'aurait-elle parlé... d'une altercation entre lord Lonsdale et ma sœur ?

La soubrette baissa les yeux.

— Lady Lonsdale dit qu'elle est tombée dans les escaliers. Betty n'était pas là au moment où ça s'est passé, mais elle prétend que c'est plus grave qu'une simple chute. Elle trouve lady Lonsdale en très mauvais état. Pourtant, ils n'ont même pas appelé le médecin.

Lara tremblait d'effroi et de colère mêlés. Lonsdale avait encore battu Rachel, c'était évident. Et maintenant, il l'empêchait de se soigner. Cette fois, la jeune femme ne pouvait pas rester sans réagir. Il fallait absolument qu'elle mette sa sœur hors de danger et l'installe en lieu sûr.

— Milady, plaida la soubrette, surtout ne dites à personne qui vous a mise au courant. Je ne voudrais pas que Betty soit renvoyée à cause de moi.

— Ne t'inquiète pas, Naomi, répondit Lara, étonnée par son propre calme alors qu'elle bouillait intérieurement. Merci de m'avoir avertie. Tu as bien fait.

Naomi semblait soulagée. Elle salua sa maîtresse et quitta la cuisine. Lara sortit à son tour, sans prêter attention aux messes basses de la cuisinière et des autres servantes. Elle traversa la maison en courant, pour se rendre dans le cabinet de chasse, où étaient accrochés les plus beaux trophées abattus par Cameron et ses ancêtres.

Dans sa fureur, elle ouvrit à la volée une des vitrines qui renfermaient les armes. Il y en avait de toutes tailles et de toutes sortes. Lara n'avait jamais tenu un pistolet entre ses mains, mais elle avait souvent vu Cameron ou d'autres chasseurs les manier. Leur utilisation paraissait facile.

Aveuglée par la rage, elle ne s'aperçut même pas que son époux, de retour d'une inspection du domaine, venait d'entrer dans la pièce. Elle sursauta en entendant sa voix :

— Tu te prépares à un duel ? (Il voulut lui enlever des mains l'arme qu'elle venait de saisir.) Avant de tuer qui que ce soit, j'aimerais au moins connaître tes intentions.

Lara refusa de lâcher le pistolet.

— Oui, dit-elle, les yeux embués de larmes. Je vais tuer Lonsdale. Il s'en est encore pris à ma pauvre sœur. Je vais la sortir de cet enfer, et si son maudit mari se met en travers de mon chemin, je lui tirerai une balle en plein cœur.

— Calme-toi, d'abord.

Cameron lui prit le pistolet et le reposa dans la vitrine, avant d'enlacer tendrement la jeune femme. Lara se lova contre lui. Sa présence l'apaisait déjà, mais elle avait accumulé une telle tension qu'elle éclata en sanglots.

Fondre en larmes dans les bras de son mari était une expérience nouvelle pour elle, presque plus intime que de faire l'amour avec lui. Elle détestait se sentir si vulnérable.

Il sortit son mouchoir pour lui essuyer le visage.

— Raconte-moi tout, maintenant.

Lara secoua la tête. Cameron et Lonsdale étaient trop liés pour qu'il puisse l'aider. À leurs yeux, l'amitié était plus sacrée que le mariage. Une épouse, comme l'avait dit Cameron autrefois, n'était qu'une nécessité. Alors qu'on choisissait un ami pour la vie.

— Tu as parlé de Lonsdale, l'encouragea-t-il. Que s'est-il passé ?

Lara s'écarta de son étreinte.

— Je préfère ne rien dire. Tu prendrais sa défense. Les hommes s'épaulent toujours, dans ces circonstances.

— Raconte-moi, Lara, s'il te plaît.

Elle soupira.

— Ce matin, Naomi a entendu dire que Rachel était malade. Elle serait, paraît-il, tombée dans les escaliers. Connaissant les relations de ma sœur avec son mari, j'ai tout lieu de craindre que cette chute ne soit pas accidentelle.

— Alors il ne s'agit que d'une rumeur. Tant qu'elle n'a pas été confirmée, nous...

— Tu vois, tu doutes déjà ! se récria la jeune femme. Lonsdale frappe sa femme pour n'importe quel motif. Tout le monde le sait, mais personne n'ose rien dire. Rachel elle-même préférerait mourir plutôt que de l'avouer publiquement. Elle ne le quittera jamais, et ne prononcera jamais une parole contre lui.

— Ta sœur est une adulte, Lara. Laisse-la libre de ses jugements.

Elle secoua la tête avec obstination.

— Rachel ne peut se sortir seule de cette situation. Elle croit, comme la plupart des femmes, qu'une épouse est la propriété de son mari. Et que celui-ci a autant le droit de la battre que de fouetter ses chevaux. (Ses yeux s'embuèrent à nouveau.) J'ignore la gravité des blessures de Rachel, mais j'ai peur que, cette fois, Lonsdale n'ait été trop loin. Tout ce que je te demande, c'est de me laisser m'en occuper.

— Il n'est pas question que tu sortes d'ici, une arme à la main ! (Il lui étreignit le bras.) Lara, écoute-moi. Je vais partir tout de suite chez Lonsdale, voir de quoi il retourne. Ça te convient ?

— Non, s'entêta la jeune femme. Je vais avec toi. Et je veux ramener Rachel ici. Quel que soit son état.

— Enfin, tu déraisonnes ! rétorqua-t-il d'une voix dure. Tu n'as aucun droit de te mêler de leurs affaires et d'enlever ta sœur de chez elle. De force, qui plus est !

— Je me moque des lois. Je veux seulement la mettre en lieu sûr.

— Et que feras-tu si elle exprime le désir de rentrer chez elle ? L'enchaîneras-tu à un fauteuil ?

— Oui ! répliqua-t-elle contre toute logique. N'importe quoi vaudra mieux que de la laisser à la merci de ce monstre.

— Je refuse que tu m'accompagnes ! trancha Cameron. Si Rachel est vraiment malade, tu ne feras qu'aggraver son état en la paniquant.

Lara plaqua ses deux mains contre la vitrine. Elle retenait désespérément ses larmes.

— Tu n'as ni frère ni sœur. Tu ne peux pas comprendre ce que je ressens pour Rachel. Déjà, quand elle était toute petite, je la prenais sous mon aile. (Elle ravala un sanglot.) Je me souviens d'une fois où nous avions grimpé dans un arbre du jardin, malgré l'interdiction de papa. Nous nous étions assises à califourchon sur une branche, les jambes pendant dans le vide. Tout à coup, Rachel a perdu l'équilibre et s'est cassé un bras en tombant par terre. Je n'ai rien pu faire pour la retenir. Quand je l'ai vue s'écraser sur le sol, j'avais aussi mal que si c'était *moi* qui étais tombée ! Je ne veux plus jamais revivre ce genre de situation. Aujourd'hui, je sais qu'elle a besoin de moi, et je ne resterai pas les bras croisés à attendre pendant qu'elle souffre.

Il y eut un long silence. Cameron ne bougeait pas et la jeune femme aurait pu croire qu'il était parti, si elle n'avait distingué son reflet dans la glace de la vitrine.

— Je sais que tu ne peux rien faire, reprit-elle. Si tu intervenais, tu trahirais ton meilleur ami. Et cela, tu ne le voudras jamais.

Il soupira lourdement.

— Bon, reste ici. Je vais te ramener ta sœur.

Lara ne put cacher sa stupéfaction. Elle le dévisagea.

— Quoi ? Tu ferais ça ?

— Oui. Et pas plus tard que tout de suite.

— Oh, Cameron...

Il secoua la tête.

— Ne me remercie pas. Je n'ai aucune envie de le faire.

— Alors, pourquoi...

— Parce que, sinon, tu ne me laisseras pas un instant de répit. (Il haussa les épaules.) Contrairement à toi, je n'éprouve aucun désir de sauver le monde. J'aimerais juste vivre en paix parmi les miens. Quand cette affaire sera terminée, j'apprécierais de passer quelques jours tranquille, sans avoir à me soucier des orphelins d'Angleterre ni de tous les malheureux de ce pays !

Il avait dit cela sur un ton rude, comme s'il voulait lui faire comprendre qu'il n'était pas chevaleresque et que ses motivations étaient plus égoïstes qu'altruistes.

Mais ça ne marchait pas. Malgré ses dénégations, la jeune femme savait qu'il était mû par un désir de justice, et elle s'émerveillait de constater à quel point il avait changé.

— Je voudrais te confesser quelque chose... commença-t-elle.

— Quoi ? demanda-t-il sans chaleur.

— Autrefois, j'enviais beaucoup Rachel parce que... (Elle baissa le regard.) Quand elle a épousé Lonsdale, elle se croyait sincèrement éprise de lui. Il était si beau, si romantique... Moi-même je te trouvais, en comparaison, beaucoup moins... attrayant. Tu n'avais pas le charme de Lonsdale. Tu étais plus renfermé, aussi. Bref, je ne t'aimais pas. Mes parents avaient arrangé notre mariage et je m'étais pliée à leur choix. Mais je ne pouvais m'empêcher de penser, en voyant Rachel et Lonsdale, que ma sœur avait eu plus de chance que moi. Évidemment, je n'aurais jamais osé t'avouer cela. Mais à présent...

Elle s'interrompit, le rose aux joues, avant de rassembler son courage pour finir :

— Tu es devenu un homme en qui j'ai toute confiance. Un homme que... que je pourrais aimer.

Elle n'osait toujours pas le regarder, ne sachant si un tel aveu lui ferait plaisir ou non. Cameron s'éloigna sans rien dire et elle se retrouva seule, les oreilles encore bourdonnantes de sa confession.

16

C'était à croire que les domestiques des Lonsdale avaient choisi leur camp en fonction de leur sexe : les hommes soutenant leur maître, et les femmes, leur maîtresse. Le majordome et deux valets tentèrent d'empêcher Cameron d'entrer, alors que la gouvernante et une servante, accourues dans leur dos, semblaient soulagées de sa visite.

Cameron s'efforça de rester neutre devant le majordome, un vieil homme qui servait les Lonsdale depuis des décennies, et qui devait connaître tous les secrets de la famille.

— Où est Lonsdale ? lui demanda-t-il.

— Le maître est sorti, milord.

— On m'a dit que lady Lonsdale était malade. Je souhaiterais me rendre compte de son état par moi-même.

Le majordome lui opposa un refus poli, mais ferme.

— Je ne peux vous donner aucun détail concernant lady Lonsdale, milord. C'est une affaire privée. Attendez le retour de lord Lonsdale pour lui en parler.

Cameron jeta un coup d'œil aux deux femmes, qui s'étaient immobilisées au milieu du hall. À en juger par leur mine effondrée, Rachel était vraiment malade...

La situation lui rappela un épisode pénible, en Inde, lorsqu'il avait rendu visite à un ami mourant. La maison était remplie par des membres de sa famille et de sa belle-famille. Tous savaient que, si cet homme mourait, sa femme serait jetée vivante sur le bûcher qui consumerait sa dépouille. C'était horrible, bien sûr, mais la coutume était inflexible et les Indiens y étaient très attachés.

Dans la plupart des sociétés, l'existence des femmes était subordonnée au bon vouloir des hommes. Même dans cette Angleterre qui se voulait moderne et civilisée. Cameron n'avait osé démentir Lara quand elle prétendait qu'une épouse était considérée comme la propriété de son mari. L'infortunée lady Lonsdale était sans doute, en ce moment, la mieux placée pour le savoir. Si personne n'intervenait, Terry pourrait aussi bien la tuer.

— Si elle meurt, dit Cameron d'une voix solennelle en toisant le majordome, mais aussi les autres domestiques présents, vous serez tous complices d'un assassinat.

Un murmure à la fois inquiet et un peu honteux parcourut le petit groupe.

Finalement, le majordome laissa Cameron entrer.

— Conduisez-moi à la chambre de lady Lonsdale, dit-il à la gouvernante.

— Oui, milord.

Elle grimpa l'escalier avec une telle célérité que Cameron dut monter les marches deux à deux derrière elle.

Les rideaux de la chambre étaient presque complètement tirés, laissant pénétrer un faible rayon de soleil. Rachel reposait sous les couvertures, la tête sur un gros oreiller. Ni ses bras ni son visage ne montraient de blessure apparente, mais elle semblait extrêmement faible et ses lèvres avaient perdu leur incarnat.

Consciente que quelqu'un venait d'entrer, la jeune femme cligna des yeux. La voyant frissonner de terreur, il réalisa qu'elle le prenait pour son mari.

— Lady Lonsdale, dit-il le plus calmement possible, en marchant vers le lit. Rachel... (Il s'assit à son chevet.) Que vous est-il arrivé ?

Il prit sa frêle main dans la sienne et lui pressa gentiment les doigts. Elle le fixait avec un regard d'animal blessé.

— Je l'ignore, murmura-t-elle. Je suis sûre qu'il ne l'avait pas prémédité, mais... mais j'ai dû tomber. J'ai besoin de repos. Seulement, ça me fait tellement mal... je n'arrive pas à m'endormir.

— C'est Lara qui m'envoie, expliqua-t-il. Je lui ai promis...

Il s'interrompit et lâcha un soupir de frustration. Serait-il possible de la transporter ?

— Lara... répéta Rachel, comme si elle avait du mal à se rappeler le prénom de sa sœur. Oh oui, Lara. Je voudrais la voir !

Cameron se tourna vers la gouvernante.

— De quoi souffre-t-elle, exactement ?

— Elle n'a cessé de saigner depuis sa chute, monsieur. Nous n'arrivons pas à arrêter l'hémorragie. J'ai voulu appeler un docteur, mais le maître me l'a interdit.

Sa voix s'était brisée, mais la domestique trouva la force d'ajouter :

— Je vous en prie, monsieur, emmenez-la avec

vous avant qu'il ne revienne. Si elle reste, je crains le pire...

Cameron tira les couvertures qui recouvraient Rachel. Sa chemise de nuit était tachée de sang. Et il y avait aussi du sang sur les draps. Avec l'aide de la gouvernante, il passa une robe de batiste sur le pauvre corps endolori. Rachel voulut leur faciliter la tâche en enfilant les manches, mais le plus petit geste semblait la mettre à l'agonie.

Cameron se pencha pour la soulever dans ses bras.

— Je vais vous conduire auprès de votre sœur, lui dit-il, comme s'il s'adressait à une enfant. Vous irez bientôt beaucoup mieux.

Il avait beau prendre le plus de précautions possible, Rachel gémit de douleur. Il se demandait si le voyage ne risquait pas de la tuer.

— Partez tout de suite, milord, le pressa la gouvernante. Croyez-moi, il n'y a pas mieux à faire.

Cameron hocha la tête et quitta la chambre, son fragile fardeau serré dans ses bras. Rachel avait fermé les yeux, et il crut qu'elle s'était évanouie. Mais alors qu'il redescendait l'escalier, elle murmura d'une voix très faible :

— Merci... qui que vous soyez.

La fièvre la faisait délirer, sans doute. Elle n'avait même pas reconnu son beau-frère.

— Je suis lord Bancroft, dit-il. Cameron.

— Non. Vous n'êtes pas lord Bancroft, répliqua la jeune femme.

Et elle ponctua sa phrase d'une légère caresse sur sa joue, comme une bénédiction.

Le trajet en attelage jusqu'au manoir fut un calvaire. Allongée en travers de la banquette, calée par des coussins, Rachel gémissait de douleur à chaque cahot.

Cameron en était très affecté. Comme tout le monde, il avait préféré ignorer ce que Lonsdale faisait subir à sa femme, jugeant que l'intimité d'un couple ne regardait personne. Du reste, il se doutait bien que certains n'hésiteraient pas à dire qu'il était allé trop loin en enlevant Rachel de chez elle. Mais il s'en moquait. C'étaient les autres, il le savait maintenant, qui avaient tort. Par son silence, toute la bonne société de Market Hill était complice du malheur de cette femme.

Ils arrivèrent enfin au manoir. Cameron porta aussitôt Rachel dans la maison. Le Dr Slade les attendait déjà, avec Lara. La jeune femme ne parut guère surprise de l'état de sa sœur – sans doute, songea Cameron, avait-elle imaginé pire encore. Elle lui demanda de monter Rachel dans une des chambres d'amis. Dès qu'il l'eut allongée sur le lit, il s'esquiva pour laisser entrer le docteur et Naomi.

Sa mission était accomplie, mais il ne tirait aucune satisfaction d'avoir tenu sa promesse. Plutôt une sorte de lassitude. Il alla s'enfermer dans la bibliothèque et but un verre de whisky, en se demandant quelle attitude adopter quand Lonsdale rentrerait. Même s'il exprimait les plus sincères remords, Cameron ne pourrait le laisser repartir avec Rachel. Une fois chez lui, Terry recommencerait à la battre.

Un domestique vint le prévenir que le docteur s'apprêtait à s'en aller. Cameron reposa son verre et alla rejoindre Lara et le médecin dans le hall. Tous deux semblaient soucieux.

— Alors ? demanda-t-il.

— Lady Lonsdale a fait une fausse couche, expliqua le Dr Slade. Il semble qu'elle n'ait pas été consciente de son état avant sa chute.

— Comment est-ce arrivé ?

— Lonsdale l'a poussée du haut de l'escalier, raconta Lara, les yeux brillants de colère. Il avait bu, bien sûr. Rachel prétend qu'il ne savait pas ce qu'il faisait.

Le Dr Slade se renfrogna.

— En tout cas, voilà une sale affaire. C'est triste à dire, mais il vaut mieux que le vieux lord Lonsdale ne soit plus de ce monde pour voir ce qu'est devenu son fils. Quand je pense à la fierté que lui inspirait ce garçon...

— Va-t-elle s'en sortir ? l'interrompit Cameron.

— Oui. Je suis persuadé que lady Lonsdale pourra bientôt remarcher. À condition de se reposer et d'être bien soignée. Je suggère de limiter les visites au strict minimum. Quant à son mari... (Le médecin secoua la tête.) Il serait grand temps qu'il comprenne qu'un tel comportement est inacceptable.

— Il comprendra, décréta Lara d'une voix ferme, avant que son époux ait pu dire quoi que ce soit.

Elle les quitta sans rien ajouter et monta rejoindre sa sœur, d'une démarche raide. Cameron se sentit vaguement coupable. Lara semblait l'accuser d'avoir été trop longtemps complice de Lonsdale. Et elle n'avait pas tort...

— Maudit Lonsdale... marmonna-t-il.

Le docteur lui tapota affectueusement l'épaule.

— Je comprends ce que vous ressentez, mon garçon. Terry est votre ami. Mais si l'opinion d'un vieillard comme moi vous importe, sachez que je suis ravi que vous ayez pris lady Lonsdale sous votre protection. Cela prouve de votre part une compassion qui n'a pas souvent été l'apanage des Crossland. Cela dit sans vous offenser...

Cameron eut un sourire ironique.

— Je ne peux pas m'offenser de la vérité, dit-il avant de raccompagner le médecin à sa voiture.

Lara veilla sa sœur toute la soirée. Elle commençait à s'assoupir dans le fauteuil placé à son chevet, quand elle fut réveillée en sursaut par un bruit de porte.

— Que...

— C'est moi, chuchota Cameron en la rejoignant dans l'obscurité. Viens te coucher, Lara. Ta sœur dort à poings fermés. Tu la retrouveras demain matin.

La jeune femme réprima un bâillement, en secouant la tête.

— Non. Je veux être là si elle se réveille. Elle aura peut-être besoin de quelque chose...

Cameron lui caressa tendrement la nuque.

— Tu ne lui seras d'aucune utilité si tu t'épuises à la veiller.

Lara soupira.

— Je veux faire quelque chose. Même si ce n'est que la regarder dormir.

Il se pencha pour lui embrasser le front.

— Va dans ton lit, ma chérie, chuchota-t-il à son oreille. Je vais prendre ta place auprès d'elle.

À contrecœur, Lara se laissa soulever du fauteuil et pousser vers la porte. Elle rejoignit ensuite son propre lit comme une somnambule.

Lonsdale se présenta au manoir le lendemain après-midi. Lara, qui n'avait pas quitté la chambre de Rachel depuis la matinée, ne le vit pas arriver.

Sa sœur reprenait lentement des forces. Elle put lui faire avaler un peu de soupe, avec la potion délivrée par le Dr Slade. Puis Rachel se rendormit, en tenant sa main dans la sienne, comme une enfant.

— Dors bien, ma chérie, murmura Lara qui retira délicatement sa main.

Elle quitta la chambre sur la pointe des pieds, en se demandant quand et comment elle avertirait ses parents de ce qui était arrivé. Leur dire la vérité serait délicat. Sans doute chercheraient-ils à nier l'évidence, pour éviter de se culpabiliser d'avoir choisi Terry pour leur fille...

Par ailleurs, Lara aurait besoin du soutien de Cameron pour tenir Lonsdale à l'écart. Lui seul pourrait l'empêcher de la ramener chez lui. Mais le voudrait-il ? La jeune femme craignait que sa longue amitié avec Terry ne finisse par prévaloir. Elle n'arrivait pas à imaginer Cameron interdisant à Lonsdale de voir son épouse. S'il prenait son parti, elle n'aurait aucun moyen de s'y opposer.

Toutes ces sombres pensées se bousculaient dans son esprit alors qu'elle atteignait le palier. Soudain, des voix masculines lui parvinrent depuis le hall. Elle descendit discrètement quelques marches, et aperçut Cameron en train de converser avec Lonsdale.

La seule vue de son beau-frère réveilla la colère de Lara. Il semblait détendu et de bonne humeur, comme si de rien n'était ! Elle se jura de le tuer si jamais il osait porter à nouveau la main sur Rachel.

Quoiqu'elle fût restée silencieuse, Cameron devina sa présence. Il pivota brusquement dans sa direction.

— Ne bouge pas d'ici ! lui ordonna-t-il avec un regard impérieux.

Elle obéit, le cœur battant. Cameron avait déjà reporté son attention sur Lonsdale.

— Bancroft, murmura celui-ci, qui paraissait dérouté. Pourquoi me retiens-tu dans ce hall ? Allons boire un verre dans ton bureau, et parlons comme de vieux amis.

— L'occasion est mal choisie pour boire un verre, rétorqua sèchement Cameron.

— Eh bien, euh... (Lonsdale semblait soudain inquiet.) Je suis venu voir comment va ma femme...

— Plutôt mal.

— Je ne comprends pas ce qui s'est passé. Rachel a eu un petit accident, mais au lieu de la laisser se reposer chez elle, tu l'as amenée jusqu'ici. Pour répondre à un caprice de Lara, j'imagine. Lara est comme toutes les femmes, il faut qu'elle se mêle de tout. Mais toi... (Il secoua la tête, pour souligner sa déception.) Cela ne te ressemble pas de t'occuper des affaires d'autrui. Surtout quand autrui est ton meilleur ami.

— Ce n'est plus le cas.

Stupéfait, Lonsdale écarquilla les yeux.

— Que dis-tu ? Tu es un frère, pour moi. Ce n'est pas une dispute à propos d'une femme qui pourra briser notre amitié, quand même ! Laisse-moi reprendre Rachel, et tout redeviendra comme avant.

— Elle n'est pas transportable.

Lonsdale eut un rire méprisant.

— On la transportera si telle est ma volonté. Rachel est ma femme, je te le rappelle. (Il s'étonna de voir Cameron rester implacable.) Pourquoi me regardes-tu comme ça ? Que se passe-t-il, à la fin ?

Cameron ne cilla pas.

— Va-t'en, Terry.

L'autre parut soudain s'alarmer.

— Dis-moi comment se porte Rachel !

— Elle était enceinte, annonça-t-il froidement. Elle a perdu le bébé.

Lonsdale avait pâli.

— Je veux la voir ! Je veux la voir tout de suite !

Cameron secoua la tête.

— Elle est en de bonnes mains.

— Elle a perdu son bébé parce que tu l'as emmenée ici alors qu'elle était malade !

Depuis un moment, Lara se mordait la lèvre pour ne pas intervenir. Mais là, ce fut plus fort qu'elle :

— Rachel a fait une fausse couche parce que vous l'avez poussée dans l'escalier ! Elle me l'a avoué, et le Dr Slade l'a confirmé.

— C'est faux !

— Lara, tais-toi ! gronda Cameron.

— Et vous n'avez même pas eu la pitié d'appeler un médecin, continua-t-elle, ignorant l'ordre de son mari.

— Elle n'en avait pas besoin ! explosa Lonsdale en se ruant dans sa direction, le visage congestionné de rage. Tu cherches à liguer tout le monde contre moi, hein ? Mais je vais te clore le bec, espèce de sale...

La jeune femme recula instinctivement, sans se rappeler qu'elle était dans un escalier. Elle heurta une marche, bascula à la renverse et tomba un peu durement sur les fesses.

De son poste d'observation, elle vit Cameron saisir Terry par le bras.

— Dehors ! lui dit-il, en poussant son ancien ami vers la porte.

Lonsdale échappa à son emprise et le défia avec ses poings. Lara crut que son mari allait répondre pareillement. Les deux hommes avaient appris la boxe ensemble et la pratiquaient souvent, avec d'autres amis. Mais Cameron, avec une fluidité stupéfiante, décocha, du plat de la main, un coup qui envoya bouler son adversaire à terre. Tout s'était passé si vite, Lara n'en croyait pas ses yeux. Lonsdale ne s'était pas relevé, que Cameron se ruait à nouveau sur lui. Elle comprit, à son regard, qu'il était prêt à le tuer. Un instinct sauvage semblait s'être emparé de lui.

— Cameron ! hurla-t-elle. Attends !

Cet appel le dégrisa subitement de sa folie meurtrière. Il se tourna vers la jeune femme, visiblement choqué.

— Ça suffit, ajouta-t-elle, alors que les domestiques jaillissaient de toutes les directions à la fois, se demandant ce qui se passait. Je suis sûre que lord Lonsdale acceptera de s'en aller, à présent.

Elle s'adressa à un valet :

— George, aidez lord Lonsdale à retourner à sa voiture.

Le valet obtempéra sur-le-champ, tandis que

Mme Gorst, répondant au signe de Lara, se chargeait de disperser les autres domestiques.

Cameron n'avait pas bougé. Il laissa Terry, soutenu par George, sortir sans le moindre commentaire. Lara dévala le reste des marches pour lui prendre affectueusement le bras.

— Merci d'avoir défendu ma sœur. Merci, du fond du cœur.

Il croisa son regard. Ses prunelles brillaient d'un étrange éclat.

— Monte me remercier au lit, chuchota-t-il.

Elle ne put cacher son étonnement.

— Tout de suite ? murmura-t-elle, se sentant rougir jusqu'aux oreilles.

Cameron ne répondit rien.

Elle songea, un instant, à refuser. Après tout, elle pouvait très bien justifier que son inquiétude pour Rachel l'avait épuisée. Mais c'était la première fois que Cameron lui demandait cela de cette manière. D'ordinaire, quand ils faisaient l'amour, il se montrait toujours séducteur, voire un rien coquin. Mais jamais, comme maintenant, désespéré...

Finalement, Lara repartit vers l'escalier. Il la suivit aussitôt, accordant son pas au sien. À mesure qu'elle montait les marches, la jeune femme sentait son cœur s'emballer dans sa poitrine. Elle s'arrêta sur le palier, ne sachant s'il préférait sa chambre ou la sienne.

— Où ?

— Peu importe.

Elle choisit la chambre de son mari. Cameron referma la porte derrière eux et se débarrassa de sa veste et de sa chemise. Sans hâte, mais avec une résolution implacable.

Lara commença à se défaire de sa robe, mais ses mains tremblaient. Elle n'avait enlevé que deux boutons quand il la prit dans ses bras, fermement, comme s'il craignait qu'elle ne s'échappe. Et il s'empara de ses lèvres avec une avidité qui la stupéfia. C'était à la fois violent et terriblement sensuel. Elle se laissa emporter par le plaisir et se mit à lui caresser le torse, s'émerveillant une nouvelle fois de sentir ses muscles si fermes, sous ses paumes.

Au bout d'un moment, Cameron relâcha ses lèvres pour la porter jusqu'au lit. Lara eut à peine le temps de s'allonger, qu'il lui relevait déjà les jupes, d'un mouvement si brusque qu'il faillit déchirer sa robe.

— Que fais-tu ? demanda-t-elle en tentant de se redresser.

— Laisse-moi faire.

Il la retourna sur le ventre et la cloua sur le matelas.

— Je ne te ferai aucun mal, ajouta-t-il tandis qu'il dégrafait son pantalon d'une main.

Comprenant qu'il voulait la prendre ainsi, parderrière, Lara ferma les yeux et attendit, à la fois excitée et un peu angoissée. Cameron s'allongea sur elle de tout son poids et la pénétra d'une seule poussée, qui arracha un cri à la jeune femme.

Puis il déchira furieusement le haut de sa robe, qui vola sur le tapis. Sa camisole suivit le même chemin, et elle sentit alors les lèvres de son mari dévorer son dos nu.

— Oh, oui... murmura-t-elle en cambrant les fesses, pour mieux l'accueillir.

Cameron s'enfonça au plus profond d'elle, s'agrippant à ses hanches. Lara frissonnait de le sentir en elle, mais elle aurait voulu le voir et le toucher.

— Laisse-moi me retourner, Cameron...

— Non.

Écrasée sous lui, elle sentait le plaisir monter d'un cran à chaque coup de boutoir. Elle étouffa ses cris de jouissance dans l'oreiller alors que son mari, d'une dernière poussée, déversait sa semence dans un rugissement sauvage...

Lara s'endormit dans ses bras, comblée, heureuse.

Quand elle se réveilla, un peu plus tard, Cameron la dévorait du regard.

— Je ne ferai jamais plus l'amour à aucune autre femme, décréta-t-il d'une voix solennelle. Garde-moi, Lara. Je ne veux pas te quitter.

La jeune femme le serra fort contre elle, un peu déroutée par ses paroles. Pourquoi parlait-il de la quitter ? Craignait-il quelque accident, quelque événement qui les séparerait de nouveau ?

Comme le destin était étrange... Il n'y avait pas si longtemps, elle croyait son mari mort et n'avait pas pleuré son absence. Mais si Cameron devait disparaître encore, cette fois, Lara n'était pas sûre de pouvoir le supporter. Elle n'imaginait plus la vie sans lui.

— Alors, il te suffit de rester avec moi, répondit-elle. Ne pensons plus au passé.

— Tu as raison. Oublions-le.

Il lui refit l'amour. Très lentement, cette fois, comme s'ils avaient l'éternité devant eux...

— Tu m'aimes ?

— Oui, oui...

Lara n'aurait pas su dire qui avait posé la question. Mais la réponse était valable pour tous les deux.

17

Les jours suivants, Lonsdale ne s'aventura pas au manoir. Finalement, il envoya une courte lettre, pour demander des nouvelles de sa femme. Lara hésita à lui répondre, jugeant qu'il n'avait plus aucun droit sur Rachel, après le mal qu'il lui avait fait. Mais la décision ne lui appartenait pas. Elle préféra soumettre la lettre à sa sœur, un après-midi où celle-ci était descendue s'installer sur le sofa du grand salon.

Dans sa robe de chambre immaculée, Rachel semblait aussi fragile qu'une figurine de porcelaine. Elle regardait par la fenêtre, les yeux vides, un roman ouvert sur les genoux.

— Si celui-là ne te plaît pas, tu peux en choisir un autre dans la bibliothèque, lui suggéra Lara.

— Non, merci, répondit-elle avec un sourire las. Rien n'arrive à retenir mon attention. Au bout d'une minute de lecture, j'ai l'impression que les mots m'échappent...

— As-tu faim ?

Rachel secoua la tête.

— Johnny m'a apporté une pêche du jardin, tout à l'heure. Il a dit que c'était une pêche magique qui me ferait aller mieux, et il a insisté pour que je la mange devant lui.

Lara s'amusa de l'imagination du garçon.

— Il est vraiment adorable.

— Parfois, je croirais presque que c'est vraiment ton fils, tu sais. Quand je vois l'intérêt qu'il porte à tous les petits animaux du jardin, j'ai l'impression de te revoir chez nos parents.

— Je me demande s'il étudiera la médecine, plus tard... L'autre jour, il a fouillé dans le sac du Dr Slade en posant un tas de questions.

— Ce serait bien d'avoir un médecin dans la famille, approuva Rachel, avant de renverser la tête en arrière avec un soupir de lassitude.

Lara s'approcha d'elle et prit ses mains dans les siennes.

— Rachel... Terry a écrit pour avoir de tes nouvelles. Dois-je lui répondre ?

Rachel avait brusquement pâli. Elle secoua la tête.

— Je n'en sais rien...

Les deux sœurs demeurèrent un moment silencieuses. Lara tenait toujours ses mains dans les siennes. Finalement, elle osa lui dire ce qu'elle méditait depuis plusieurs jours.

— Rachel... tu n'es pas obligée de retourner vivre avec lui. Tu peux rester avec nous. Ou prendre une maison pour toi toute seule, dans les environs...

Sa sœur eut un sourire amer.

— Sans mari, sans enfants, ni rien de ce qui fait la vie d'une femme ? Cela ne m'intéresse pas. Dès que j'irai mieux, je retournerai vivre avec Terry. En espérant qu'il aura changé.

— Tu pourrais très bien occuper ta vie autrement...

— Je ne suis pas comme toi, je n'ai pas ton sens de l'indépendance. J'aurais été incapable de démarrer une nouvelle vie, comme tu as pu le faire après la disparition de Cameron. J'aurais cherché tout de suite à me remarier. Je sais que Terry a ses défauts, mais j'ai appris à m'en accommoder.

— Il a failli te tuer ! protesta Lara. S'il te plaît, n'essaie pas de le défendre. Son refus d'appeler un docteur est un crime. Je ferai tout ce qui est en mon pouvoir pour t'empêcher de retourner avec ce monstre.

— Il n'est pas toujours gentil, et je ne peux pas le défendre sur tout, admit Rachel. Cela dit, si j'avais su que j'étais enceinte, je lui aurais évidemment annoncé la nouvelle. Il se serait montré beaucoup plus tendre, et l'accident ne serait pas arrivé.

Lara était si furieuse qu'elle relâcha la main de sa sœur et se redressa d'un bond.

— Tu persistes à appeler cela un « accident » ! Lonsdale se repentira pendant quelques semaines. Mais tôt ou tard, son naturel reprendra le dessus. Il ne changera jamais, Rachel !

Celle-ci regarda sa sœur avec un air de défi.

— Ton mari a bien changé, lui.

Lara soupira.

— C'est vrai. Cameron sait se montrer beaucoup plus gentil. Mais j'ai toujours un peu peur que cette métamorphose ne soit que temporaire.

Rachel croisa longuement le regard de sa sœur, comme si elle soupesait sa réponse.

— Cette métamorphose durera, dit-elle enfin. Cameron est devenu un autre homme. Le jour où il est venu me chercher, je l'ai à peine reconnu. J'étais tellement emmurée dans ma douleur, que je l'ai pris pour un étranger. Ou un ange. En tout cas, pas pour lord Bancroft...

Troublée, Lara médita un instant ces paroles. « Un autre homme... » Ces trois mots résonnaient étrangement à ses oreilles.

— Rachel, j'ai l'intuition que tu cherches à me dire quelque chose...

Elle inspira profondément, avant d'oser demander :

— Es-tu en train de me dire que mon mari n'est pas le vrai lord Bancroft ?

Rachel croisa son regard.

— J'ai *choisi* de croire qu'il s'agissait bien de Bancroft, parce que tu avais, toi, *choisi* de le croire.

— Ce n'est pas une question de choix, riposta Lara, agacée. Tous les indices concordent pour...

— Les faits peuvent se travestir. La vraie question est de savoir pourquoi tu l'as accepté. (Elle sourit.) Je ne connais personne au monde qui soit moins égoïste que toi, ma chérie. Tu ne penses qu'au bien d'autrui et tu agis souvent sans réfléchir, guidée par ton seul instinct. Parfois au détriment de tes intérêts.

— Qu'essaies-tu de me faire comprendre ?

— J'essaie de te faire comprendre que...

Rachel s'interrompit, et contempla sa sœur avec une affection sincère.

— Pardonne-moi, reprit-elle. Je t'inquiète, alors qu'il n'y a pas de quoi. Je veux bien croire que, par quelque miracle, ton mari te soit revenu, car je ne désire que ton bonheur... En échange, fais-moi le plaisir de me laisser rentrer auprès de Terry dès que je m'en sentirai capable. Qui sait si un miracle ne m'attend pas, moi aussi ?

Allongée, nue, sur le ventre, Lara s'étira en travers du lit, pendant que son mari se versait un peu d'huile parfumée sur les mains. Une délicate odeur de lavande emplit l'air, et la jeune femme gémit de plaisir lorsque Cameron commença de la masser.

Il semblait connaître son corps avec précision, sachant d'instinct comment la détendre et dénouer les tensions qui raidissaient ses muscles.

— C'est délicieux... murmura-t-elle. Oh, oui, comme ça...

Cameron décrivait, avec ses pouces, des cercles concentriques de chaque côté de sa colonne vertébrale, en remontant vers les épaules.

— Maintenant, dis-moi ce qui ne va pas, ma chérie.

Lara était si détendue qu'elle n'éprouvait plus aucune réserve à confier les soucis qui l'avaient empêchée de savourer son dîner. Malgré les questions de son mari, elle était restée muette et n'avait pour ainsi dire pas touché à son assiette.

— J'ai parlé de Lonsdale à Rachel, aujourd'hui. Elle veut retourner vivre avec lui, dès qu'elle le pourra. Évidemment, j'ai protesté et nous nous sommes un peu querellées. Si seulement je parvenais à trouver les arguments pour la convaincre de rester ici...

Cameron lui massait à présent la nuque.

— Lara, comme d'habitude, tu voudrais que les choses se passent comme tu l'as décidé. Mais ça ne peut pas toujours marcher. Pour l'instant, laisse

Rachel se reposer. De toute façon, son état l'oblige à rester encore plusieurs semaines chez nous.

Lara s'inclina devant la sagesse de ce conseil.

— Je suis trop impatiente, admit-elle. Je n'aurais pas dû lui parler si vite de son mari. Il faudrait que j'apprenne à me contenir.

Cameron lui sourit.

— J'aime ton impatience, ma chérie, dit-il en l'incitant à se retourner sur le dos. Et j'aime ton incapacité à te contenir...

Elle remonta ses genoux et croisa les bras sur sa poitrine.

— Rachel prétend que je m'occupe des autres pour ne pas avoir à me soucier de ma propre existence. Elle n'a sans doute pas tort. C'est toujours plus facile de voir ce qui ne va pas chez son voisin.

Cameron se pencha pour lui embrasser la joue.

— Il n'y a pas de mal à souhaiter le bonheur des autres. (Il lui écarta les bras.) Pourquoi te couvres-tu ? Ne me dis pas que tu es encore pudique, après tout ce que nous avons fait ?

Lara rougit.

— C'est plus fort que moi. Je ne me sens pas à l'aise sans mes vêtements.

— Nous allons remédier à cela. Je connais une cure qui t'enlèvera ce qui te reste de pudeur.

— C'est-à-dire ?

Cameron lui chuchota quelques mots à l'oreille. La jeune femme l'écouta, bouche bée, partagée entre l'amusement et l'incrédulité.

— Tu as déjà fait ça ? demanda-t-elle.

— J'en ai seulement entendu parler.

— Je suis sûre que c'est impossible.

Cameron sourit de toutes ses dents.

— Ça ne coûte rien d'essayer.

Avant que Lara ait pu répondre, il s'était emparé de ses lèvres.

Dans une petite bourgade comme Market Hill, la moindre rumeur se répandait à la vitesse de l'éclair. Il ne fallut pas plus de vingt-quatre heures à Lara pour apprendre que la grossesse de Mme Tyler se passait mal. Le Dr Slade lui avait ordonné de garder le lit jusqu'au terme, si elle ne voulait pas risquer de perdre son bébé.

Cette nouvelle émut la jeune femme. Rester alitée pendant quatre ou cinq mois était un vrai calvaire. Elle souhaitait donc faire quelque chose pour cette pauvre Mme Tyler, ne serait-ce que converser un peu avec elle, pour la divertir de ses soucis.

Mais ce n'était pas si simple. Lara n'avait pas oublié la réaction de son mari à la présence inattendue des Tyler lors du dîner qu'elle avait donné. Cameron s'était montré froid et inhospitalier. Et surtout, il y avait eu cette scène étrange, au début, quand les deux hommes avaient prétendu ne pas se connaître alors que tout, dans leur attitude, démontrait le contraire. Depuis ce dîner, Lara s'était abstenue de fréquenter les Tyler, de crainte de provoquer un nouvel accrochage entre Cameron et le capitaine.

D'un autre côté, réconforter Mme Tyler était un devoir. Lara décida de lui rendre une petite visite discrète. Si Cameron l'apprenait, elle se débrouillerait ensuite avec lui.

Un jour que son mari était parti à Londres, pour ses affaires, elle se rendit donc au manoir des Morland, avec un panier rempli de gâteaux faits maison et de fruits du verger. Quelques romans, puisés dans la bibliothèque, aideraient Mme Tyler à tromper son ennui.

Le trajet, à travers la campagne, durait presque une heure. Quoique la voiture de Lara fût très confortable, elle ne se sentit pas à son aise. Plusieurs fois, elle s'agita sur la banquette et, à mesure que les minutes défilaient, elle éprouvait une impérieuse nécessité d'aller aux toilettes. En arrivant chez les Tyler, elle serait obligée de se ruer dans la salle de bains, ce qui n'était pas très poli. D'autant qu'elle n'avait même pas annoncé sa visite !

Cet inconfort physique lui fit soudain prendre conscience d'un « détail » qu'elle n'avait pas encore relevé, tellement elle s'était consacrée à sa sœur, ces derniers temps. Elle n'avait pas eu ses règles à leur date habituelle. Pourtant, ça ne lui ressemblait pas d'avoir des cycles irréguliers...

Cette découverte la stupéfia. Elle avait deux bonnes semaines de retard ! N'importe quelle autre femme aurait immédiatement conclu qu'elle était enceinte. « Mais pas moi, songea Lara avec amertume. Pas moi, hélas... »

Elle puisa dans le petit sac qui contenait les romans, pour se changer les idées. En vain. Un fol espoir la taraudait. Et si elle était réellement enceinte ? Elle n'osait y croire, mais après tout... Elle ferma les yeux et noua les mains sur son ventre. Elle avait envie de porter l'enfant de Cameron, de sentir une part de son mari en elle. Si jamais son vœu se réalisait, elle accueillerait comme un miracle ce que la plupart des femmes trouvaient naturel.

Rien que d'y penser, elle en pleurait presque...

La voiture arriva enfin à destination. Caché au milieu d'un parc planté de grands arbres, le manoir de style Tudor élançait sa façade de brique et de pierre au bout d'une allée tirée au cordeau.

Lara confia le panier de friandises et les livres à un valet, tandis que le capitaine Tyler se précipitait déjà pour l'accueillir.

— Lady Bancroft ! s'exclama-t-il, d'un air qui paraissait plus étonné qu'enthousiaste. C'est un honneur inattendu...

— Pardonnez-moi cette visite impromptue, répliqua Lara en lui tendant sa main gantée. Je suis venue apporter quelques présents à Mme Tyler.

La surprise du capitaine se mua en gratitude.

— C'est très gentil à vous, milady. Entrez donc boire un rafraîchissement. Ma femme se repose, mais je vais la faire prévenir de votre arrivée. Elle sera ravie de vous recevoir.

— Ne la dérangez pas pour moi, si elle dort. Je ne compte pas rester longtemps.

Il la conduisit dans un petit salon et lui désigna un sofa tendu de chintz à fleurs. Lara s'assit en ôtant ses gants et sourit au capitaine, qui s'installa face à elle, sur une chaise en acajou. Sa première impression n'avait pas changé : il lui faisait l'effet d'être un homme charmant. Mais son regard la mettait mal à l'aise, comme s'il connaissait un secret qui la concernait.

— Lady Bancroft, j'espère que je ne vous offenserai pas si je vous demande des nouvelles de votre sœur ?

— Elle va beaucoup mieux, merci. Et soyez rassuré, votre question n'a rien d'offensant.

Le capitaine baissa les yeux.

— Les circonstances de sa maladie sont assez...

— Honteuses, on peut le dire, termina Lara à sa place. Je me doute que tout Market Hill est au courant du scandale. Mais la responsabilité en incombe uniquement à lord Lonsdale.

Tyler joignit ses mains devant lui.

— Malheureusement, ce n'est pas la première fois qu'un mari se conduit d'une manière détestable avec sa femme, et je crains que ce ne soit pas la dernière. J'espère seulement que lady Lonsdale sera plus heureuse, dorénavant.

— Je l'espère aussi.

Ils échangèrent ensuite quelques banalités, avant d'en venir à la santé de Mme Tyler.

— Le Dr Slade nous a assuré qu'en suivant ses directives à la lettre, l'accouchement se passerait sans dommages pour la mère et l'enfant. Aussi, je ne m'inquiète pas.

Son regard s'éclaira quand il ajouta :

— Je tiens énormément à ma femme, voyez-vous. Elle s'est toujours révélée une compagne formidable dans toutes les épreuves que nous avons traversées, en Inde notamment.

Touchée par la dévotion qu'il portait à son épouse, Lara s'enhardit à lui poser la question qui l'avait si souvent préoccupée, ces dernières semaines.

— Capitaine Tyler, en vous entendant parler de l'Inde, cela me rappelle quelque chose qui m'a intriguée...

— Oui ? l'encouragea Tyler, les sourcils haussés.

Elle tenta de s'y prendre avec tact.

— Lorsque vous avez rencontré mon mari, à ce

dîner chez nous, il y a quelque temps, j'ai... j'ai eu l'impression qu'en fait, vous vous connaissiez déjà.

— Non, milady.

— Ah... (Lara ne put cacher sa déception.) Voyez-vous, mon mari ne me parle pas beaucoup de ce qu'il a vécu en Inde. Aussi j'espérais que vous pourriez m'apporter quelques éclaircissements sur cette période de sa vie.

— Je n'ai jamais rencontré lord Bancroft en Inde, répondit Tyler en croisant son regard.

Il y eut un tel silence, ensuite, que Lara devina que le capitaine ne s'en tiendrait pas là.

— En fait, reprit-il, votre mari m'a rappelé... quelqu'un que j'ai connu là-bas.

— Vraiment ?

Tyler dévisagea pensivement son invitée. Lady Bancroft n'était pas seulement belle comme une peinture de Rembrandt. C'était une femme généreuse, qui se passionnait pour le bien d'autrui. Elle ne méritait pas d'être trompée. Hélas, le monde était ainsi fait que les prédateurs fondaient toujours sur les proies les plus vulnérables.

D'un côté, le capitaine devait toute sa loyauté à l'homme connu aujourd'hui sous le nom de lord Bancroft. Cet homme lui avait sauvé la vie, et il se mépriserait de devoir le trahir. Mais d'un autre côté, cette femme innocente méritait la vérité...

Si lady Bancroft n'était pas venue aujourd'hui, Tyler aurait sans doute attendu longtemps avant de lui dire quoi que ce soit. Mais elle était là, dans son salon, comme si le destin l'avait poussée à lui rendre visite...

— L'homme auquel je pense était un mercenaire, commença-t-il. Quand je l'ai connu, il travaillait comme contremaître pour la Compagnie des Indes orientales. Il y faisait preuve d'une grande intelligence, mais ne manifestait pas d'ambition particulière. Quoique de naissance anglaise, il avait été élevé au milieu des Indiens par un couple de missionnaires.

Le récit du capitaine fut interrompu par l'entrée d'un valet, portant un plateau chargé de rafraîchissements.

Lara accepta un verre de limonade. Elle but la première gorgée en se demandant pourquoi Tyler lui donnait ces détails sur un homme qui ne la concernait pas.

— J'ai tout de suite songé à l'incorporer dans une unité spéciale que je mettais sur pied pour restaurer l'ordre dans les territoires annexés par la Couronne. Comme vous pouvez l'imaginer, certains Indiens refusaient avec la plus extrême violence la protection britannique.

— Je l'imagine très bien, répondit la jeune femme avec une certaine ironie.

— Leur rébellion pouvait prendre diverses formes. Attaques, vols, assassinats... auxquels nous devions mettre fin. Et malheureusement, la corruption régnait aussi parmi nos officiers. C'est pourquoi il me fallait organiser cette unité spéciale, dotée de pouvoirs étendus, pour se livrer à certaines missions très ciblées. J'ai embauché six hommes, en tout. Celui dont je vous parle s'est révélé particulièrement précieux.

— À cause de son intelligence et de sa connaissance des Indiens, intervint Lara.

— Exactement. Mais il a aussi montré, dans l'action, une faculté étonnante à s'acclimater aux situations les plus diverses. Un véritable caméléon ! Il pouvait se couler dans tous les déguisements, entrer dans la peau de n'importe qui, à volonté. Je l'ai vu se conduire avec les Indiens comme s'il était l'un d'entre eux, puis apparaître au bal de l'ambassade sous les traits d'un citoyen anglais au-dessus de tout soupçon. Il n'avait en outre aucune peur de la mort, ce qui le rendait d'autant plus efficace. Je me suis servi de lui comme d'un espion, et même, parfois... comme d'une arme.

— A-t-il tué des gens sur votre ordre ?

Le capitaine hocha la tête.

— Quand cela était nécessaire, oui. Il avait l'art de ne pas laisser de traces et de tuer sans effusion de sang. (Voyant que Lara blêmissait, Tyler comprit qu'il était allé trop loin.) Excusez-moi, milady. Mais je tenais à vous faire comprendre le caractère de cet homme.

— Caractère ! répéta-t-elle avec un petit rire nerveux. Un sacré caractère, il me semble.

— On peut le dire, en effet.

— Qu'est-il devenu ? demanda la jeune femme, qui souhaitait en finir au plus vite avec cette histoire. Vit-il toujours en Inde ?

Le capitaine secoua la tête.

— Un jour, il a disparu. J'ai longtemps cru qu'il avait fini par être tué. En tout cas, je ne l'ai jamais revu. Jusqu'à...

— Oui ?

Il resta silencieux si longtemps que Lara pensa qu'il ne terminerait pas sa phrase.

— Jusqu'à ce que je rentre en Angleterre, dit-il finalement. Le soir de ce fameux dîner chez vous, je l'ai retrouvé à vos côtés. (Il soupira lourdement.)

Milady, la vérité est désagréable à entendre, mais cet homme... a pris la place de votre mari.

Si Lara n'avait pas été assise, sans doute aurait-elle chancelé sur ses jambes. Le décor du salon tournoya devant ses yeux, et c'est à peine si elle entendit les paroles réconfortantes de Tyler :

— J'aurais dû vous en parler plus tôt... je n'étais pas sûr de...

Elle fit un effort pour respirer, mais un poids terrible comprimait sa poitrine.

— Vous vous trompez, murmura-t-elle d'une voix blanche.

Tyler semblait sincèrement inquiet.

— Buvez quelque chose pour vous remettre de vos émotions, milady...

— Non, je dois m'en aller, dit-elle, soulagée d'avoir retrouvé assez d'énergie pour s'exprimer clairement. Ma... ma sœur a besoin de moi. Merci. Quant à mon mari, vous faites erreur. Il n'est pas du tout l'homme que vous décrivez. Au revoir.

Elle se leva, les jambes tremblantes, mais réussit à marcher jusqu'à sa voiture. Son valet de pied, devinant qu'il se passait quelque chose, lui demanda si elle se sentait bien.

— Reconduisez-moi à la maison, répondit-elle, blême et le regard vide.

18

Effondrée sur la banquette de la voiture, comme une vulgaire poupée de chiffon, Lara se répétait les incroyables paroles du capitaine.

Il a pris la place de votre mari...

Cette nouvelle dépassait l'entendement. Elle avait donné son cœur et son âme à un homme qui n'avait fait que l'abuser.

« Un caméléon », avait dit Tyler. Un homme sans états d'âme et sans remords. Il l'avait séduite pour mieux la manipuler. Il avait endossé l'identité de Cameron, il s'était emparé de sa fortune, et même de son épouse. Quel mépris devait-il ressentir pour les gens qu'il trompait !

Lara ne pouvait s'empêcher de penser que n'importe quelle autre femme, à sa place, aurait tout de suite deviné qu'il n'était pas son mari. Elle avait accepté ses mensonges parce qu'elle avait terriblement envie de croire à ce conte de fées. À présent, elle avait honte. Les paroles de Janet lui reprochant de s'être précipitée dans les bras d'un inconnu la mortifiaient. Janet avait eu raison.

Sa colère, son humiliation et son chagrin étaient sans limites. Pourtant, Lara ne pleurait pas. Elle restait prostrée sur la banquette, comme une enfant terrassée par un malheur trop grand.

Elle savait qu'elle devait réagir. Échafauder un plan. Mais pour l'instant, elle se sentait incapable de raisonner sereinement. Elle aurait voulu que sa voiture roule sans fin et l'emporte jusqu'au bout de la terre. Il lui fallait de l'aide. Mais le seul vers qui elle aurait voulu se tourner était précisément celui qui l'avait trahie...

— Cameron, murmura-t-elle d'une voix anéantie, avant de réaliser que le véritable Cameron était mort, et qu'elle ne connaissait même pas le nom de cet homme.

Elle partit soudain d'un rire hystérique. Puis aussitôt, elle tenta de se reprendre, sachant que si elle commençait à rire, elle ne s'arrêterait jamais et finirait ses jours dans un asile de fous. Ce qui ne serait pas si terrible, après tout. Dans un asile, elle pourrait pleurer et crier tout son soûl. Ou frapper les murs jusqu'à l'épuisement...

Finalement, à force de volonté, elle réussit à retrouver son calme, quelques minutes avant que l'attelage ne s'immobilise devant la porte du manoir.

Le valet l'escorta dans le hall avec une telle déférence qu'elle comprit que son trouble se lisait sur son visage. Mme Gorst accourut comme si elle aussi se doutait de quelque chose.

— Qu'y a-t-il, milady ? Vous semblez...

— Je me sens juste un peu fatiguée, coupa la jeune femme. Je monte me reposer dans ma chambre. Veillez à ce qu'on ne me dérange sous aucun prétexte.

Apercevant son reflet dans la grande glace du

hall, Lara comprit l'inquiétude des domestiques. Ses yeux brillaient et elle avait l'air fiévreuse...

Elle voulut rejoindre immédiatement sa chambre, mais une impulsion la fit s'arrêter devant la porte de Rachel. Elle frappa doucement et jeta un coup d'œil à l'intérieur. Sa sœur était assise devant la fenêtre.

— Lara ! s'exclama-t-elle avec un grand sourire. Entre, et raconte-moi ta visite chez les Tyler.

S'apercevant soudain de la mine de la jeune femme, elle balbutia :

— Que se passe-t-il, ma chérie ?

Lara secoua la tête en signe d'impuissance. Elle ne voyait pas comment confier ce qu'elle venait d'apprendre. Sa gorge était si serrée, qu'elle déglutit plusieurs fois avant de pouvoir articuler un mot.

— Rachel... je voulais que tu viennes ici pour que je puisse prendre soin de toi, mais je crois que... que c'est toi qui vas devoir t'occuper de moi.

Rachel lui fit signe d'approcher. C'était un peu le monde à l'envers, la petite sœur s'offrant pour réconforter la grande. Mais Lara accepta son invitation sans la moindre hésitation. Elle s'agenouilla sur le tapis et posa la tête sur ses genoux.

— C'est tellement... tellement incroyable... commença-t-elle, avant de débiter toute l'histoire.

Elle confessa tout, n'oubliant aucun détail, aucune humiliation, tandis que sa sœur lui caressait tendrement les cheveux. Quand elle eut terminé, la jeune femme réussit enfin à pleurer. Des torrents de larmes.

Rachel resta imperturbable.

— Tout va bien, ne cessait-elle de répéter gentiment. Tout va bien...

— Non ! hoqueta Lara entre deux sanglots. Plus rien ne va. Je crois que je suis enceinte... De *lui*, tu comprends ?

La main de Rachel trembla un peu.

— Oh, ma chérie... murmura-t-elle.

Il y eut un long silence pesant, puis Rachel reprit :

— Le capitaine Tyler a pu se tromper. Personne ne peut prouver qu'il ne s'agit pas de lord Bancroft.

Lara haussa les épaules.

— Cameron est mort. Inutile de prétendre le contraire. Cet homme n'est pas mon mari. Je pense que je m'en doutais depuis le début, mais je refusais de voir la réalité en face. Je l'ai laissé faire, parce que j'avais envie de lui. Comment ai-je pu tomber aussi bas ?

— Tu n'as rien à te reprocher, répondit Rachel sans hésitation. Tu étais seule et tu n'avais jamais connu l'amour...

— Ce n'est pas une excuse ! Ô mon Dieu, j'ai tellement honte ! Et le pire, c'est que je l'aime encore. Je ne voudrais pas qu'il parte.

— Alors, garde-le. C'est aussi simple que cela.

Cette réponse stupéfia Lara.

— C'est impossible. Il m'a menti de bout en bout. Je ne suis rien, à ses yeux. Sinon un instrument.

— Son comportement laisse pourtant entendre qu'il tient beaucoup à toi.

— Parce que ça l'arrangeait de me le faire croire. (Elle soupira lourdement.) Quand je pense quelle proie facile j'ai été pour lui ! Une jeune veuve solitaire, en manque d'affection...

Elle enfouit son visage dans les jupes de Rachel et se remit à sangloter.

— Ma vie est finie. Cet homme m'a fait croire à

l'amour et, quand il partira, il emportera mon cœur avec lui. Je ne pourrai jamais plus aimer personne.

Lara pleura encore pendant de longues minutes, jusqu'à ce que la fatigue l'emporte finalement. Ses yeux se fermèrent et elle s'assoupit un moment. Lorsqu'elle se réveilla, ses jambes et son dos étaient tout engourdis. Elle crut émerger d'un cauchemar et se prit soudain à espérer. Mais le visage de sa sœur, au-dessus d'elle, lui rappela que le cauchemar était vrai.

— Que comptes-tu faire ? demanda Rachel.

Lara se frotta les yeux.

— Je vais écrire à Arthur et Janet. Le titre leur revient de droit. Quant à Cameron... (Elle faillit éclater de nouveau en sanglots, rien que d'avoir prononcé son nom.) Il doit rentrer de Londres demain. Je lui dirai de s'enfuir au plus vite. Si on l'arrêtait, il risquerait la pendaison pour avoir usurpé le titre et la fortune de mon mari.

— Et le bébé ?

— Personne ne doit rien savoir, décréta Lara. Et surtout pas Cameron. Il n'a plus aucun droit sur lui, à présent. Le bébé n'appartient qu'à moi seule.

— Tu souhaites le garder ?

— Oui. (Lara se caressa le ventre, la gorge nouée.) Ai-je tort de désirer cet enfant, en dépit de tout ?

Rachel secoua la tête.

— Non, ma chérie.

Après une nuit de sommeil agité, Lara se leva le lendemain matin plus abattue que jamais. Elle songea un moment à s'habiller en noir, pour reprendre son deuil, mais choisit finalement une robe de soie bleue, très simple. Malgré le soleil qui brillait dans le ciel, cette journée s'annonçait particulièrement éprouvante. Dès l'aube, un valet était parti remettre, sur son ordre, le petit mot qu'elle avait écrit la veille au soir pour Arthur et Janet. Le plus dur, à présent, serait d'annoncer la vérité aux domestiques, à ses amis de Market Hill... et à Johnny. Comment faire comprendre à un si petit enfant ce qui s'était passé, alors qu'elle-même avait du mal à se l'expliquer ?

Quand tout serait terminé, c'est-à-dire quand Cameron serait sorti de sa vie et quand Janet et Arthur auraient repris possession du manoir, Lara comptait quitter définitivement Market Hill. Et l'Angleterre, du même coup. Elle recommencerait sa vie ailleurs. En Italie, ou en France, pourquoi pas. Avec un peu de chance, elle réussirait à convaincre Rachel de la suivre...

Elle récapitula le temps qu'elle avait vécu avec « Cameron » – à défaut de savoir son vrai nom, elle ne voyait pas comment l'appeler autrement. Trois mois. Les trois mois les plus heureux de sa vie. Le jeu en aurait largement valu la chandelle, si le prix à payer maintenant – la solitude, la honte et le chagrin – n'avait été si lourd.

Puisqu'il fallait agir, et vite, la jeune femme réfléchit au discours qu'elle tiendrait au retour de Cameron. Elle voulait rester calme, se limiter à quelques paroles dignes, éviter les arguments sordides et ne pas en rajouter dans l'accusation. Mais elle ne trouvait rien à dire. Voyant qu'il ne lui venait que des questions à l'esprit, elle décida de faire un tour dans le parc. Elle marcha quelques minutes, puis s'assit sur un banc face à une fontaine de pierre. Une légère brise agitait les branches des arbres. Elle ferma les yeux et respira à pleins poumons l'air qui embaumait l'herbe fraîchement coupée, pour se libérer de l'oppression qui étreignait sa poitrine.

Quand elle rouvrit les yeux, deux silhouettes semblant tout droit sorties d'un mauvais rêve venaient à sa rencontre. Arthur et Janet Crossland. « Déjà... », songea Lara avec amertume. Elle aurait pourtant dû se douter qu'ils seraient impatients de récupérer le titre et la fortune...

Ce fut Janet qui parla la première.

— Il vous aura fallu du temps pour recouvrer la raison, dit-elle sournoisement. À présent, votre petite aventure est terminée. Nous allons pouvoir rentrer dans nos droits.

— Oui, acquiesça Lara d'une voix éteinte. L'aventure est terminée.

Arthur s'inclina pour lui baiser la main.

— Ma chère nièce, sachez que je compatis à vos souffrances. Vous avez été trahie, trompée, humiliée...

— J'en suis parfaitement consciente, le coupa la jeune femme. C'est inutile de me le rappeler.

Surpris par cette brutale rebuffade, Arthur s'éclaircit la gorge.

— Je vous pardonne votre rudesse, Lara. Que je mets sur le compte du désarroi.

Janet croisa les bras avec un sourire glacial.

— On dirait une pauvre petite fille qu'on vient de priver de sucreries.

Arthur fusilla sa femme du regard.

— J'ai fait diligence, reprit-il en s'adressant de nouveau à Lara. *Il* va être arrêté à Londres et placé sous bonne garde dans l'hôtel particulier des Bancroft, jusqu'à son procès devant la Chambre des lords. Même s'il sera vite établi qu'il n'a rien d'un lord !

Lara essaya d'imaginer l'homme qu'elle avait cru son mari privé de sa liberté. Il enragerait, à coup sûr. Mais son procès serait une épreuve plus terrible encore. Il était si fier !

— Est-il vraiment nécessaire de l'obliger à comparaître devant les lords ?

— Compte tenu des circonstances, oui. À moins que le lord chancelier n'en décide autrement, ce qui m'étonnerait. Une audience est prévue dans son bureau, la semaine prochaine. Nous verrons bien. Quoi qu'il en soit, le prétendu Bancroft ne tardera pas à se balancer au bout d'une corde. Et je me réjouis déjà du spectacle !

Voyant que la jeune femme blêmissait, il adopta immédiatement une attitude plus conciliante :

— Ma chère, je vous assure que cela vaudra mieux pour tout le monde. Au moins, la morale sera sauve.

Lara se mordit la lèvre pour ne pas répondre. Son devoir l'obligeait à rendre le manoir aux Crossland. Et donc, recommencer à vivre misérablement. Johnny ne pourrait jamais profiter du bel avenir qu'elle avait rêvé pour lui. Tout cela était-il vraiment moral ?

Janet semblait se réjouir de la détresse de sa nièce.

— Souriez, ma chère ! Vous vous êtes quand même bien amusée, non ? Votre prétendu mari était plutôt bel homme. Vous n'avez pas dû vous ennuyer au lit.

Arthur prit son épouse à l'écart, et Lara l'entendit la menacer :

— Tais-toi donc, idiote ! Si tu la provoques de trop, nous perdrons le titre. Nous avons besoin de son témoignage, ne l'oublie pas...

Il revint vers la jeune femme, tout sourires.

— Ne vous inquiétez pas, Lara. Cette affaire sera bientôt réglée et nous pourrons de nouveau vivre en paix. En attendant, si vous rencontrez quelque problème que ce soit, je me ferai un plaisir de vous aider.

— Oh, merci !

Il la dévisagea, sans relever son ton sarcastique.

— J'attends votre coopération, Lara. Il en va des intérêts de toute la famille. D'autre part, je tiens à ce que vous vous montriez polie avec lord Lonsdale qui doit venir cet après-midi. Oubliez la querelle qui vous a opposés tous les deux.

Lara se releva d'un bond, blanche de colère.

— À quel titre avez-vous invité lord Lonsdale ?

— Calmez-vous, répliqua Arthur, l'œil noir. Lord Lonsdale détient des informations concernant notre affaire, et je souhaite m'en entretenir avec lui. Il veut également reprendre sa femme et je peux difficilement l'en blâmer. Après la façon dont vous avez enlevé votre sœur du domicile conjugal...

— J'ai interdit à lord Lonsdale de remettre les pieds dans cette maison, décréta-t-elle d'un ton sans appel. Est-ce clair ?

— Vous lui avez *interdit* ? répéta Arthur, incrédule, tandis que sa femme riait aux éclats. Rappelez-vous, ma chère nièce, que vous n'êtes plus la maîtresse des lieux. Vous n'avez aucun droit de contester mes décisions, et encore moins d'interdire quoi que ce soit.

— Désolée, Arthur, mais si vous persistez sur ce

sujet, vous n'aurez pas mon témoignage contre Cameron. Je jurerai, sur la Bible s'il le faut, qu'il est bien mon mari. À moins que vous ne me promettiez que lord Lonsdale ne touchera pas ma sœur.

— Pour combien de temps ? demanda Arthur, qui la regardait comme si elle avait perdu la raison.

— Pour toujours.

Il explosa d'un rire tonitruant.

— Séparer un mari de son épouse légitime ! J'ai peur que vous ne demandiez beaucoup trop, ma chère.

— C'est un mari violent et brutal. Rachel a failli mourir sous ses coups. Vous n'avez qu'à interroger le Dr Slade.

— Je suis sûr que vous exagérez...

— Je n'ai jamais beaucoup aimé Lonsdale, intervint Janet. Mais s'il a battu Rachel, c'est qu'elle l'a mérité.

Lara secoua la tête, médusée.

— Je n'aurais jamais imaginé entendre une telle remarque dans la bouche d'une femme, commença-t-elle, avant de se tourner de nouveau vers Arthur. Votre promesse, en échange de mon témoignage.

— Vous me demandez une chose non seulement immorale, mais illégale, protesta-t-il.

— Je ne pense pas que cela puisse vous troubler vraiment, répliqua la jeune femme. De toute façon, c'est à prendre ou à laisser. Et j'espère que vous serez assez gentleman pour tenir votre parole même après le procès.

— Vous m'insultez ! s'emporta Arthur, rouge de colère.

Son épouse sut trouver le bon argument pour le calmer :

— Rappelle-toi, chéri : nous avons besoin de son témoignage.

Arthur se reprit aussitôt.

— Très bien, lâcha-t-il. Appréciez cette petite victoire, ma nièce. Car ce sera votre dernière, ajouta-t-il avant de s'éloigner, sa femme à son bras.

Lara se rassit et plongea son visage dans ses mains. Des larmes coulaient entre ses doigts, qu'elle ne songeait même pas à essuyer.

— Oh, Cameron, soupira-t-elle misérablement. Pourquoi n'étais-tu pas... réel ?

Ensuite, les événements s'enchaînèrent à une vitesse terrifiante. Cameron avait refusé toute assistance, mais M. Young, l'intendant, passa outre et demanda à un avocat, maître Wilcox, d'assurer sa défense.

De leur côté, lord et lady Arthur avaient également engagé un avocat pour soutenir l'accusation. Le lord chancelier dépêcha deux greffiers à Market Hill, afin de recueillir les dépositions de toutes les personnes ayant fréquenté lord et lady Bancroft. Les greffiers restèrent deux jours entiers, à questionner tout le monde. Lara fut reconnaissante à lord Arthur de la préserver de cette agitation. Il répondait à tous ceux qui se présentaient que lady Bancroft était trop bouleversée pour recevoir des visites.

La jeune femme fit cependant une exception pour M. Young, quand il revint de Londres. Elle savait qu'il avait rencontré Cameron, et malgré tous ses efforts pour paraître indifférente, elle mourait d'envie d'avoir de ses nouvelles.

Elle reçut l'intendant dans son boudoir et prit

bien soin de fermer la porte, connaissant l'habitude de Janet d'épier tout le monde. Ici, au moins, ils avaient une chance de pouvoir parler en toute discrétion.

— Comment va-t-il ? interrogea Lara sans autre préambule, en faisant signe à Young de s'asseoir.

Il avait les traits tirés et accusait sa nuit passée sur les routes.

— La santé va bien, mais pour ce qui est du moral, je ne saurais vous dire. Il parle peu et ne manifeste ni colère ni inquiétude. En fait, il semble totalement indifférent au procès qui l'attend.

— A-t-il besoin de quelque chose ?

— Si vous n'y voyez pas d'inconvénient, je souhaiterais pouvoir lui apporter des habits propres et quelques effets personnels quand je retournerai le voir.

Lara hocha la tête.

— Assurez-vous qu'il ne manque de rien.

— Milady, ajouta-t-il, embarrassé, je vous jure que le Dr Slade et moi-même ne nous serions jamais permis d'amener lord Bancroft ici, si nous n'avions été convaincus de son identité.

— Nous voulions tous croire au miracle, murmura Lara. Il le savait, et il s'en est servi.

— Milady, vous savez la confiance que je porte en votre jugement... Cependant, je ne peux m'empêcher de penser que vous agissez sous l'influence de votre oncle. Il n'est pas trop tard pour revenir en arrière. Réalisez-vous ce qui attend votre mari, si vous ne rétractez pas votre accusation ?

La jeune femme le regarda avec un sourire triste.

— Est-ce lui qui vous a demandé de me parler ainsi ?

Young secoua énergiquement la tête.

— Lord Bancroft a refusé de prononcer la moindre parole pour sa défense. Il ne veut ni confirmer ni infirmer son identité. Il dit seulement que tout dépend de vous.

— En l'occurrence, je dois obéir à ma conscience. Quelles qu'en soient les conséquences.

Le régisseur ne chercha pas à cacher sa déception.

— Je comprends, lady Bancroft. Toutefois, j'espère que vous ne serez pas fâchée si le Dr Slade et moi-même témoignons en faveur de lord Bancroft ?

— Au contraire, répliqua Lara, très émue.

Young avait retrouvé le sourire.

— Je vous prie de m'excuser, à présent. Mon travail m'attend.

La jeune femme lui serra la main.

— Faites au mieux. Pour le manoir... comme pour mon mari.

— Ne vous inquiétez pas. (Il soupira tristement.) Lord Bancroft et vous formiez un très beau couple, milady. Je n'aurais jamais imaginé que les choses finiraient ainsi.

Elle se mordit la lèvre.

— Moi non plus...

— Je ne me considère pas comme quelqu'un de très romantique, ajouta Young, mais j'aimerais beaucoup que vous et lord...

— Non, le coupa gentiment Lara, en le reconduisant vers la porte. N'espérez rien de ce genre.

La chambre de Johnny croulait sous les jouets et les peluches. Lara avait voulu faire de cette pièce un paradis pour l'enfant. Hélas, bientôt il devrait la quitter. Elle s'assit au bord du petit lit, le cœur empli de tristesse.

La réaction de Johnny aux événements l'angoissait. Lara s'était imaginé qu'il pleurerait. Au lieu de cela, il s'était muré dans le silence, ne souriait plus et songeait encore moins à s'amuser. Elle n'avait pas voulu lui donner tous les détails, jugeant qu'il était trop jeune pour bien comprendre la situation. Elle s'était contentée de lui annoncer que lord Bancroft serait bientôt jugé pour s'être mal conduit.

— Maman, lui demanda brusquement l'enfant, lord Bancroft est-il un méchant homme ?

La jeune femme lui caressa les cheveux.

— Non, mon chéri. Je ne pense pas qu'il soit réellement mauvais. Mais il doit être puni pour ses actes.

— Lord Arthur a dit qu'il sera pendu comme mon papa.

— Il a dit ça ? s'exclama-t-elle, furieuse contre son oncle. Personne ne peut connaître le jugement avant qu'il ait été prononcé.

Johnny la regarda gravement.

— Maman, moi aussi, j'irai en prison plus tard ?

— Jamais, répliqua Lara avec conviction, en se penchant pour déposer un baiser sur son front. Je ne laisserai personne te faire du mal.

— Mais si je deviens méchant, en grandissant...

— Tu resteras toujours aussi adorable que maintenant, assura la jeune femme, la gorge nouée par l'émotion. Ne pense pas à des choses pareilles. Nous ne nous séparerons jamais et tout ira bien, tu verras.

Le garçon s'agita sous ses draps.

— Je voudrais que lord Bancroft revienne.

Lara ferma les yeux, pour se retenir de pleurer.

— Oui, je sais.

Elle soupira tristement, puis se releva en couvrant l'enfant jusqu'au menton.

Lara arriva à Londres la veille de l'audience prévue chez le lord chancelier. Elle avait décidé de loger dans l'hôtel particulier des Bancroft, celui-là même où Cameron était retenu sous bonne garde. C'était une vaste maison de ville, sobre mais élégante, à la façade toute blanche, percée de grandes fenêtres. Quatre majestueuses colonnes entouraient le perron. L'intérieur avait été décoré avec soin. Les boiseries de chêne et les tapisseries précieuses composaient une atmosphère particulièrement raffinée.

La jeune femme sentait sa nervosité croître à mesure qu'elle approchait de la maison. L'idée de passer la nuit sous le même toit que Cameron la troublait au-delà de ce qu'elle avait imaginé. Elle brûlait de lui poser les questions qui la tourmentaient jour et nuit depuis la révélation de sa supercherie. Cependant, elle n'était pas certaine d'être capable de l'affronter. Elle craignait de fondre en larmes, ou, pire, de s'évanouir, et elle n'aurait pas supporté pareille humiliation.

Fort heureusement, Arthur et Janet avaient souhaité loger dans leur propre hôtel particulier, dont ils préféraient la décoration excentrique à la sobriété de celui des Bancroft. Mais une surprise attendait Lara à son arrivée. Alors qu'elle demandait aux domestiques de monter ses bagages dans sa chambre, le majordome l'informa poliment que celle-ci était déjà occupée.

— Par qui ? s'étonna-t-elle.

— Par la comtesse douairière, milady.

La mère de Cameron était ici ! Lara en resta bouche bée.

— Quand... ? Comment... ? balbutia-t-elle.

— Je suis arrivée tout à l'heure, répliqua la comtesse depuis le palier. Une de vos lettres envoyées dans toute l'Europe a fini par me trouver et je suis rentrée à Londres immédiatement. Je comptais partir pour le manoir dès demain, mais en découvrant la situation, j'ai compris qu'il était préférable de rester ici.

Comme toujours, Sophie, comtesse douairière de Bancroft, affichait un port de princesse. Ni l'âge ni les cheveux blancs n'avaient entamé sa silhouette, restée mince et énergique. C'était une femme d'abord austère, qui dévoilait rarement ses émotions, mais Lara la savait sincère et intelligente et l'appréciait beaucoup.

— Mère ! s'exclama-t-elle en se précipitant pour la serrer dans ses bras.

Sophie accueillit cette effusion avec le sourire.

— Eh bien, ma chère, j'ai comme l'impression que vous auriez mieux fait d'accepter mon invitation à voyager avec moi. Vous avez vécu des moments difficiles, n'est-ce pas ?

— C'est vrai, acquiesça la jeune femme, les larmes aux yeux.

— Là, allons... la réconforta Sophie. Nous allons démêler toute cette histoire ensemble. Un peu de vin nous aidera à parler plus librement, qu'en dites-vous ?

Sophie donna ses instructions à une servante, avant d'entraîner Lara vers le salon Lavande, un exquis petit écrin que la comtesse avait décoré elle-même, entièrement dans des tons bleus et mauves.

Lara se demanda dans quelle pièce Cameron était emprisonné et s'il était informé de sa présence.

— L'avez-vous vu ? murmura-t-elle.

La comtesse douairière prit le temps de s'installer dans un fauteuil tendu de velours lavande, avant de répondre :

— Oui, je l'ai vu. Et nous avons parlé.

— Il ressemble beaucoup à Cameron, n'est-ce pas ?

— Évidemment. Le contraire m'aurait étonnée.

Médusée, Lara se laissa tomber dans le fauteuil face à celui de sa belle-mère.

— J'ai peur de ne pas très bien vous comprendre...

La comtesse la dévisagea un long moment en silence. Lara ne se souvenait pas de l'avoir vue aussi troublée.

— Je vois, soupira-t-elle finalement. Personne ne vous a donc rien dit.

— Dit quoi ? explosa Lara. Bonté divine, je commence à être fatiguée de tous ces secrets ! Que savez-vous de l'homme qui s'est fait passer pour mon mari ?

— Oh, c'est très simple, répondit la comtesse. Lui et Cameron étaient demi-frères.

19

Malgré la stupéfaction de Lara, Sophie attendit pour s'expliquer davantage, tandis qu'un valet leur apportait une bouteille de vin rouge et deux verres de cristal. La jeune femme contint son impatience en voyant le valet déboucher la bouteille avec une lenteur terrifiante. Puis il les servit, et s'éclipsa enfin.

— Racontez-moi tout, maintenant ! implora-t-elle en saisissant son verre.

— Mon époux, Harry, avait un faible pour les jolies femmes, expliqua Sophie. Je tolérais ses incartades parce qu'il savait rester discret et me revenait toujours. Aucun homme n'est parfait, Lara. Il faut toujours leur pardonner quelques petits défauts... J'aimais Harry, en dépit de ses infidélités. Mais un jour, une de ses maîtresses tomba enceinte de lui.

Lara but une gorgée de vin, dont l'acidité chatouilla sa langue.

— Qui était cette femme ? demanda-t-elle.

— L'épouse d'un ambassadeur. Sachant qu'elle avait été courtisée par tous les gentlemen de Londres, je suppose qu'Harry était très fier de sa conquête. Leur liaison dura près d'un an. Quand elle découvrit qu'elle était enceinte, elle annonça à

Harry qu'elle ne garderait pas le bébé et qu'il devrait s'en occuper.

— Mais votre mari ne voulait pas non plus de l'enfant ?

— Si, justement. Il comptait même le faire élever à la maison, ou à proximité, pour pouvoir lui rendre facilement visite. C'est moi qui ai refusé. Vous comprenez, Harry et moi n'avions pas eu beaucoup de chance avec notre descendance. Nos trois premiers enfants étaient morts en bas âge. L'arrivée de Cameron fut une bénédiction. J'avais peur qu'en laissant Harry s'occuper de ce bâtard, il n'accorde pas à Cameron toute l'attention que celui-ci méritait. J'étais très soucieuse des intérêts de mon fils. J'ai donc insisté pour que l'enfant soit donné à un couple de missionnaires partant pour l'étranger. Comme cela, nous étions assurés de ne jamais le revoir.

— L'Inde... murmura Lara.

Les révélations de sa belle-mère l'aidaient enfin à ranger les pièces du puzzle dans l'ordre.

— Oui, l'Inde. J'avais parfaitement conscience que l'enfant connaîtrait là-bas une existence difficile, mais j'ai insisté et Harry a fini par céder. (Sophie lissa les plis de sa jupe d'un geste impatient.) J'ai essayé, pendant trente ans, d'oublier cette mauvaise action. Sans succès. J'y repensais chaque jour...

Lara reposa son verre.

— Comment s'appelait l'enfant ?

Sophie haussa les épaules.

— J'avais défendu à son père de lui trouver un nom. Ses parents adoptifs s'en seront chargés à sa place. Lequel ont-ils choisi ? Je l'ignore.

— Votre fils savait qu'il avait un demi-frère ?

— Non. Je ne voyais aucune raison de lui apprendre la vérité. Je ne voulais pas que le bâtard de mon mari interfère dans notre vie de famille. (Sophie esquissa un sourire ironique.) On peut dire que j'ai raté mon coup !

Lara n'était pas d'humeur à goûter la plaisanterie. Elle se sentait victime d'une succession d'événements qui la dépassaient. Les infidélités de Harry, la femme de l'ambassadeur qui refuse d'élever son enfant, Sophie qui répudie le bâtard, l'irresponsabilité égoïste du vrai Cameron... et pour finir, cet étranger qui avait surgi dans sa vie et l'avait séduite par ses mensonges.

Lara n'était responsable de rien. Pourtant, dans l'histoire, elle était la plus durement punie. Et ce n'était qu'un début. Il lui faudrait affronter l'opprobre de mettre au monde un enfant illégitime. En le gardant, elle serait bannie de la bonne société pour le restant de ses jours. Aussi, quoiqu'elle mourût d'envie d'annoncer sa grossesse à sa belle-mère, la jeune femme préféra s'abstenir. La meilleure façon, pour l'instant, de protéger les intérêts de son enfant était de ne rien dire.

— Qu'allons-nous faire, maintenant ?

Sophie l'interrogea du regard.

— C'est à vous de décider, Lara.

Celle-ci secoua la tête.

— Je ne me sens pas en état de raisonner sereinement.

— Eh bien, commencez par aller retrouver votre amant dans la pièce où il est retenu prisonnier, et parlez-lui. Ensuite, je suis certaine que vous saurez quoi faire.

Votre amant... L'expression parut inappropriée à

Lara. Elle considérait toujours Cameron comme son mari. Même si leur liaison était illégale.

— Je ne suis pas sûre de pouvoir l'affronter.

— Allons, allons... la gronda gentiment Sophie. Si moi j'ai pu le faire, au bout de trente ans, il n'y a pas de raison que vous n'y arriviez pas.

Lara troqua ses vêtements de voyage pour une robe de simple mousseline imprimée de motifs floraux. Puis elle se brossa les cheveux et les noua en chignon. Dans la glace, elle se trouva pâle et tendue. Ce n'était pas de Cameron qu'elle avait peur. Mais d'elle-même. Elle voulait à tout prix garder sa dignité devant lui. Ne céder ni à la colère ni aux larmes.

Elle se dirigea vers la porte gardée par deux soldats et demanda poliment la permission de visiter le prisonnier. À son grand soulagement, les deux hommes se montrèrent parfaitement courtois. Le cœur battant la chamade et les joues en feu, Lara franchit la porte...

Il était là.

Il se tenait au centre de la pièce. C'était un salon richement meublé, mais les fenêtres barricadées – pour l'empêcher de s'évader – lui donnaient un air de prison dorée. Cameron semblait parfaitement à l'aise dans ce décor. Tyler n'avait pas menti : un vrai caméléon.

— Comment vas-tu ? lui demanda-t-il.

Lara sentit sa colère revenir. Comment osait-il poser cette question, après ce qu'il lui avait fait ? Pourtant, la jeune femme ne trouva pas le courage de lui répondre vertement : elle mourait d'envie de se jeter dans ses bras...

— Pas très bien, admit-elle.

La complicité qui s'était établie entre eux n'avait pas disparu. Lara ne pouvait se cacher qu'elle était heureuse de le revoir.

— Comment as-tu découvert la vérité ?

— J'ai eu une longue conversation avec le capitaine Tyler.

Il hocha lentement la tête, sans manifester de surprise ni de colère. Lara réalisa alors qu'il n'avait jamais réellement pensé que sa petite comédie durerait. Il savait que tôt ou tard quelqu'un finirait par le démasquer. Mais alors, pourquoi s'était-il quand même lancé dans l'aventure ? Pourquoi avoir risqué si gros ?

— Aide-moi à comprendre pourquoi tu m'as fait cela ?

Il la dévisagea un long moment en silence, comme s'il cherchait à résoudre lui-même cette énigme. Puis il détourna la tête, mais Lara remarqua qu'il avait baissé les yeux.

— Les gens qui m'ont élevé ne m'ont jamais caché mes origines, commença-t-il. J'ai grandi en songeant à ce père qui n'avait pas voulu de moi, et à ce demi-frère qui ignorait jusqu'à mon existence. Quand j'ai appris que Bancroft se trouvait à Calcutta, j'ai voulu le connaître. Les premiers temps, je me suis contenté de l'observer à distance. Et puis, un soir où il était absent de chez lui, je me suis glissé dans sa maison.

— Tu as fouillé dans ses affaires, dit Lara.

C'était plus une affirmation qu'une question. Elle alla s'asseoir dans un fauteuil, de crainte que ses jambes ne se dérobent sous elle à l'écoute de ce qui allait suivre.

Cameron resta debout, au même endroit.

— Oui.

— Et tu as trouvé le camée me représentant.

— Oui. Ainsi que les lettres que tu lui avais envoyées.

— Mes lettres ? répéta Lara.

Elle essaya de se rappeler ce qu'elle avait pu écrire à son mari. Des détails sur la vie domestique, sans doute. Et sur ses activités charitables. En tout cas, certainement rien d'intime.

— Je ne comprends pas que Cameron les ait gardées. Elles étaient très ordinaires.

— Elles étaient charmantes. Je les ai trouvées dans le cahier où il tenait son journal.

— Cameron n'a jamais tenu de journal.

— Si. Et de la façon dont le cahier était numéroté, j'ai deviné qu'il y en avait d'autres ici. J'ai pu mettre la main dessus peu après mon arrivée. Je les ai détruits dès que j'ai trouvé les informations que je cherchais.

Lara était stupéfiée par cette révélation.

— Qu'écrivait-il, dans ces cahiers ?

— Il consignait toutes sortes de petits faits. Des secrets, des intrigues politiques, des scandales...

— Parlait-il de moi ? interrogea la jeune femme. Est-ce qu'il...

Elle se tut en devinant, au visage de son interlocuteur, que Cameron n'avait sans doute pas dit du bien d'elle.

— J'ai vite compris que votre mariage était un échec.

— Je l'avais déçu.

— Cameron aimait lady Carlysle. Il t'avait épousée parce que tu étais assez jeune pour lui donner un héritier.

Mais elle avait failli à sa tâche.

— Pauvre Cameron... murmura Lara.

— Pauvre crétin, oui ! Il était trop bête pour réaliser à côté de quoi il passait ! En lisant tes lettres, j'ai compris quelle femme tu étais. Il avait tout pour lui, et il n'en profitait pas. Il avait gâché le genre de vie que j'avais toujours voulu avoir. Et que je pensais mériter. (Il ferma les yeux.) J'ai emporté le camée. Je le gardais précieusement sur moi, et chaque fois que je le contemplais, j'essayais d'imaginer ce que tu faisais au même moment. Si tu prenais un bain, si tu te brossais les cheveux, si tu visitais tes amis du village... si tu parlais, si tu riais, ou si tu lisais seule, dans un fauteuil. J'étais obsédée par toi...

— As-tu rencontré mon mari ?

Il resta silencieux plusieurs secondes.

— Non.

— Je ne te crois pas. Dis-moi ce qui s'est réellement passé.

Il regarda Lara, et la détermination qu'il lut sur son beau visage eut raison de ses dernières préventions. Il ne voulait plus rien lui cacher, à présent.

— C'était au mois de mars, à l'occasion d'une fête hindoue. Des feux de Bengale brûlaient dans toute la ville. L'effervescence était générale, mais la rumeur prétendait que Bancroft donnerait la plus belle soirée...

Il continua son récit, à la manière d'un automate, oubliant presque que la jeune femme se trouvait près de lui...

Profitant de la cohue générale, il avait réussi à s'introduire dans la demeure de Bancroft. C'était une vaste maison de style colonial, construite sur les rives du Hooghly. Le luxe de la décoration intérieure était à couper le souffle. Les pièces de réception croulaient sous une débauche de miroirs vénitiens, de tableaux de maîtres et de lustres en argent.

Les invités parlaient fort et riaient beaucoup. L'ambiance était à la débauche et il avait dû repousser, poliment, plusieurs jolies femmes qui s'étaient jetées sans façon dans ses bras. Des serviteurs indiens passaient avec des plateaux chargés de boissons et de nourriture qui étaient aussitôt dévalisés. Il avait demandé à l'un d'eux où se trouvait Bancroft. Le serviteur avait haussé les épaules, d'un air d'impuissance.

Poursuivant ses déambulations, il s'était finalement retrouvé devant la bibliothèque. La porte, entrouverte, laissait voir des étagères remplies de livres richement reliés. Des bruits provenaient de la pièce. Un mélange de râles et de gémissements qui ne laissaient planer aucun doute sur ce qui se passait derrière cette porte. Il s'était embusqué dans un coin sombre et avait attendu. Quelques minutes plus tard, le silence s'était fait. Puis une femme, brune, assez jolie, était sortie de la bibliothèque, le sourire aux lèvres. Elle était partie rejoindre les autres invités sans s'apercevoir que quelqu'un l'épiait.

Il était alors entré dans la pièce. Un homme, grand et large d'épaules, terminait de reboutonner son pantalon, lui tournant le dos. À un moment, l'homme se pencha de côté et il put voir son profil :

des traits bien dessinés, des cheveux noirs, un menton volontaire, un nez long... C'était Bancroft.

Sentant soudain qu'il n'était pas seul, celui-ci se retourna d'un coup.

— Bon sang ! s'exclama-t-il. Qui êtes-vous pour vous permettre de vous introduire ici ?

— Je suis désolé, s'excusa-t-il, abasourdi : Bancroft lui ressemblait à s'y méprendre.

Bancroft réalisa lui aussi cette similitude.

— Sapristi... murmura-t-il en s'approchant.

Pendant un long moment, deux paires d'yeux du même noir de jais s'observèrent avec une égale fascination.

Ils n'étaient pas identiques, cependant. Bancroft était plus petit, plus enveloppé, aussi. Mais quiconque les aurait vus ensemble pour la première fois en aurait déduit qu'ils étaient parents.

— Qui êtes-vous ? demanda Bancroft.

— Votre demi-frère, répondit-il tranquillement.

— Mon Dieu... Un jour, mon père m'a parlé de vous. Mais il ignorait ce que vous étiez devenu.

— J'ai été élevé par des missionnaires qui...

— Je me moque des détails vous concernant, coupa Bancroft avec impatience. Je suppose que vous êtes venu chercher de l'argent ?

Il retourna vers son bureau, ouvrit un tiroir et prit une bourse contenant quelques pièces qu'il jeta devant lui :

— Prenez ça et fichez-moi le camp. Vous n'aurez pas un penny de plus.

— Je ne veux pas d'argent, répliqua-t-il, furieux et humilié.

— Alors, quoi ?

Il ne put rien répondre, tellement il se sentait soudain misérable.

Bancroft parut lire dans ses pensées.

— Qu'espériez-vous en venant ici ? Que je vous accueillerais à bras ouverts ? Votre présence n'est ni désirée ni nécessaire. Ma famille n'a pas besoin de vous. Mon père a commis autrefois une erreur, mais il s'en est débarrassé.

Les paroles insultantes de Bancroft le touchèrent à peine, tant il ressassait, dans sa tête, l'injustice du destin. Pourquoi cet imbécile était-il né comte ? Et pourquoi faisait-il un si mauvais usage de sa bonne fortune ? Il avait quitté un beau manoir, une épouse ravissante, une vie paisible, pour venir s'encanailler à l'autre bout du monde.

L'animosité de Bancroft à son égard ne l'étonnait pas. Il avait été élevé avec la certitude qu'il était le seul héritier légitime du titre et de la fortune des Crossland. La famille n'avait pas voulu s'embarrasser d'un bâtard.

— Je ne suis rien venu vous réclamer, dit-il enfin. Je voulais seulement vous connaître.

Ces mots n'attendrirent pas Bancroft.

— Maintenant que c'est fait, je vous conseille de déguerpir. Sinon, j'ordonne à mes serviteurs de vous jeter dehors.

Il n'avait pas insisté et avait quitté Bancroft sans remords...

— ... J'ai continué de servir le capitaine Tyler, jusqu'à ce que j'apprenne que le bateau de Bancroft avait coulé, continua-t-il du même ton absent. Il n'était plus là, et je savais que ce qu'il possédait – et que je désirais – m'attendait. J'ai décidé de tout faire pour t'avoir. Même si je ne devais pas en profiter longtemps.

Lara secoua la tête.

— Tu as donc pris sa place pour te prouver que tu valais mieux que lui.

— Non. Je... C'était un peu mon plan, au départ, avoua-t-il. Mais je suis très vite tombé amoureux de toi, et plus rien d'autre ne m'importait.

— Sans songer un seul instant aux conséquences de tes actes ! lui reprocha la jeune femme. Tu as usurpé l'identité d'un autre homme, tu m'as dupée et trompée sans vergogne, et maintenant, tu risques la pendaison. Le jeu en valait-il vraiment la chandelle ?

Il lui lança un regard qui trahissait tout son amour.

— Oui. J'étais prêt à tout pour toi. Même à tuer. Je ne regrette rien de ce que j'ai fait. Ma vie n'a valu d'être vécue que pour ces quelques mois que j'ai passés avec toi.

— Et ma vie, qu'en fais-tu ? Comment peux-tu prétendre tenir à moi alors que tu m'as manipulée, et que tu as fait de moi la plus belle idiote qu'on puisse imaginer ?

— Tu n'es pas idiote, Lara. Je savais que tu balaierais tes doutes sur mon identité, si tu décidais de croire en moi. Et c'est ce qui s'est passé.

— Sauf que rien n'était vrai, répliqua-t-elle, au bord des larmes. Toutes tes belles paroles, tous tes baisers n'étaient que des artifices.

— Non ! se récria-t-il.

Lara secoua la tête.

— Je ne connais même pas ton nom ! Ô mon Dieu ! Pourquoi m'avoir fait croire que tu étais Cameron ?

Il souffrait le martyre de la voir si malheureuse et de ne pouvoir la réconforter.

— Parce que c'était la seule façon de t'avoir. Si j'étais venu te trouver en te disant la vérité, m'aurais-tu seulement laissé entrer ?

Lara observa un long silence.

— Non, admit-elle enfin.

Il hocha la tête.

La jeune femme se raidit en le voyant approcher. Il avançait à pas comptés, comme s'il craignait qu'un geste trop brusque ne la fît s'enfuir. Il s'immobilisa à un mètre d'elle et s'agenouilla devant son fauteuil.

— Je ne me lasserai jamais de te contempler, dit-il doucement. Ton tendre visage, tes beaux yeux verts... Lara, il faut que tu comprennes quelque chose. Ces quelques mois que j'ai pu passer avec toi ont été les plus précieux de ma vie. Je ne regretterai jamais ce que j'ai fait. Même si tout s'arrête là et qu'on me pend demain... Aussi, peu m'importe ce que tu diras au lord chancelier.

Lara avait la gorge trop serrée pour parler. Il fallait qu'elle sorte de cette pièce avant que ses larmes ne commencent à couler...

Elle se releva abruptement et courut vers la porte. Elle l'entendit l'appeler pour la retenir, mais elle ne jeta pas même un regard en arrière.

Sophie l'attendait dans le hall. Elle remarqua tout de suite le visage ravagé de la jeune femme.

— Vous l'aimez, dit-elle simplement, en lui prenant le bras pour l'entraîner à l'étage.

— J'ai honte, répondit Lara d'une voix brisée. Vous devez me mépriser de réagir ainsi, alors que je n'ai pas su donner mon amour à mon époux légitime.

Mais Sophie était une femme pragmatique.

— Pourquoi vous mépriserais-je ? Autant que je sache, mon fils ne vous a pas non plus donné son amour. A-t-il seulement fait le moindre effort pour gagner votre cœur ?

— Non, mais...

— Cameron était trop épris de lady Carlysle. Il était fou d'elle et aurait dû l'épouser. C'est moi, je le regrette aujourd'hui, qui lui ai conseillé de vous épouser et de garder lady Carlysle comme maîtresse. Je pensais que votre charme et votre pureté l'influenceraient dans le bon sens.

— Ça ne s'est pas passé ainsi...

Quoique Lara n'ait pas voulu faire de l'humour, sa belle-mère éclata de rire.

— En effet ! (Elle soupira en poussant la porte de son boudoir.) Je savais que mon fils n'était pas un bon mari pour vous. Il n'avait aucun sens des responsabilités. Peut-être l'avons-nous trop gâté... Peut-être l'ai-je trop gâté. Mais c'était plus fort que moi. Je n'avais que lui au monde. J'ai bien peur d'avoir encouragé son égoïsme.

Lara était tentée d'abonder dans ce sens, mais elle préféra ne rien ajouter. Les deux femmes s'assirent côte à côte, sur un sofa.

— Alors, cette fois, avez-vous décidé ce que vous

ferez demain ? demanda brusquement la comtesse douairière.

— Je n'ai pas le choix. Mon devoir est de dire la vérité.

— Balivernes !

— Comment cela ?

— Je n'ai jamais compris pourquoi la sincérité était tenue pour la plus haute des vertus. Il y a, dans la vie, des choses beaucoup plus importantes.

Lara était médusée.

— Excusez-moi, mais je trouve votre discours bien étrange.

— Vraiment ? Vous avez toujours été trop conventionnelle, Lara. Songez donc aux personnes que cette situation n'arrangera que trop bien. Et songez aussi à vous.

— À vous entendre, on croirait que vous souhaitez que cet étranger prenne la place de votre fils !

Sa belle-mère eut un geste fataliste.

— Mon fils est mort. Dans ces conditions, j'estime qu'il est de mon devoir de privilégier la situation la moins pire. Arthur et Janet ont eu l'occasion de prouver qu'ils étaient incapables de gérer correctement le domaine. Si on les laisse faire, ils ruineront la famille. Tandis que ce jeune homme, certes illégitime, est tout de même le fils de mon mari. Et il semble avoir très bien rempli son rôle de comte. Si vous voulez mon avis, il mérite davantage le titre qu'Arthur. Et, ce qui ne gâte rien, il a su gagner votre... affection.

Elle soupira de nouveau avant de poursuivre :

— À cause de moi, il a connu une enfance pénible. Et pourtant, il est devenu un homme bon et juste... Bien sûr, ce qu'il a fait est répréhensible.

Mais je veux croire que son geste était dicté par le désespoir, plutôt que par l'envie de nuire.

— Si je comprends bien, vous vous rangez de son côté ? résuma Lara, incrédule.

— Seulement si vous en êtes d'accord. Parce que c'est vous, ensuite, qui vivrez dans le mensonge le restant de votre vie. Si vous souhaitez le garder comme mari, alors je veux bien le reconnaître comme mon fils. Mais ne perdez pas de vue qu'une fois votre décision prise, il ne sera plus possible de revenir en arrière.

— Seriez-vous réellement capable de trahir le véritable Cameron en laissant un autre homme prendre sa place ?

— Mes sentiments envers Cameron ne regardent que moi, et moi seule, répliqua la comtesse douairière, un peu sèchement. La question est de savoir ce que vous voulez, Lara. Préférez-vous sauver cet homme, ou l'envoyer à la mort ? Continuera-t-il de s'appeler lord Bancroft, ou le titre reviendra-t-il à Arthur ? Vous avez jusqu'à demain pour vous décider.

Lara était médusée par le raisonnement de sa belle-mère. Elle s'était imaginé que Sophie crierait au scandale en apprenant la supercherie, qu'elle défendrait de toutes ses forces la mémoire de son fils. Au lieu de cela, elle se disait prête à soutenir la mascarade ! C'était à ne plus rien y comprendre...

Égarée dans ses pensées, la jeune femme se rappela soudain les paroles de sa sœur : « Aucune vérité n'est immuable. Les faits peuvent se travestir... » En revanche, elle ne pouvait ignorer certaines évidences. L'homme retenu en bas, quel que soit son nom, avait su la rendre heureuse. De même qu'il s'était montré bon pour Johnny, pour Rachel, et pour tous les serviteurs du domaine. Quelles que fussent ses actions passées, Lara ne doutait pas un instant de sa générosité. Et elle l'aimait. De tout son cœur.

— Mais... comment puis-je aimer un homme que je ne connais pas réellement ? demanda-t-elle à haute voix, s'adressant plus à elle-même qu'à sa belle-mère. Et comment puis-je être sûre qu'il m'aime ? Le capitaine Tyler l'a comparé à un caméléon. Sera-t-il capable de vivre à mes côtés sans plus jamais se cacher derrière un masque ?

La comtesse douairière la gratifia d'un sourire à la fois tendre et ironique.

— Beau défi à relever, n'est-ce pas ?

20

Sachant que le capitaine Tyler avait été convoqué à Londres pour faire sa déposition, Lara lui adressa un billet, tôt le lendemain matin, pour lui demander de venir la voir de toute urgence. Il arriva aussitôt, sanglé dans son uniforme de l'armée des Indes.

— Merci d'être venu si vite, commença la jeune femme en l'accueillant dans le petit salon.

— C'est tout naturel, milady. J'espère seulement que je pourrai vous être utile.

— Je l'espère aussi...

Elle prit place dans un fauteuil en acajou tendu de velours bleu et invita le capitaine à l'imiter.

— Vous êtes à Londres pour déposer devant le lord chancelier, si je ne m'abuse ?

— C'est exact, milady. (Il s'agita sur son siège, mal à l'aise.) Pardonnez-moi encore d'avoir attendu si longtemps avant de vous révéler la vérité. J'ai conscience du chagrin que je vous ai causé lors de notre dernière rencontre.

— Vous n'avez rien à vous faire pardonner, le rassura la jeune femme. Je comprends les raisons de votre long silence au sujet de lord Bancroft, et, d'une certaine manière, je vous en remercie. En fait... (Elle prit une profonde inspiration, le regarda droit dans les yeux.) En fait, je souhaiterais que vous persistiez à garder le silence.

Tyler ne témoigna aucune émotion particulière.

— Je vois, dit-il calmement. Vous me demandez de mentir devant le lord chancelier et de ne rien dire sur l'homme qui prétend se faire passer pour lord Bancroft.

— Oui.

— Puis-je savoir pourquoi ?

— Après mûre réflexion, je suis arrivée à la conclusion qu'il était dans l'intérêt des Crossland, comme du mien, que cet homme continue de diriger notre famille.

— Milady, peut-être ne vous ai-je pas bien fait comprendre le caractère de cet homme...

— Croyez, capitaine, que je suis parfaitement consciente de ses qualités et de ses défauts.

Le capitaine soupira lourdement.

— J'aimerais pouvoir accéder à votre requête, car elle me permettrait de m'acquitter de ma dette envers lui. Mais il ne me semble pas raisonnable de le laisser garder une position si avantageuse, en lieu et place d'un autre homme.

— De quelle dette parlez-vous ? s'étonna Lara.

— Il m'a sauvé la vie. Je visitais des nouvelles colonies le long du Gange, quand mon escorte a été attaquée par des pillards. Nous étions mieux armés, mais nos assaillants nous dépassaient en nombre et l'issue du combat ne faisait aucun doute. La plupart de mes hommes étaient déjà tombés quand il a surgi de nulle part, tel un tigre sortant de la forêt. En cinq minutes, il a réussi à mettre en fuite nos agresseurs. Puis il est reparti aussi vite qu'il était venu. C'est la dernière fois que je l'ai vu... jusqu'à sa réincarnation en lord Bancroft.

— La cicatrice sur son cou... murmura Lara.

Tyler hocha la tête.

— Un des bandits l'a touché avec son sabre. Mais votre « mari » a su esquiver le coup. Il aurait pu être décapité, il n'a eu qu'une éraflure. (Il hocha pensivement la tête.) Ce n'est pas un homme ordinaire, vous savez, milady. Si j'accède à votre requête, je ne voudrais pas qu'il vous cause des désagréments par la suite.

Lara lui sourit.

— Je considère qu'il mérite ma confiance. Il saura mener une vie exemplaire, pourvu qu'on lui en donne la chance.

Tyler la regardait comme si elle était une sainte, ou une folle.

— J'ai peur que vous ne lui accordiez votre confiance un peu trop rapidement, milady. Mais j'espère, sincèrement, qu'il vous donnera raison.

— J'en suis convaincue, capitaine, répondit Lara. (Elle s'empara de la main de Tyler, pour la presser dans la sienne.) J'en suis intimement convaincue...

Lara n'attendit pas plus d'une heure dans l'antichambre du lord chancelier. Cependant, cette heure lui parut interminable. Assise sur le bord de sa chaise, elle tendait l'oreille au moindre bruit en essayant d'interpréter ce qui pouvait se passer.

Finalement, un huissier vint la chercher pour l'introduire dans le bureau de lord Sunbury, le lord chancelier. Elle sentit son cœur s'emballer lorsqu'elle croisa dans le couloir le capitaine Tyler, qui en sortait justement. Leurs regards se rencontrèrent, celui de Lara interrogateur, celui du capitaine, rassurant. « Tout va bien », semblaient dire ses yeux. La jeune femme se détendit aussitôt. Elle entra dans le bureau du lord chancelier presque confiante.

Lord Sunbury se leva de son fauteuil en bois sculpté, et attendit qu'elle ait pris place dans le siège qu'il lui désignait avant de se rasseoir. Avec son manteau rouge bordé d'hermine blanche, sa longue perruque poudrée et son air d'importance, le lord chancelier ne manquait pas d'en imposer. Lara remarqua qu'il portait trois anneaux d'or à la main droite.

Sunbury la dévisageait attentivement, mais le regard de la jeune femme était irrésistiblement attiré par Cameron. Il était assis tout au bout de la longue table présidée par le lord chancelier, le visage impavide, sanglé dans un strict costume noir qui rehaussait la beauté de ses traits. Il ne rendit pas son regard à Lara et semblait ne s'intéresser qu'à Sunbury, qu'il fixait à la manière d'un animal sauvage.

La pièce était pleine. Outre Cameron et le lord chancelier, Lara compta les deux avocats, un greffier qui consignait toutes les dépositions par écrit, Arthur, Janet, Sophie et même... lord Lonsdale ! Celui-ci portait un costume de satin brodé et un foulard orné d'une perle et arborait un sourire satisfait. Lara ne s'expliquait pas sa présence en ce lieu. Quelle information concernant Cameron pouvait-il détenir pour justifier d'être entendu par le lord chancelier ?

Lara, pourtant, réussit à contenir sa curiosité et

son impatience. Elle jeta un coup d'œil à Sophie, qui triturait son collier de perles.

— À présent, la vérité va enfin éclater au grand jour ! s'exclama Arthur d'un air de triomphe.

Il s'adressa à Lara comme s'il parlait à une enfant :

— Répondez aux questions du lord chancelier aussi honnêtement que possible, Lara.

Celle-ci préféra ignorer son ton paternaliste et se tourna vers Sunbury, qui commença :

— Lady Bancroft, nous espérons tous que vous pourrez apporter quelque éclaircissement à cette étrange affaire.

— Je vais m'y efforcer, milord.

Sunbury tapota les feuilles de papier posées devant lui.

— J'ai, ici, plusieurs dépositions qui affirment solennellement que cet homme est bien le comte de Bancroft. Du reste, la comtesse douairière de Bancroft l'a elle-même reconnu comme étant son fils. (Il regarda Sophie, qui hocha la tête.) Cependant, d'autres témoignages assurent le contraire. Notamment celui de cet homme ici présent, qui prétend ne pas être Bancroft, mais refuse d'en dire davantage. Dites-nous, milady, ce que vous savez exactement de lui.

Un silence pesant s'abattit dans la pièce.

— Cet homme est Cameron Crossland, comte de Bancroft, répondit finalement la jeune femme, d'une voix claire et distincte. Il est mon époux, l'a toujours été, et mon vœu le plus cher est qu'il le demeure.

— Quoi ? s'écria Arthur, tandis que Janet bondissait littéralement de sa chaise.

— Sale menteuse ! siffla-t-elle en se précipitant sur Lara.

Mais avant qu'elle ait pu l'atteindre, Cameron s'était levé pour l'intercepter. Janet se mit aussitôt à hurler comme une chatte enragée.

— Dehors ! ordonna Sunbury, le visage écarlate. Sortez cette créature de mon bureau !

Arthur voulut se porter au secours de son épouse.

— Elle ment, votre honneur ! (Il se tourna vers sa nièce, menaçant.) Lara, si vous persistez, vous...

— Silence ! tonna Sunbury en tapant du poing sur la table. Emmenez votre femme, monsieur. Et si vous êtes incapable de vous contrôler, ne revenez pas.

Arthur était cramoisi. Tandis qu'il entraînait sa femme dans le hall, Cameron s'approcha de Lara. Leurs regards se croisèrent et, soudain, tout le décor qui les entourait s'effaça, comme s'ils étaient seuls au monde.

— Pourquoi fais-tu cela ? murmura-t-il. Dis-leur la vérité, Lara.

Elle redressa le menton, d'un air de défi.

— Je ne te laisserai pas être pendu.

— Tu ne trouves pas que je t'en ai assez fait comme cela ?

— Justement, non.

Sa réponse parut davantage le fâcher que le satisfaire. Il retourna à sa place sans rien ajouter. Arthur réapparut sur ces entrefaites, et Sunbury reprit les débats.

— Maintenant, lady Bancroft, j'attends vos explications. Vous prétendez que cet homme est votre mari, or il assure le contraire. Lequel de vous deux dit la vérité ?

Elle regarda le lord chancelier droit dans les yeux.

— Milord, je pense que mon mari se juge indigne de moi à cause d'une ancienne histoire assez pénible. Sa liaison notoire avec une certaine...

Elle marqua une pause, comme si elle éprouvait de la difficulté à prononcer le nom en question.

Sunbury tapota les feuilles devant lui.

— Lady Carlysle, compléta-t-il en hochant la tête. J'ai reçu sa déposition.

— Je suppose que vous êtes donc au courant de leur aventure, reprit Lara. J'en ai beaucoup souffert et mon mari, pris de remords, a voulu se punir de la plus terrible des manières, en niant son identité. Mais je veux qu'il sache que je lui pardonne tout. (Elle se tourna vers Cameron, qui regardait ostensiblement ses souliers.) *Tout*, répéta-t-elle avec conviction. Je veux recommencer ma vie avec lui, milord.

Sunbury considéra alternativement les deux protagonistes.

— C'est donc cela... marmonna-t-il, à moitié amusé.

— Ne la croyez pas, milord ! intervint Arthur. Cette femme n'a plus toute sa raison. Elle ne sait pas ce qu'elle dit. L'imposteur a réussi à la ranger de son côté, alors qu'hier elle le dénonçait !

— Que répondez-vous à cela, milady ? interrogea Sunbury.

— J'ai commis une faute, admit-elle. Et je demande pardon du trouble que j'ai causé. Sous le coup de la colère, j'ai voulu me venger de la liaison de mon mari avec lady Carlysle, et je me suis laissé influencer par mon oncle. D'ordinaire, je raisonne davantage avant d'agir, mais là, mon état m'a quelque peu perturbée.

— Votre état ? répéta Sunbury, tandis que tout le monde était suspendu aux lèvres de Lara, pour connaître la suite.

— Oui...

Elle rougit, furieuse d'avoir à dévoiler sa grossesse dans ces circonstances, mais ne pouvant négliger aucune arme à sa disposition.

— J'attends un enfant, milord.

Le lord chancelier hocha pensivement la tête. Cameron avait blêmi mais, à la façon dont il la regardait, Lara devina qu'il était convaincu qu'elle mentait.

— Ça suffit, Lara, trancha-t-il soudain.

— Encore des mensonges ! protesta Arthur. Elle est aussi stérile qu'un désert. Tout le monde le sait. Aujourd'hui, elle feint une grossesse, et demain, pour tout arranger, elle simulera une fausse couche !

La jeune femme s'amusait presque de voir son oncle au bord de l'apoplexie.

— J'accepte de me soumettre à l'examen du médecin de votre choix, milord, dit-elle à Sunbury. Je n'ai rien à craindre.

Sunbury la dévisagea un long moment, le visage grave, avant d'esquisser un sourire.

— Cela ne sera pas nécessaire, lady Bancroft. Permettez-moi de vous présenter mes félicitations.

— Excusez-moi d'interrompre ce conte de fées ! intervint soudain Lonsdale. Mais je peux prouver, en moins d'une minute, que cet homme est un usurpateur. Et que la charmante lady Bancroft est une menteuse.

Le lord chancelier haussa les sourcils.

— Ah ? Et comment comptez-vous vous y prendre, lord Lonsdale ?

Terry attendit une seconde avant de répondre, pour mieux ménager son effet.

— Je possède des informations – des informations secrètes – au sujet du véritable comte de Bancroft, milord.

— Eh bien, exposez-les-nous, répliqua tranquillement Sunbury.

— Avec plaisir, milord.

Lonsdale se leva de son siège et rajusta les pans de son veston de satin.

— Je n'étais pas seulement un ami très proche du véritable comte de Bancroft, commença-t-il. Nous appartenions, tous les deux, à une société secrète : les Scorpions. Sans entrer dans les détails, je dirai simplement que notre objectif était d'abord politique. Les circonstances m'obligent à lever le serment que nous avions tous juré entre nous. Car c'est le seul moyen de prouver que l'accusé ici présent est un vulgaire imposteur. Voyez-vous, milord, lord Bancroft s'était fait tatouer, avant son départ pour l'Inde, une marque au bras gauche. Je possède le même tatouage, ainsi que tous les membres de notre société. Seul le véritable comte peut posséder cette marque indélébile.

— Et cette marque, je suppose, a la forme d'un scorpion, déduisit Sunbury.

— Exactement. (Lonsdale commença à retirer son veston.) Si vous permettez, milord, je vais vous la montrer.

— C'est inutile, l'interrompit le lord chancelier. Demandons plutôt à lord Bancroft de dénuder son bras.

Tous les regards se tournèrent vers Cameron, resté impassible.

— Je ne suis pas lord Bancroft, assena-t-il une nouvelle fois.

Le lord chancelier ne parut pas s'émouvoir de sa réponse.

— Dans ce cas, prouvez-le en enlevant votre chemise.

— Non.

Cette rebuffade échauffa le sang du lord chancelier.

— M'obligerez-vous à le faire pour vous ?

Lara était paniquée. Elle ne se souvenait pas d'avoir remarqué de tatouage sur le bras de Cameron. Mais il était hors de question qu'un vulgaire petit dessin balaie ses espoirs. Elle serra les poings.

— Je vous donne ma parole que ce tatouage existe ! s'écria-t-elle.

Sunbury eut un sourire ironique.

— Malgré tout le respect que je vous dois, lady Bancroft, en l'occurrence, je préfère que votre parole soit étayée d'une preuve irréfutable.

Il s'adressa de nouveau à Cameron :

— Enlevez votre chemise, s'il vous plaît.

Arthur éclata d'un rire nerveux.

— Cette fois, tu es fait, crapule !

Le lord chancelier voulut lui intimer de rester poli, mais il s'en abstint car Cameron s'était levé pour ôter sa veste. Lara le regarda, rongée d'angoisse, sortir sa chemise de son pantalon et commencer à la déboutonner. Mais il s'arrêta en chemin et se tourna vers Sunbury.

— Je vous répète que je ne suis pas lord Bancroft. Écoutez-moi au moins une minute...

— Obligez-le à continuer ! vitupéra Arthur.

— Vous parlerez tant que vous voudrez, répondit Sunbury. Mais d'abord, montrez-moi ce bras.

Cameron ne bougea pas.

Exaspéré, Arthur se rua sur lui et déchira sa chemise d'un geste rageur, révélant aux yeux de toute l'assistance le torse incroyablement musclé de Cameron. Lara retint son souffle, tétanisée à l'idée de ce qui allait suivre.

Arthur le poussa vers le lord chancelier.

— Allez, sale menteur. Montre-lui ton bras.

Cameron leva lentement son bras gauche.

De sa place, Lara avait une vue parfaite. Elle distingua très nettement, juste sous l'aisselle, à la lisière des poils, un petit scorpion dessiné à l'encre bleue.

Lonsdale, qui s'était approché, écarquilla les yeux de stupeur.

— C'est impossible ! s'exclama-t-il. (Il s'adressa à Cameron.) Comment avez-vous pu savoir ?

Lara se posait exactement la même question. Elle gardait un silence incrédule, puis comprit soudain que Cameron avait probablement eu connaissance de ce tatouage dans le journal intime de son mari.

Arthur, fou de rage, s'arrachait les cheveux. Sophie, qui avait gratifié Cameron d'un regard admiratif, se tourna vers le lord chancelier :

— Je pense que ce dernier épisode clôt le dossier, milord ?

Lonsdale laissa éclater sa rancœur :

— Vous n'avez pas encore gagné ! tonna-t-il contre Cameron. Je jure que je vous verrai pendu ! ajouta-t-il avant de quitter la pièce dans un torrent d'injures, claquant violemment la porte derrière lui.

Le lord chancelier, resté imperturbable, se contenta de lever les yeux au plafond.

— Eh bien, mon cher, dit-il à l'adresse de Cameron, je me sens enclin à croire votre femme. Et même si vous n'êtes pas le vrai comte de Bancroft, je n'ai aucune envie de batailler contre tous ceux qui prétendent le contraire. L'affaire est donc classée. (Il haussa un sourcil.) J'espère que vous ne contesterez pas ma décision, milord ? Je commence à en avoir assez de cette histoire de fous !

— Où est-il ? demanda Lara pour la centième fois, en faisant les cent pas dans le salon, sous le regard désapprobateur de sa belle-mère. Je ne peux pas quitter Londres sans l'avoir vu, mais Rachel et Johnny m'attendent. Bonté divine, quelle mouche l'a piqué de s'évanouir ainsi dans la nature ?

Profitant du tumulte qui avait suivi le verdict du lord chancelier, Cameron avait en effet disparu. La jeune femme n'avait eu d'autre choix que de rentrer à la maison, pour l'attendre. Cela faisait quatre heures, maintenant, et il n'avait toujours pas donné signe de vie. Elle voulait absolument lui parler, mais tenait également à retourner au manoir le plus vite possible. Son intuition lui disait d'aller retrouver Rachel de toute urgence. Personne ne pouvait savoir ce dont était capable Lonsdale dans sa fureur, mais Lara était persuadée qu'il n'hésiterait pas à récupérer sa femme par la force, si besoin était.

Elle se planta devant Sophie, brusquement alarmée.

— Et s'il ne revenait jamais ?

Sa belle-mère fronça les sourcils.

— Cessez donc de vous agiter, ma chère. Je vous promets qu'il vous reviendra, quand il jugera le moment venu. Une chose est sûre : il ne va pas disparaître tant qu'il ne saura pas si votre révélation de ce matin est vraie ou non. Ce qui m'amène à vous poser moi-même la question... Êtes-vous réellement enceinte ?

— J'en suis certaine, répliqua Lara, trop préoccupée pour apprécier la joie de sa belle-mère à l'annonce de cette nouvelle.

La comtesse douairière souriait d'un air béat.

— C'est merveilleux ! Ainsi, contre toute attente, la lignée va quand même continuer. Votre amant s'est en tout cas révélé plus viril que mon fils.

— Mon mari, corrigea Lara. Dorénavant, nous ne l'appellerons plus autrement.

Sophie haussa les épaules.

— Si vous y tenez, ma chère. Mais de grâce, calmez-vous. Toute cette agitation n'est pas bonne pour le bébé.

— Je pense qu'il ne m'a pas crue, murmura la jeune femme en s'approchant de la fenêtre.

Elle se rappelait l'expression médusée de Cameron, quand elle avait annoncé sa grossesse au lord chancelier. Il s'était dit qu'elle mentait pour le protéger...

Le cœur lourd de chagrin, elle appuya son front contre la vitre, terrifiée à l'idée de ne plus jamais le revoir.

21

La voiture de Lara arriva au manoir tard dans la soirée, alors que la maisonnée était déjà endormie. La jeune femme était soulagée de ne pas avoir à raconter les détails du procès à Rachel pour ce soir. Rongée d'angoisse, épuisée par son voyage et les événements de la journée, elle n'aspirait qu'à se glisser dans son lit pour tenter de dormir un peu.

Ce fut Mme Gorst qui l'accueillit sur le perron.

— Milady, lord Arthur rentre-t-il également ?

— Non, répondit-elle en secouant la tête. Le lord chancelier a donné tort aux Crossland.

— C'est une excellente nouvelle, milady ! commenta la gouvernante avec un sourire radieux. Lord Bancroft va-t-il revenir bientôt ?

— Je l'ignore, répliqua Lara, d'une voix si défaite que la bonne humeur de Mme Gorst s'évanouit aussitôt.

Cependant, celle-ci eut la délicatesse de ne pas poser d'autre question. Elle ordonna à un valet de s'occuper des bagages de sa maîtresse, tandis que Lara montait directement dans la chambre de Johnny. Elle entra à pas de loup et s'approcha du lit où le garçon dormait à poings fermés. Sa respiration, douce et sereine, lui rendit aussitôt le sourire. Elle savait que, au moins, elle pourrait toujours compter sur l'amour de cet enfant.

Elle se pencha pour lui embrasser le front.

— Me voilà de retour, mon chéri, murmura-t-elle.

Johnny s'étira et entrouvrit les paupières. Il sourit en reconnaissant la jeune femme, avant de se rendormir aussitôt.

Elle repartit vers sa propre chambre. Deux servantes étaient encore occupées à défaire ses valises. Quand elles eurent terminé, Lara se déshabilla rapidement et enfila sa chemise de nuit. Puis elle éteignit les chandelles et se glissa dans son lit.

Elle ne s'endormit pas tout de suite. Allongée sur le dos, elle réfléchissait, les yeux grands ouverts dans l'obscurité. Cameron ne lui reviendrait pas. Il n'avait pu oublier cette scène où elle lui avait dit qu'elle ne voulait pas mentir pour le restant de ses jours. Probablement avait-il conclu que le mieux était de disparaître définitivement.

Mais Lara l'aimait trop pour accepter cette séparation. Elle le voulait pour mari, quoi qu'en pense le reste du monde. Le scandale lui importait peu, pourvu que Cameron soit auprès d'elle...

Elle s'endormit, finalement. Mais son sommeil fut agité. Elle rêva que tous ceux qu'elle aimait s'éloignaient d'elle inexorablement, sans paraître la voir ni l'entendre. Elle courait, en vain, après leurs silhouettes fantomatiques, insensibles à ses cris. Tous disparurent et il ne resta bientôt plus que Cameron. Et puis il s'évanouit à son tour. « Non ! cria-t-elle dans son sommeil. Non... ! »

Au même moment, un autre cri, déchirant, ébranla le silence nocturne.

Lara se redressa dans son lit, le cœur battant à

tout rompre dans sa poitrine. D'abord, elle crut que c'était elle qui avait crié ainsi, à cause de son rêve. Mais elle entendit de nouveau le même hurlement douloureux.

— Rachel ! s'exclama-t-elle en bondissant de son lit.

Elle sortit en trombe de sa chambre, pieds nus, sans même avoir pris le temps d'enfiler un peignoir sur sa chemise de nuit.

À l'autre bout du couloir, une silhouette massive entraînait de force Rachel à sa suite, la tenant par la taille et les cheveux.

— Non, Terry ! protestait-elle en se débattant.

Ils étaient arrivés sur le palier. Lonsdale poussa son épouse devant lui. Celle-ci dévala plusieurs marches avant de tomber, évanouie, au milieu de l'escalier.

Lara était pétrifiée. Elle n'avait pas imaginé une seconde que Lonsdale oserait s'introduire dans le manoir en pleine nuit. Mais, de toute évidence, il avait bu et sa folie meurtrière était décuplée par l'alcool. Apercevant la jeune femme, il la gratifia d'un sourire hideux.

— Je suis venu récupérer mon bien, dit-il d'une voix pâteuse. Et n'essayez pas de vous mettre en travers de mon chemin. Vous ne reverrez plus jamais ma femme.

Il souleva Rachel par les cheveux et la gifla pour l'obliger à se réveiller.

— Tu croyais m'échapper, catin, mais je vais te montrer qui est le maître ! Et pas plus tard que ce soir !

Rachel tremblait de tous ses membres.

— Ne le laisse pas m'emmener, Lara ! implora-t-elle. S'il te plaît !

Lara dévala les marches et se rua sur Lonsdale.

— Lâchez-la, ou je vous tue !

Il partit d'un rire tonitruant.

— Vous *quoi* ?

Et sans aucune hésitation, il décocha un coup de poing à sa belle-sœur, qui la projeta au sol. La tête de la jeune femme heurta durement le marbre du hall. Pendant quelques secondes, Lara eut l'impression que le monde chavirait autour d'elle. Elle réussit péniblement à se redresser, mais dut se contenter de rester assise par terre, ses jambes étant pour le moment incapables de la porter.

Pendant ce temps, Lonsdale entraînait déjà sa proie vers la porte. Malgré sa faiblesse, Rachel se débattait vaillamment et freinait l'avance de son mari. Soudain, Lara le vit frapper la tête de sa sœur avec un objet qu'il tenait dans la main. Rachel poussa un petit gémissement étouffé et tomba à moitié évanouie dans ses bras.

Alertés par le bruit, plusieurs domestiques s'étaient rués dans le hall et assistaient à la scène avec des yeux horrifiés.

— Arrêtez-le ! leur cria Lara. Empêchez-le de sortir !

Cependant, les domestiques demeuraient pétrifiés. Lara ne tarda pas à comprendre pourquoi. L'objet que tenait Lonsdale était un pistolet. Dans sa rage, il n'hésiterait pas à s'en servir si quelqu'un osait lui barrer la route.

— Ouvrez la porte ! cracha-t-il à un valet, en le menaçant de son arme. Et vite !

Le valet n'eut d'autre choix que de s'exécuter.

Mais alors que le lourd battant de chêne s'entrouvrait, une voix haut perchée résonna à travers le hall.

— Arrêtez !

Lara se retourna vers l'escalier. Tout en haut des marches, Johnny, en chemise de nuit et les cheveux ébouriffés, brandissait un pistolet d'enfant.

— Je vais vous tuer, dit-il à l'adresse de Lonsdale.

Par réflexe, celui-ci pointa sa propre arme sur l'enfant.

— Non ! s'écria Lara. Ce n'est qu'un jouet !

— Lâchez tante Rachel ! ordonna encore Johnny, avant d'appuyer sur la détente.

Son pistolet émit une petite détonation, qui tétanisa tout le monde. Heureusement, Lonsdale, comprenant qu'il n'avait rien à redouter, éclata d'un rire moqueur.

Profitant de cette diversion, une silhouette se faufila par la porte entrouverte avec l'habileté d'une bête sauvage.

— Cameron... murmura Lara, au moment précis où celui-ci se jetait sur Lonsdale.

Les deux hommes basculèrent sur le sol. Dans la mêlée, Rachel se retrouva libérée de l'emprise de son mari. Elle rampa quelques mètres avant de s'évanouir, allongée sur le dos, les bras en croix, comme une poupée démantibulée.

Les deux combattants se livraient une lutte sans merci pour récupérer le pistolet. Lara se rua vers l'escalier, rejoignit Johnny et l'obligea à s'allonger avec elle.

— Maman, que se passe-t-il ? demanda-t-il, les larmes aux yeux.

Lara le serra très fort contre elle et risqua un œil

sur la scène qui se déroulait sous eux. Cameron et Lonsdale continuaient de rouler sur le sol.

Soudain, une terrible détonation la fit sursauter. Les combattants s'étaient brutalement immobilisés.

Horrifiée, elle contempla les deux hommes étendus à terre, et la mare de sang qui commençait à les entourer. Un cri de pure angoisse montait déjà dans sa gorge quand Cameron bougea enfin, pour se dégager du corps de Lonsdale.

— Allez chercher le Dr Slade, ordonna-t-il à un valet, en se relevant. Qu'on prévienne aussi les autorités. (Il se tourna vers le majordome.) Remontez lady Lonsdale dans sa chambre avant qu'elle ne reprenne connaissance.

Secoués de leur stupeur, les domestiques s'empressèrent de s'acquitter de leur mission.

Lara prit la main de Johnny pour l'entraîner loin du cadavre.

— Ne regarde pas, mon chéri...

— Il est revenu ! s'extasia l'enfant en lui serrant la main avec ferveur. Il est revenu !

Quand le policier quitta enfin le manoir, l'aube se levait presque. Il avait passé le restant de la nuit à interroger les Bancroft et leurs domestiques pour connaître les circonstances précises du drame. Toutefois, il n'avait guère été surpris par la tournure des événements. Comme il le fit remarquer laconiquement, tout le monde connaissait le penchant de Lonsdale pour l'alcool et la violence. Et personne ne s'étonnerait de cette fin déplorable.

Quoique la légitime défense fût établie en sa faveur, Cameron n'était pas soulagé pour autant. Il prit un long bain chaud et se savonna vigoureusement pour effacer toute trace de sang. Mais cela ne suffit pas à lui purifier l'esprit. Pendant des années, il s'était persuadé qu'il n'éprouverait jamais aucun problème de conscience. Parce qu'il pensait ne pas avoir de conscience... Cette affaire, pourtant, venait lui prouver le contraire. S'il n'avait pas amené Rachel au manoir, Lonsdale serait encore vivant. Mais s'il avait laissé Rachel aux mains de son mari, c'est sans doute elle qui serait morte, à présent. Avait-il fait le bon choix ? Et pouvait-on parler de « bon choix » en de pareilles circonstances ?

Tandis qu'il se rhabillait, il pensa à Lara. Ils avaient encore des choses à régler, tous les deux. Des choses douloureuses, qu'il ne tenait pas spécialement à dire et que la jeune femme n'aimerait sans doute pas entendre... Cependant, il le fallait.

Tout s'était passé si vite ! Au départ, ce n'était qu'un jeu. Il avait rêvé de se glisser dans la peau de Cameron Crossland, et la supercherie avait réussi au-delà de ses espérances. Au point que son ancienne vie lui faisait aujourd'hui l'effet de ces oripeaux démodés qu'on enferme, faute de s'en débarrasser, dans une malle du grenier pour ne plus y penser.

Le jeu aurait dû s'arrêter, pourtant. Mais Lara, pour une raison qu'il ne s'expliquait pas, avait permis qu'il continue. Peut-être le considérait-elle comme une de ses bonnes causes et voulait-elle le sauver de ses démons ?

Mais il ne pouvait la laisser devenir complice de

son mensonge. Il ne voulait pas corrompre sa belle innocence. Il en avait déjà assez fait comme cela...

C'est pourquoi, la mort dans l'âme, il partit dire adieu à la jeune femme.

Lara s'était assise face à la cheminée de sa chambre, les jambes étendues devant l'âtre. Rachel dormait à poings fermés dans son lit. Le Dr Slade lui avait administré du laudanum pour lui assurer un complet repos. Johnny aussi, dormait. Lara l'avait reconduit dans sa chambre et l'avait bercé en lui racontant une histoire, avant de le quitter sur la pointe des pieds. Mais, quoique épuisée nerveusement, la jeune femme n'arrivait pas elle-même à trouver le sommeil. Elle s'obligeait à veiller, persuadée que si elle fermait les paupières, Cameron en profiterait pour la quitter encore. Et cette fois, sans retour...

Elle sursauta en entendant la porte s'ouvrir. Cameron était entré sans frapper. Elle se redressa aussitôt.

— Quand j'ai vu que tu avais disparu, après l'audition devant le lord chancelier, j'ai cru que tu ne reviendrais jamais, lança-t-elle.

— C'était mon intention. Et puis j'ai pensé que tu étais seule avec Rachel, et j'ai eu peur de la réaction de Lonsdale. (Il eut un sourire dépité.) Je serais venu plus tôt, si j'avais eu les idées claires.

— Tu es arrivé juste à temps, le rassura Lara, la voix vibrante d'émotion. Oh, Cameron, tout à l'heure, en vous voyant tous les deux étendus à terre, j'ai cru un instant... j'ai cru que tu étais blessé, ou mort...

Il eut un geste impatient de la main.

— Ne parlons plus de cela.

La jeune femme se sentait soudain misérable. Comment avaient-ils pu être si complices quelques jours plus tôt, et maintenant se tenir l'un devant l'autre, comme deux étrangers ? Elle l'aimait. Quel que soit son nom. Et quelles que soient ses origines. Elle voulait partager sa vie, pour toujours. Et elle savait qu'il brûlait du même désir. Pourtant elle voyait bien, à son regard, qu'il se refusait à cette idée.

— Reste avec moi, murmura-t-elle en lui tendant la main. S'il te plaît.

Il donnait l'impression de se détester lui-même.

— Ne me demande pas cela, Lara.

— Mais tu m'aimes. Je le sais.

— Ça ne change rien à l'affaire. Je dois quand même partir. Tu sais très bien pourquoi.

— Tu as des responsabilités envers moi, insista-t-elle. Tu ne peux pas abandonner l'enfant que tu as conçu.

— Il n'y a pas d'enfant, répliqua-t-il, amer.

Lara s'approcha de lui. Elle lui prit une main, qu'elle posa délicatement sur son ventre, comme si elle pouvait lui prouver, par ce simple contact, la réalité de sa grossesse.

— Je porte *ton* enfant.

— Non. C'est faux.

— Pourquoi te mentirais-je ?

— Ce n'est pas à moi que tu mens. Mais au reste du monde. Pour ce que tu estimes être mon bien.

De son autre bras, il l'attira à lui et la serra fort. Cette étreinte trahissait tout le désespoir du monde.

Lara le sentait sur le fil du rasoir. Partagé entre son désir de l'aimer, et sa peur de céder à ce désir.

— Lara, tu ne sais pas qui je suis vraiment...

— Si, je le sais. Tu es un homme extraordinaire, même si tu n'en as pas conscience. Bon et généreux. Et tu es mon mari.

Il eut un rire cynique.

— Bon sang ! Tu ne veux donc pas comprendre que la meilleure chose que je puisse faire est de sortir de ta vie ?

Ses prunelles noires étaient embuées de larmes, révélant l'émotion qu'il avait toujours réussi à cacher jusqu'ici.

— Reste avec moi, répéta la jeune femme. Je ne vois pas pourquoi nous vivrions chacun de notre côté, alors que nous avons la chance de pouvoir être ensemble. Si tu penses vraiment ne pas me mériter, alors tu as tout le temps pour faire tes preuves. Je te donne au moins cinquante ans. Ça devrait suffire, non ? (Elle l'agrippa par les pans de sa chemise.) Tu sais, je ne cherche pas un homme parfait.

Cameron haussa les épaules.

— En tout cas, tu ne l'as pas trouvé.

Lara ne put s'empêcher de sourire. Sa réponse lui redonnait un tout petit espoir.

— Je t'offre l'existence dont tu as toujours rêvé, poursuivit-elle. Prends-la. Et prends-moi...

Elle approcha ses lèvres des siennes et lui vola un baiser furtif, puis un autre, jusqu'à ce qu'il se décide à lui répondre. Cameron s'empara alors de sa bouche avec une rage désespérée. Il retroussa sa chemise de nuit pour palper ses cuisses.

Lara s'offrit à lui avec un abandon qui parut décupler encore son désir. Il la souleva de terre et la porta jusqu'au lit en deux enjambées.

— Je t'aime, murmura-t-elle, tandis qu'il lui arrachait littéralement sa chemise de nuit pour lui embrasser les seins, le ventre, les hanches...

Elle voulut lui déboutonner sa chemise.

— Je ne peux pas attendre, haleta-t-il en dégrafant d'un coup sec son pantalon.

— Je veux sentir ta peau contre la mienne, insista la jeune femme, qui se débattait toujours avec ses boutons.

— Plus tard... Ô mon Dieu...

Cameron lui écarta brusquement les cuisses et la pénétra d'une seule poussée. Lara accueillit son intrusion comme une libération. Elle cria de plaisir et s'arqua sous lui. Il allait et venait doucement en elle, puis ses mouvements s'accélérèrent un peu. Il lui faisait l'amour avec une retenue délibérée, comme s'il se régalait de quelque festin.

Lara lui griffa le dos à travers l'étoffe de sa chemise.

— Maintenant... plaida-t-elle.

— Non. Pas encore...

Cameron poursuivit quelques minutes son exquise torture, puis, ne pouvant se retenir davantage, il céda à la jouissance en quelques poussées qui les menèrent, haut, très haut, jusqu'aux cimes du plaisir.

Ensuite, ils restèrent longuement enlacés, au milieu du lit défait et de leurs vêtements à moitié arrachés. Dehors, le jour commençait à poindre, mais les tentures les préservaient des premiers rayons du soleil.

— Même si tu m'avais quittée, tu ne serais pas resté parti très longtemps, chuchota-t-elle.

Il éclata de rire.

— Tu as sans doute raison. (Il posa un baiser sur ses lèvres.) J'ai trop besoin de toi.

— Moi aussi, j'ai besoin de toi.

Il sourit, lui caressa les hanches, puis redevint soudain grave.

— Comment allons-nous nous y prendre, après ce qui s'est passé ?

— Je ne sais pas. Nous n'avons qu'à repartir de zéro.

— J'ai peur que tu ne puisses t'empêcher de penser que j'ai pris sa place.

— Non, riposta Lara, déterminée à ce qu'aucun fantôme ne vienne troubler leur bonheur. Il ne voulait pas vraiment vivre avec moi. Ni moi avec lui. Quand je te regarde, je ne vois que toi. Et personne d'autre.

Cameron ferma un instant les yeux. Et si, après tout, le rêve devenait possible ?

Épilogue

Lara revint enchantée de sa visite à l'orphelinat. Les travaux d'extension achevés, l'établissement était prêt à accueillir ses nouveaux occupants. Ils ne seraient que dix, au lieu des douze prévus. Deux familles de Market Hill s'étaient tellement prises d'affection pour l'orphelin qu'elles avaient hébergé, qu'elles avaient décidé de l'adopter. De toute façon, les lits inoccupés ne le resteraient pas longtemps. Hélas, il y aurait toujours des enfants malheureux...

Au moment où la jeune femme rentrait au manoir, une voix masculine l'interpella dans le hall.

— Lady Bancroft, excusez-moi de vous importuner, mais je...

Lara se tourna vers son visiteur inattendu. C'était lord Tufton, le timide jeune homme qui avait courtisé Rachel avant son mariage. Il était fidèle à lui-même ; plus intellectuel que sportif, mais sincère et tellement bien élevé que Lara l'avait toujours apprécié. Elle avait entendu dire que Tufton avait hérité récemment d'un de ses oncles. Cette bonne fortune le rendait soudain très intéressant aux yeux des jeunes filles à marier.

— Lord Tufton ! s'exclama-t-elle avec un grand sourire. Quel plaisir de vous revoir !

Ils conversèrent aimablement quelques minutes, puis Tufton désigna une superbe gerbe de roses qui ornait l'un des guéridons du hall.

— J'ai apporté ces fleurs pour qu'elles profitent à toute votre famille.

— Elles sont magnifiques, confirma Lara en songeant, amusée, que ces roses étaient sûrement davantage destinées à sa sœur.

Mais Tufton savait qu'il ne pouvait les offrir directement à Rachel, tant qu'elle porterait le deuil.

— Merci, ajouta-t-elle. Nous allons tous beaucoup les apprécier... et surtout ma sœur. Elle adore les roses, vous savez.

— Oui. Je... (Il s'éclaircit la gorge.) Puis-je m'enquérir de sa santé ?

— Elle va bien. Quoique je la trouve un peu... éteinte, ces temps-ci.

— C'est naturel, concéda Tufton. Après la tragédie qu'elle a vécue.

La jeune femme médita un instant en silence. Rachel n'avait pas reçu un seul visiteur depuis la mort de Lonsdale, deux mois plus tôt. Mais Lara aurait été prête à parier que le sourire ingénu de Tufton lui mettrait du baume au cœur.

— Lord Tufton, ma sœur se promène toujours dans le parc, à cette heure-ci. Je suis sûre qu'elle serait ravie de marcher un peu en votre compagnie.

Il parut à la fois enchanté et effrayé de cette proposition.

— Oh, je ne voudrais pas l'importuner. Elle préfère peut-être rester seule et je...

— Suivez-moi, l'invita Lara en ressortant sur le perron.

Elle scruta le parc et repéra bientôt le chapeau de sa sœur, au-dessus d'une haie d'arbustes.

— Elle est là-bas. Courez la rejoindre.

— Mais, je ne sais pas si...

— Ma sœur sera enchantée, je vous le promets, décréta Lara, en le poussant presque sur les marches du perron.

Tufton s'était à peine éloigné, que Johnny déboulait en courant. Il se jeta dans ses jupes.

— Maman !

— Mon chéri... Où est ta nurse ?

— Elle arrive. Mais elle ne court pas aussi vite que moi !

Lara lui enfonça sa casquette sur le front.

— Garnement, va ! dit-elle, avant de reporter son attention vers le parc.

Lord Tufton marchait à côté de Rachel, qui lui tenait le bras. C'était la première fois, depuis deux mois, que Lara la voyait sourire aussi franchement.

— Qui c'est le monsieur, avec tante Rachel ? questionna Johnny.

— Je pense que c'est son prochain mari, répondit-elle en décochant au garçon un sourire de conspiratrice. Mais elle ne le sait pas encore. Pour l'instant, cela doit rester un secret entre nous.

Cette conversation rappela à Johnny un autre secret.

— Quand pourrons-nous dire à tout le monde que tu attends un bébé, maman ?

— Quand il sera bien visible.

Voyant que l'enfant ne comprenait pas, elle précisa :

— Je préfère attendre que mon ventre ait commencé à grossir.

— Il va devenir aussi gros que le ventre de sir Ralph ?

Lara éclata de rire.

— J'espère bien que non !

Le petit garçon devint soudain grave.

— Tu m'aimeras encore, après l'arrivée du bébé ?

La jeune femme le serra contre elle.

— Bien sûr, mon chéri... Je t'aimerai toujours.

Cameron rentra en début de soirée. Lara terminait tout juste de s'habiller pour le dîner. Il alla tout de suite l'embrasser.

— Je les ai, dit-il, en réponse à son regard interrogateur.

Elle lui sourit.

— J'avais peur que tu n'aies oublié notre petit programme de ce soir.

Cameron secoua la tête.

— Je n'ai pensé qu'à cela toute la journée.

— Veux-tu dîner avant ?

— Personnellement, je n'ai pas faim. Et toi ?

— Moi non plus.

Il la prit par la main.

— Dans ce cas, allons-y tout de suite.

Cameron entraîna Lara à la sortie de Market Hill, conduisant lui-même un petit landau tiré par deux juments. Ils se garèrent aux abords d'une vieille église en pierre entourée d'un bouquet d'arbres. L'humble construction, avec son minuscule clocher et son toit de chaume, semblait tout droit sortie d'un conte de fées.

Il aida la jeune femme à descendre de voiture puis, une lanterne à la main, la guida sur le sentier empierré qui menait à l'église. Une fois à l'intérieur, il alluma les deux chandeliers posés sur l'autel, tandis que Lara contemplait l'intérieur du monument. Une croix de bois, toute simple, et une croisée ornée de vitraux composaient l'essentiel du décor.

— C'est parfait, dit-elle.

Cameron ne semblait pas convaincu.

— Lara, j'aurais préféré...

— Nous n'avons pas besoin d'une cathédrale. Ni d'un évêque pour se charger de nous.

— J'aurais tellement voulu t'offrir une belle cérémonie...

Elle s'approcha de l'autel et lui sourit.

— Viens, mon amour.

Cameron la rejoignit et tira de sa poche un petit écrin recouvert de velours, dont il vida le contenu dans sa paume. Lara découvrit alors les deux alliances, chacune composée de deux anneaux d'or entrelacés.

— Elles sont ravissantes, s'extasia-t-elle, tandis que Cameron les posait sur l'autel.

Émue par la solennité de l'instant, la jeune femme baissa la tête et ferma les yeux, le temps d'une prière muette. Quand elle les rouvrit, elle vit que Cameron la couvait du regard.

— Même si nous devons vivre encore cinquante ans ensemble, je n'en aurai jamais assez, dit-il. Je ne vois pas comment je pourrais me lasser de toi.

Trop bouleversée pour répondre, Lara se contenta de lui tendre sa main. Il la serra un long moment dans la sienne, avant de s'emparer d'une alliance qu'il glissa à son doigt.

— Je jure, dit-il solennellement en la regardant droit dans les yeux, de veiller sur toi, de te respecter, de t'honorer et, par-dessus tout, de t'aimer de tout mon corps et de toute mon âme jusqu'à mon dernier souffle, et même au-delà.

Il s'interrompit une seconde, puis ajouta avec un sourire espiègle :

— Je jure également de ne jamais me plaindre de tes actions charitables, du moment que tu n'oublies pas de me consacrer un peu de ton temps.

Lara prit l'autre alliance et la passa au doigt de Cameron, d'une main un peu tremblante.

— Je jure, moi aussi, de t'aimer de tout mon cœur. Et de t'aider à oublier le passé, pour ne plus penser qu'à cette nouvelle vie que nous allons construire ensemble.

— Et aux enfants que tu me donneras.

— Au moins dix, précisa-t-elle.

Il éclata de rire.

— Je devine déjà tes projets. Tu vas vouloir me garder tout le temps au lit, pour que nous puissions concevoir tout ce petit monde.

— Et alors ? L'idée ne te plaît pas ?

Il l'attira à lui.

— Bien sûr que si ! Nous pourrions même commencer tout de suite.

Il s'empara de ses lèvres pour un baiser passionné.

— Dis-moi ton nom, murmura Lara en reprenant son souffle. Ton vrai nom.

Ce n'était pas la première fois qu'elle le lui demandait. Il avait toujours refusé de lui répondre.

— Non, ma chérie. Parce que l'homme qui portait ce nom n'existe plus.

Elle tira sur les pans de son veston.

— Dis-le-moi, s'il te plaît...

Il secoua la tête.

— Jamais.

La jeune femme noua les bras à son cou.

— J'arriverai bien à te faire parler un jour, assura-t-elle en lui embrassant le cou, ce qui le fit frissonner de plaisir. Tu n'as pas la plus petite chance de pouvoir me résister.

— Pas la plus petite chance, admit Cameron, avant de s'emparer à nouveau de ses lèvres.

5524

Composition PCA - 44400 Rezé
Achevé d'imprimer en Italie
par GRAFICA VENETA
le 3 octobre 2011.

Dépôt légal octobre 2011.
1er dépôt légal dans la collection : mars 2000
EAN 9782290028896

ÉDITIONS J'AI LU
87, quai Panhard-et-Levassor, 75013 Paris

Diffusion France et étranger : Flammarion